Le dernier défenseur de Montségur

Du même auteur

TDO ÉDITIONS

LE DERNIER DÉFENSEUR DE MONTSÉGUR, 2013

LE RETOUR DU REBELLE - Roman d'aventure en 2 tomes

1 - La Bataille de Muret, 2014

2 - Carcassonne ou mourir, 2014

AUX ÉDITIONS AUBÉRON

LA MALÉDICTION DES TRENCAVEL

Cycle Roger et Adelaïs

1 - *Adélaïs, comtesse de Toulouse*, 2001 (Pocket n° 12254)

2 - *La saison des orages*, 2002 (Pocket n° 12255)

3 - *L'enfant du miracle*, 2003 (Pocket n° 12256)

4 - *L'agneau cathare*, 2004 (Pocket n° 12257)

Cycle Raimon-Roger

1 - *La danse du cathare*, 2006 (Pocket n° 14105)

2 - *Quand la Louve s'éveillera*, 2007 (Pocket n° 14106)

3 - *L'immolation*, 2008 (Pocket n° 14107)

CHEZ D'AUTRES ÉDITEURS

La Faussaire de Saint-Sulpice, roman historique, éditions du Sémaphore, Paris, 2000

(Prix du Roman 2001 de l'Académie de Languedoc)

Mon cheval, ma femme et moi, roman, éditions Du Rocher, Paris, 2006

www.tdo-editions.fr

Email : infos@tdo-editions.fr

ISBN : 978-2-36652-317-1

BERNARD MAHOUX

LE DERNIER DÉFENSEUR DE MONTSÉGUR

Poche

Pour Delphine et Joëlle
en mémoire de leurs lointains
aïeux languedociens

« Dans le passé, ce que nous cherchons
Ce ne sont pas les cendres,
Mais la flamme. »

I

JE SUIS UN FAIDIT ET JE ME CACHE

Je suis un faidit. Un faidit, dans notre belle langue d'oc, c'est un proscrit, un exilé, un pestiféré. C'est quelqu'un à qui il ne faut pas parler, avec qui il ne faut avoir aucun commerce. Quelqu'un qui ne mérite aucune aide, aucun service. À un faidit vous n'avez pas le droit de dire bonjour, vous n'avez même pas le droit de lui vendre du pain ! Oui oui, vous devez le laisser mourir de faim, comme un chien galeux ! Sinon vous devenez vous aussi, par une contamination invisible, d'esprit à esprit, mais d'autant plus pernicieuse, un faidit.

Voilà plus de trente ans que je suis faidit, trente années pendant lesquelles je n'avais pas le droit de respirer, de manger, de me vêtir, de me soigner, de vivre sur cette terre. Fort heureusement, j'ai toujours rencontré de braves gens qui m'ont nourri et secouru au nom du Christ, sans se soucier de savoir si j'étais faidit ou pas faidit. Mais pour le seigneur pape, et pour les clercs de l'Église romaine, les évêques, les moines et les curés (certains, pas tous), si je suis un faidit, un pestiféré, c'est parce que je porte en moi une maladie mortelle, et des plus contagieuses. Non pas une maladie du corps, mais de l'âme.

Car le faidit a l'âme empoisonnée, comme dit le seigneur pape. Notre âme exsude le poison, le venin de l'hérésie cathare[1]. Ce sont des mots, bien sûr, je suis en aussi bonne santé que vous, mais c'est pour cette soi-disant pestilence de l'âme que je suis obligé de me cacher. Oui, je me cache. Non, je ne me risquerais pas à vous révéler où j'habite, un abri au milieu des vignes, à l'ombre d'un bosquet de pins, dans un pays où le ciel est toujours bleu. Presque toujours.

Je me cache parce que si les limiers du seigneur pape me débusquent ils me mettront en prison, me tortureront jusqu'à ce que j'avoue tout ce qu'ils veulent entendre avant de me jeter tout vif sur un bûcher, au milieu des flammes, au nom du Christ, le même Christ qu'invoquent ceux qui m'aident par charité chrétienne. Il y aurait donc deux Christ ? Allez comprendre…

Mon âme empoisonnée par la doctrine cathare ne peut être détruite que par le feu.

En attendant, je me trouve bien dans ma cabane, fort petite, mais confortable. Je m'occupe des vignes,

1. *Pour tous les mots marqués d'un numéro, s'en référer au lexique en fin d'ouvrage page*

je taille en hiver, je désherbe au printemps, je vendange à l'automne. L'été, je bois du bon vin. C'est ma faiblesse.

L'homme qui m'a accueilli sur sa petite propriété a comme moi l'entendement du Bien. Comprenez : il partage avec moi la foi cathare. C'est un Catalan, et bien que la religion cathare soit interdite en Catalogne, comme elle l'est en royaume de France, il ne cache guère ses idées. Car en Catalogne il n'y a pas encore d'Inquisition. L'Inquisition, c'est une organisation du seigneur pape qui a tous les pouvoirs et tous les droits pour capturer les cathares. Elle peut s'en saisir comme bon lui semble, les emprisonner sans procès, les faire avouer sous les tourments et, s'ils ne renient pas leur religion, les brûler.

S'ils la renient, leur diabolique croyance, leur peine sera adoucie par magnanimité apostolique. Ils ne seront condamnés qu'à mourir en prison, au pain sec et à l'eau, dans le froid et les miasmes de leurs déjections. C'est pourquoi nous sommes nombreux, ceux qui ont l'entendement du Bien, à vivre en Catalogne loin de l'Inquisition.

Nous avons souvent des visites, des faidits de passage qui fuient les persécutions du roi de France et de l'Église romaine. Certains m'apportent des nouvelles de ma petite patrie, le pays albigeois. Les larmes me montent aux yeux quand j'entends évoquer Salles sur les bords du Cérou, le village de mon enfance, le plus beau village du monde. Il me manque, c'est sûr, mon village ! J'y pense de plus en plus souvent, au fur et à mesure que les jours passent. Je me demande si je ne vais pas y retourner bientôt. On dit que la chasse aux cathares s'est un peu calmée chez nous.

Certes, là où je vis le paysage est beau, ensoleillé. L'air est sain, et je n'y ai pas d'ennemis, ce qui est reposant. Certains jours, je vois la mer scintiller au loin comme un miroir. Et quand souffle le vent marin, l'air s'embaume de l'odeur des vagues, et des pins.

Je vis dans un petit paradis, et pourtant, je considère qu'il n'y a rien de plus doux que le village où nous sommes nés.

C'est à Salles, à côté de Cordes en Albigeois, que j'ai vu le jour, il y a bien longtemps. Je suis d'ailleurs un des rares, parmi mes connaissances, à pouvoir dire en quelle année je suis né : 1209, l'année de la croisade. La croisade contre ceux qu'on appelle depuis, à la cour de France, pour faire court, les albigeois[2]. Une année inoubliable !

Mes parents racontaient à chacun de mes anniversaires que l'année 1209 avait été la meilleure et la pire de leur vie : au printemps, ils avaient eu la joie d'avoir un second fils, moi Imbert, et l'espoir de belles récoltes, car le temps était clément. Mais à l'automne, les croisés envahissaient le diocèse d'Albi, mettant à feu et à sang notre contrée. L'année s'acheva dans une grande tristesse.

Mon père était le châtelain de Salles. Je n'ai connu ma mère que quelques années, car elle est morte en couches quand j'avais cinq ans, en donnant le jour à mon petit frère.

Nous étions nobles et vivions noblement dans un château massif et inconfortable, une grande bâtisse humide plantée au milieu du village qui se serrait en rond contre lui. Le château protégeait le village, et le village protégeait le château. Nous étions tous unis à l'époque.

Le plus remarquable était le donjon, une grande tour carrée très haute. À chaque étage, il y avait une chambre et un escalier en bois pour monter encore plus haut, jusqu'à la terrasse du toit bordée de créneaux. Un sergent d'armes y faisait le guet, parce que nous étions souvent attaqués par des bandes de soldats en maraude, ou par les châtelains voisins avec qui mon père était toujours en guerre, sous un prétexte ou un autre.

Mon rêve était de devenir chevalier, et de me battre avec mon père contre ses ennemis. J'étais encore très petit quand des chevaliers du château nous prirent avec d'autres enfants sur l'encolure des montures, pour nous emmener visiter les villages voisins. Au retour, ils nous donnèrent du vin pur, et rirent comme des imbéciles en nous voyant grimacer.

Un jour, les chevaliers nous emmenèrent jusqu'au puech[3] de Mordagne, une petite montagne escarpée terminée par des rochers blancs. Quelques cabanes s'accrochaient à ses flancs, autour d'une chapelle. Les chevaliers nous dirent que sous cette montagne, dans une immense grotte, vivait un dragon. Un vrai dragon avec de grandes ailes et une gueule énorme qui crachait du feu quand on l'irritait.

Ils nous menèrent à l'entrée de la grotte. Un couloir creusé dans la roche tendre la prolongeait et disparaissait dans les profondeurs obscures du puech. On entendait au loin une sorte de grondement, de souffle puissant, et des coups sourds qui nous emplirent de terreur.

— C'est le dragon qui piaffe, nous disaient les chevaliers en fronçant les sourcils. Surtout, ne criez pas ! Si le monstre savait qu'il y a de la chair fraîche à l'entrée de la grotte, il accourrait pour vous manger. Et nous, on ne pourrait pas vous sauver.

Nous avions très peur du dragon du puech de Mordagne. Mais pour autant, je ne pouvais renoncer au métier de chevalier. Je rêvais la nuit que j'allais seul affronter le dragon, que je le tuais et que tout le monde m'admirait. En particulier Marquésia, la fille du châtelain de Saint-Marcel, une petite fille blonde de mon âge. Comme le châtelain de Saint-Marcel était le vassal de mon père, et lui devait de nombreux services, je ne doutais pas qu'il me donnerait la main de sa fille sans faire de difficultés, quand je serai chevalier.

Je rêvais. Notre chapelain m'apprenait à lire et à écrire, et me prêtait des livres. Les livres étaient rares dans les châteaux, très rares, et beaucoup de seigneurs et de chevaliers finissaient leur vie sans savoir ni lire ni écrire. Ils en étaient fiers. Ils réservaient le maniement de la plume aux clercs, aux moines, et aux hommes délicats qui ne savaient pas se battre.

Moi, je voulais me battre, mais je voulais aussi être capable de signer de mon nom, de lire une charte, un livre saint, une belle histoire. Mon père pensait comme ses chevaliers : manier l'épée ou la plume, il fallait choisir. Comme il n'était pas riche, et que l'équipement de chevalier coûtait très cher, un jour il me dit :

— Imbert, ton frère aîné aime les armes et les chevaux. Il sera chevalier comme moi. Il héritera du château et fera la guerre s'il le faut.

— Moi aussi, père, je veux être chevalier.

— Non mon fils, notre domaine n'est pas assez grand pour entretenir deux chevaliers. Dieu merci tu aimes les livres. Tu seras moine.

— Moine ? Mais je ne veux pas être moine ! Je veux me battre ! Je dois aller tuer le dragon de Mordagne !

— Le dragon de ?...

Il y eut un silence. Mon père m'observait d'un air pensif.

— Le dragon attendra, fit-il sur un ton railleur.

Je m'emportai :

— Je tuerai le dragon de Mordagne, et vous serez bien obligé de m'armer chevalier !

— En attendant, tu seras moine, car telle est ma volonté.

II

Au monastère

Je ne voulais pas être moine, je voulais devenir un redoutable guerrier, tuer le dragon de Mordagne et épouser la jolie Marquésia quand nous serions grands, elle et moi. Je savais ce que je voulais !

Mais un soir mon père me dit :

— Imbert, tout est arrangé, tu vas au couvent.

— Au couvent ! Mais père, il n'y a pas de couvent dans notre village ! Ni dans les villages voisins, que je sache !

— Laisse-moi parler ! Je me suis entendu avec l'abbé de Belloc. Une belle abbaye du côté de Caylus, grande d'une centaine de moines. On y prie Dieu mieux que partout ailleurs. De plus, nous y avons de la famille, un oncle mien, un frère à ma pauvre mère. Son nom est frère Anselme, ne l'oublie pas.

— Je ne veux pas connaître frère Anselme !

— Imbert, tu commences à m'agacer ! Sache que frère Anselme est entré à l'abbaye de Belloc à ton âge. Voilà cinquante ans qu'il y vit heureux et qu'il ne regrette rien. Il me l'a dit. Je ne connais pas d'homme plus sage que lui.

Mon père prit un ton amical, complaisant, et l'air complice de celui qui accorde une faveur pour ajouter :

— Je te recommanderai à lui...

Comme je restais obstinément silencieux, hébété, il poursuivit :

— Frère Anselme te guidera sur le chemin du ciel et fera de toi un bon moine. Peut-être un saint, si Dieu le veut.

— Je ne veux pas être un saint ! De toute façon, c'est très dur...

— Tu n'y seras pas obligé. Tu prieras pour nous tous, et grâce à ton sacrifice nous gagnerons le paradis.

Il en avait de bonnes mon père ! Comme si on gagnait le paradis en faisant faire les sacrifices aux autres ! J'avais une dizaine d'années à l'époque, et l'idée d'être enfermé dans un couvent me terrorisait. Mais face à mon père, je ne pouvais qu'obéir, parce que quand il s'emportait, il me terrorisait davantage encore.

Je cherchai à gagner du temps. J'obtins de ne pas quitter le château avant l'adoubement de mon frère aîné comme chevalier, misant sur la pingrerie de mon père et la modestie de ses revenus pour retarder indéfiniment la très coûteuse cérémonie.

Pour mon malheur, le comte de Toulouse décida

d'adouber à sa cour deux cents chevaliers, tous fils de châtelains pauvres, pour renforcer ses forces militaires affaiblies par la croisade. Mon frère Adémar reçut l'épée de chevalier et les éperons d'or à la cour du comte de Toulouse à la fin de l'année suivante, le jour de Noël. Le comte paya l'armement, la fête, et mon père un vieux cheval de guerre.

Au printemps, toute ma famille m'accompagna jusqu'à l'abbaye de Belloc, où je fus reçu dans la salle du chapitre par l'abbé lui-même, *plus aimé que redouté* selon la formule consacrée, entouré de ses moines.

Nous étions trois novices à faire notre entrée, trois enfants de dix à douze ans que les familles donnaient à Dieu et au monastère. On nous appelait les *donats*, les « donnés ». Après la cérémonie d'accueil, et la lecture de la règle que nous devions suivre à la lettre, sous peine de coups de fouet qui, nous avertit le maître des enfants, « nous mettraient les côtes en sang », mes frères, ma sœur, mon père et ma tante prirent congé de l'abbé *plus aimé que redouté*, avec des manifestations de reconnaissance à n'en plus finir. Puis ils m'embrassèrent et s'en allèrent rapidement.

Mon frère aîné Adémar riait sous cape. Mon père fut le dernier à me faire ses adieux. Il me tint fermement par les épaules et, me fixant de ses terribles yeux noirs, il me rappela que j'entrais au couvent pour toujours. Il me fit jurer de ne jamais chercher à le quitter. « Ce serait notre honte, me dit-il sur un ton sévère. Jure sur la tête de ta pauvre mère que tu ne t'enfuiras pas ! »

La confiance régnait. Je jurai et fondis en larmes. J'étais abandonné, rejeté par ma famille. Ma sœur pleurait également, ainsi que ma tante, la sœur de ma mère. Elles avaient du coeur et partageaient ce que je ressentais. Mon père ne voulant pas s'attendrir les pressa de s'en aller. Il avait horreur des épanchements et gardait un visage de marbre, proclamant à qui voulait l'entendre que j'avais la meilleure place, loin de la guerre et près de Dieu.

Il n'avait donné au monastère, pour mon entretien, qu'une petite prairie avec une grange que l'abbé revendit dans l'année, car ce pré était beaucoup trop loin de l'abbaye pour lui être utile. Pour mon père, l'opération était profitable, car me donner à l'abbaye de Belloc lui coûtait moins cher que de m'offrir l'armement du chevalier, quand on sait le prix d'un bon cheval, d'une épée, d'une cotte de mailles, sans parler de l'entretien des écuyers, de leurs chevaux et de tout leur armement. Et des valets. Et des rançons, car un bon chevalier qui a le cœur vaillant ne se garde pas du danger. Il finit un jour ou l'autre par être fait prisonnier, à la guerre ou au tournoi, et c'est la ruine pour la famille.

En m'enfermant dans un couvent, mon père sauvait mon âme, la sienne, et dans la même fournée ses sous.

Il m'avait présenté à frère Anselme, son oncle qui était entré dans les ordres comme moi à dix ou onze ans. C'était un grand vieillard imposant, aux cheveux blancs en couronne autour de la tête. Son visage rayonnait de mille rides. Ses sourcils épais laissaient ses yeux dans l'ombre. Mais quand il les soulevait, on était frappé par la bonté de son regard et une sorte de gaieté, d'espérance, qui ne s'effaçait jamais.

Je le voyais très vieux, bien loin de moi et de mes soucis. Son scapulaire[4] adapté à sa taille immense battait au vent ainsi que les ailes d'un grand oiseau. Il devina mon désespoir, s'en affligea avec moi et me prit sous l'une de ses ailes.

En toute occasion, il me manifestait une patience et une bonté de père.

Frère Anselme était le cellérier du couvent. Chargé des provisions et de la cuisine, il avait aussi sur les bras l'entretien de l'hospice, où nous recevions les pèlerins de passage et les nécessiteux. Il était assisté dans cette lourde tâche par le frère aumônier, chargé spécialement de distribuer aux pauvres et aux malheureux quelque secours, des repas, des deniers et les vêtements qu'il récupérait ici et là.

Mon grand-oncle obtint de l'abbé que je sois affecté à son service pour l'aider dans ses nombreuses charges. Comme le bâtiment de l'hospice était un peu à l'écart du couvent, ouvert sur le monde des affligés, j'y allais souvent pour respirer un air moins renfermé qu'ailleurs.

Pour autant, le spectacle de la salle commune était répugnant. Je n'ai jamais vu autant de misère que dans cet hospice. En plus des pèlerins, qui ne restaient qu'une nuit ou deux pour faire étape sur le chemin de Saint-Jacques-de-Compostelle, ou de Rocamadour, y venaient des malades au bout du rouleau et des estropiés qu'il fallait soigner avant de les remettre dehors. Le frère aumônier qu'on appelait « frère bienfaiteur » connaissait les plantes qui soulagent et guérissent. Il entretenait un grand jardin avec l'aide de jeunes convers[5]. Il m'en confia bientôt la surveillance. Je me liai ainsi d'amitié avec les frères convers. Nés dans des familles paysannes, ils avaient une grande connaissance de la nature, du jardinage et des arbres à fruits.

Un soir à la nuit, arrivèrent au monastère deux hommes barbus et chevelus enveloppés dans des capes brunes, couvertes de poussière, mais qui au revers avaient conservé les reflets bleus de la couleur d'origine. Les deux hommes étaient maigres, leur regard noir et ardent. Ils allaient nu-pieds, portant leurs chaussures autour du cou par mesure d'économie.

Ils s'entretinrent un moment avec le frère aumônier jusqu'à ce qu'apparaisse frère Anselme, l'oncle de mon père. Le vieux moine rougit en reconnaissant le plus âgé des deux hommes. Il l'emmena à l'écart, dans une petite pièce qui servait de réserve. Là, dans la semi-obscurité, à l'abri des regards indiscrets, mon grand-oncle s'agenouilla devant le visiteur et réclama plusieurs fois sa bénédiction. Ensuite, l'homme vint retrouver son compagnon et les deux voyageurs se firent servir le même repas, frugal et sans viande. Avec un peu de vin.

Le lendemain, ils avaient disparu. Je questionnai frère Anselme sur ces étranges pèlerins. Mon grand-oncle s'étonna de mes questions.

— L'un d'eux vous a béni, frère Anselme. Trois fois !

Le vieux moine s'empourpra et, comprenant tout à coup que j'avais été le témoin de toute la scène, il répéta plusieurs fois : « Tu m'as vu… tu m'as vu m'agenouiller devant lui… »

Il semblait très contrarié.

— Promets-moi de n'en parler à personne, me pressa-t-il, promets-le-moi !

Je promis.

Comme je revenais chaque jour à la charge pour qu'il m'explique le sens de la scène dont j'avais été involontairement le témoin, il finit par me révéler son secret.

— Cet homme que tu as vu est un Bon Homme[6], un saint homme de l'Église cathare. Malheureusement, Sa Sainteté n'est pas reconnue par le seigneur pape, ni par l'Église de Rome, ni par aucun évêque.

— Ni par notre père abbé *plus aimé que redouté* ?

— Ni par notre père abbé, qui déteste les cathares.

— Mais pourquoi ?

— Pourquoi ? Parce que les Bons Hommes professent qu'il y a deux mondes, le monde du Bien et le monde du Mal, le monde de la Lumière créé par Dieu, et le monde des Ténèbres créé par le diable.

— Mais… demandai-je, est-ce la vérité ? Y a-t-il réellement deux mondes, un bon et un mauvais ?

— Bien sûr que c'est la vérité ! Le monde visible, matériel et corruptible dans lequel nous vivons, n'a pu être créé que par le diable. Nous y voyons trop de méchants et d'envieux, trop de meurtres et de vols, et aussi trop de maladies et de souffrances endurées pour qu'il ait été créé par Dieu, qui n'est que bonté. Le monde créé par Dieu est le monde de l'esprit, de la lumière et de la paix. Dieu étant parfait, le monde créé par Lui l'est aussi, forcément. C'est aux fruits que l'on reconnaît l'arbre, disait Jésus.

— Je veux aller dans le monde parfait !

— Tu iras un jour, avec l'aide de la nouvelle Église. L'homme que tu as vu t'y conduira, si tu suis ses préceptes.

— Mais pourquoi se cache-t-il, ce saint homme, s'il est juste et s'il fait le bien ?

— Il se cache de l'Église de Rome, qui appartient au monde du diable, parce qu'elle est riche et cruelle. Les cathares disent que le seigneur pape est le complice de Satan ; tu comprends que ça ne lui fait pas plaisir, au seigneur pape ! L'Église cathare est sa pire ennemie. Rome la pourchasse, la persécute, et quand elle attrape un de ses fidèles, elle le brûle tout vif !

— Il était si maigre le Bon Homme qui vous a béni qu'il flamberait comme une brindille !

— C'est vrai !

— Mais si notre père abbé savait que vous, vous accueillez des cathares, que ferait-il ?

Frère Anselme frissonna :

— Il m'accuserait d'être leur complice, évidemment. Et il me ferait brûler !

— Mais c'est horrible !

— Oui, c'est horrible ! C'est cruel ! C'est barbare ! Tu comprends pourquoi les cathares n'ont que mépris pour l'Église romaine.

— Peut-être, mais risquer sa vie… pour une bénédiction ? Est-ce… indispensable ?

— C'est indispensable, car on ne peut se passer des Bons Hommes. On ne peut pas ! Sache qu'ils ont le pouvoir de convoquer l'Esprit Saint sur notre lit de mort, pour qu'il emporte notre âme au ciel, en un éclair, avant que Satan ne s'en empare. Vois-tu Imbert, si sur mon lit de mort l'homme que tu as vu pouvait venir me « consoler », c'est-à-dire m'administrer le sacrement du *consolament*[7] qui m'enverrait tout droit au paradis, je serais le plus heureux des hommes.

Il médita un moment, semblant hésiter, puis me demanda à brûle-pourpoint :

— Imbert, mon neveu, ferais-tu cela pour moi ?

— Moi ? Mais que dois-je faire ?

— Quand je sentirai venir la mort, je t'avertirai. Il te faudra alors prévenir le saint homme devant qui je me suis agenouillé, et le guider jusqu'à mon lit sans que personne ne le voie. Le feras-tu ?

— Moi ? Mais si je suis découvert, que se passera-t-il ?

— Tu seras brûlé.

— Comme un poulet ? Mais pourquoi ? C'est affreux !

— Moi aussi je serai brûlé vif. C'est le prix que nous devons payer pour gagner notre salut, Imbert. Quand je te disais que ce monde dans lequel nous vivons tous les jours appartient au diable, et à ses abominations ! C'est pourquoi il est impératif de mettre notre âme à l'abri des griffes de Satan à l'heure de notre mort. Ce pouvoir, il n'y a que les Bons Hommes qui l'ont, et eux seuls !

Sa voix se faisait languissante et persuasive :

— Aussi je te le demande solennellement, Imbert : feras-tu le moment venu ce que je te demande, par amour de moi qui suis ton parent ?

Je m'écriai :

— Vous avez toujours été bon pour moi, dom Anselme ! Je vous aime comme mon père, et même davantage ; aussi je le ferai.

Frère Anselme me serra dans ses bras. Des larmes coulaient sur ses joues.

— Tu auras apporté beaucoup de joie à la fin de mes jours, mon enfant, murmura-t-il d'une voix cassée par l'émotion. Ton père est bien heureux d'avoir un fils comme toi.

Je pensai : « La réciproque n'est pas vraie », mais je le gardai pour moi.

Frère Anselme m'enseigna la nouvelle religion, celle des cathares, que le seigneur pape haïssait autant que les cathares haïssaient le seigneur pape. Le chef de l'Église catholique, apostolique et romaine s'était vengé en envoyant une armée combattre la nouvelle religion, et tenter de l'exterminer. Il avait gagné en apparence, mais en apparence seulement.

Cette armée venue chez nous l'année de ma naissance s'était installée confortablement dans le pays et ne parlait plus de repartir. Elle était encore là douze ans après, tenant le pays dans une main de fer. Face aux exactions et aux pillages de la soldatesque, qui se comportait comme en pays sarrasin, nombreux étaient les seigneurs de chez nous qui murmuraient, qui regimbaient, et qui cherchaient à se libérer à toute force, outrés par le comportement des occupants. Mais le moindre geste de rébellion était impitoyablement châtié. Beaucoup de châteaux avaient été confisqués, et leurs seigneurs obligés de s'enfuir au-delà des Pyrénées, avec leurs familles, pour ne pas être emprisonnés. Ils allaient grossir le cortège des faidits.

Je voyais souvent à l'hospice, s'arrêtant pour la nuit, des pèlerins qui portaient une grande croix jaune dans le dos, sur la poitrine, et aussi sur leurs épaules. De quelque côté qu'on les aborde, on ne pouvait pas ne pas voir les croix. Frère Anselme m'apprit qu'il s'agissait de croyants cathares qui avaient été dénoncés et emprisonnés. Menacés du bûcher ou de la prison, ils avaient abjuré, mais pour les punir d'avoir osé trahir l'Église romaine, même une seule fois, ils devaient accomplir un grand pèlerinage à Saint-Jacques-de-Compostelle ou à Rocamadour, ou dans un autre sanctuaire, en portant la croix jaune d'infamie.

Ils vivaient dans la honte, non pas d'avoir trahi auparavant l'Église de Rome, mais d'avoir renoncé à la foi nouvelle et d'avoir abandonné leurs amis croyants.

Mon grand-oncle les accueillait avec beaucoup de douceur et de bonté, conversait avec eux comme avec des frères. Il se souvenait de saint Pierre qui avait trahi Jésus en personne.

De mon côté, j'étais de plus en plus inquiet. Je lui demandai :

— Dom Anselme, où trouverai-je le saint homme quand vous me demanderez de l'avertir ?

— Mon fils, Dieu y pourvoira.

Frère Anselme mourut l'année suivante de mort naturelle. Sa disparition bouleversa ma vie comme personne n'aurait pu l'imaginer.

III

LE CONSOLAMENT DE BONNE FIN

Quand il sentit venir la mort, cloué dans son lit, frère Anselme m'appela auprès de lui et me dit à l'oreille :

— Prépare-toi ! Bientôt je remettrai mon âme à Dieu. Préviens le frère aumônier, et dis-lui que j'ai besoin d'une grande consolation. Tu as entendu : tu lui demanderas une grande consolation... Va ! Il comprendra. Tu me l'amèneras.

— Quoi ?

— Tu m'amèneras la grande consolation au moment de l'office nocturne, quand tous mes frères seront à l'église.

— Cette nuit ?

— Cette nuit ou la suivante. Quand tu l'auras trouvé. Presse-toi !

Je courus répéter au frère aumônier que frère Anselme espérait une grande consolation. Le frère hocha la tête d'un air entendu, sans rien ajouter. Le soir même, le Bon Homme qui avait secrètement béni frère Anselme se présenta à l'hospice, flanqué de son compagnon. Comme il pleuvait, ils étaient trempés, ce qui rendait leur allure encore plus misérable. Ils avaient gardé leurs souliers sous la cape et, après avoir lavé leurs pieds boueux, ils se rechaussèrent.

À cause du mauvais temps, nous avions rallumé la grande cheminée de l'hospice, et les visiteurs s'installèrent sous son grand manteau. Bientôt, ils se mirent à fumer comme des diables tant ils étaient trempés. Le plus ancien me dit d'une voix douce qu'il verrait frère Anselme dans la nuit, quand sonnerait la cloche appelant à l'office nocturne.

— Tu me conduiras jusqu'à son lit pendant que les moines seront à l'église. Ainsi, nous ne serons pas dérangés. Mais surtout, ne t'endors pas !

J'étais novice, et encore trop jeune pour participer à l'office nocturne, qui avait lieu à deux heures du matin en été, à trois heures en hiver. Comment allais-je rester éveillé jusqu'au milieu de la nuit ? J'en parlai au frère aumônier qui me rassura :

— Je viendrai te réveiller en allant à l'office. Mais fais attention au frère circateur.

Le circateur était un moine qui avait la confiance du père abbé et un grand amour de la discipline. Peut-être aussi le vice de l'inquisition. Il passait son temps à faire des rondes dans le monastère pour s'assurer que chacun observait bien la règle, dans ses moindres détails.

Il s'activait surtout la nuit, muni d'une petite

lampe qu'il tenait cachée dans sa grande manche, et qui lui permettait de s'éclairer sans être vu. Parcourant les dortoirs, il notait ceux qui traînaient pour se lever après la cloche, et dans l'église, il passait dans les rangs, silencieux, pour surprendre ceux qui s'étaient rendormis au fond de leur capuchon.

Le jour, il patrouillait dans le cloître, dans les couloirs, l'oreille aux aguets et l'œil soupçonneux, notant ceux qui parlaient ou qui riaient – le diable entre dans les bouches qui rient, grandes ouvertes, dit la règle –, et ceux qui n'étaient pas à leur place. Il ne venait jamais à l'hospice, où les pèlerins n'avaient pas à suivre de discipline, mais il lui arrivait de venir surveiller notre sommeil dans le dortoir des novices.

Nous en avions très peur, car il avait l'ouïe très fine et le moindre désordre, le moindre bavardage, la moindre dissipation ou la moindre sottise d'enfant l'attirait. Quand apparaissait sa lampe, descendue tout à coup de sa manche, il était trop tard. Nous étions bons pour soigner nos côtes au prochain chapitre. Il était impitoyable et ne manifestait jamais la moindre compassion ; au contraire, son visage s'éclairait d'une sorte de joie mauvaise, quand il parvenait à nous surprendre.

J'étais si inquiet en pensant à ce que j'avais à faire sans être vu, que je ne parvins pas à dormir, sinon par éclipses courtes et agitées. Quand j'entendis la cloche des vigiles sonner joyeusement au milieu de la nuit, comme si la beauté de la création divine ne pouvait attendre jusqu'à l'aube son chant de louange, je me levai. J'étais resté habillé, sauf les souliers. Je les pris à la main et gardai les chaussons de feutre que nous mettions la nuit pour pouvoir me déplacer sans bruit. Mon manteau passé sur les épaules, j'allai attendre dans l'escalier la venue de l'aumônier. En me voyant réveillé, il s'en retourna sans un mot.

Je revins à l'hospice, et priai Dieu de ne pas rencontrer le circateur. Parvenu silencieusement à destination, je trouvai les Bons Hommes au coin du feu, prêts à me suivre, et à administrer à frère Anselme ce que les cathares appellent le *consolament* de bonne fin, la consolation aux mourants. Par un rite approprié, l'Esprit Saint est convoqué au chevet du défunt et repart au ciel chargé de son âme, qu'il protège des menées du Malin.

Quand j'entendis les premiers chants de l'office, assuré que tous les moines, et je l'espérais le circateur étaient à l'église, je revins avec les deux Bons Hommes dans le monastère par une petite porte que j'avais ouverte. Je les menai jusqu'à l'infirmerie où frère Anselme avait été porté pour y être soigné, ou plutôt pour y mourir, dans l'amour de ses frères. Un cierge brillait à son chevet. Quand frère Anselme reconnut le diacre de la nouvelle foi, il sourit en répétant d'une voix faible :

— Mon bon ami… ah ! mon bon ami…

Il me fit un petit signe de remerciement.

Le Bon Homme commença aussitôt la cérémonie. Il enfilait avec ardeur les génuflexions et les prières, auxquelles frère Anselme fit quelques réponses. Pour finir, l'officiant sortit de sous sa cape un évangile à couverture verte, et le posa sur le front du mourant pour appeler l'Esprit Saint, afin qu'il puisse emporter le moment venu l'âme de frère Anselme, avant le diable.

À voir la mine souffrante du Bon Homme, ses yeux furibonds lorsqu'il parlait de Satan, la lutte devait être serrée. Pour finir, il donna à mon grand-oncle un baiser de paix en travers de la bouche avant de s'en retourner. C'est à ce moment-là que je surpris le regard terrible d'un moine couché dans un lit un peu plus loin, dans l'obscurité. Personne ne l'avait remarqué. C'était un autre malade, qui s'était bien gardé de se manifester, et qui n'avait rien perdu de la cérémonie.

Il nous lança, les yeux ronds : « Suppôts de Satan, je vais vous dénoncer, croyez-le ! »

Il se leva derrière nous, chancelant, et nous suivit comme il put, en chemise, s'appuyant aux murailles jusqu'à l'hospice en déclamant d'une voix sifflante :

— Ô persécuteurs de la sainte Église, ô ministres du diable ! Champions des hérétiques, race de vipères ! ô cruelle trahison ! Alerte ! Le poison de l'hérésie se répand dans notre monastère ! Alerte ! Rome est assiégée…

Arrivés à l'hospice, dans la salle grande, le plus

âgé des Bons Hommes dit à son compagnon qu'il fallait s'en aller sans plus attendre ; mais le moine, quoique tremblant de fièvre, à bout de force, s'entêtait à leur barrer la route. Il voulait les retenir jusqu'à ce que ses frères reviennent de l'église, pour les arrêter et leur faire un procès.

Les cathares ne voulaient user d'aucune violence envers lui. Ils le suppliaient de les laisser partir, s'engageant à ne plus revenir. Rien n'y fit. Ils étaient tombés sur un ennemi irréductible.

— Ô séducteurs par le mensonge, misérables entre tous les misérables... poursuivait le moine d'une voix irascible, tendue, mais de plus en plus faible, car il était très malade.

Je me voyais déjà jeté vif sur un bûcher, au milieu des flammes, abhorré par ma famille, abominé par l'abbé *plus aimé que redouté*. Le moine avait agrippé un Bon Homme avec ses dernières forces, retenant dans sa main fermée comme une serre, un pan de sa tunique. L'autre tentait vainement de lui ouvrir les doigts.

Complètement paniqué, je saisis dans la cheminée une grande poêle avec un long manche, qui servait de lèchefrite sous la broche, et pendant que les deux vieillards luttaient en silence, la respiration sifflante, s'attirant et se repoussant avec une détermination méchante et l'énergie du désespoir, je flanquai un grand coup de poêle derrière la tête du moine, au milieu de sa tonsure clairsemée.

L'ustensile était lourd et le frère s'écroula en grognant.

Les Bons Hommes en restèrent stupéfaits, et moi plus encore. J'avais l'impression d'avoir agi en dehors de ma volonté, comme si quelqu'un m'avait aidé à faire le geste. La main du diable ? Certainement, car j'étais persuadé d'avoir tué le moine. Le plus jeune des Bons Hommes s'agenouilla auprès de lui, l'examina longuement, et commenta :

— Il respire, il est toujours vivant. Les papistes ont la tête dure !

— Et si nous le ramenions dans son lit, suggéra son compagnon. Ainsi, personne ne saura rien de ce qui s'est passé. Et lui – il montra le moine, sur lequel couraient de petits filets de sang le long des rides de son crâne chiffonné par la vieillesse –, avec le coup qu'il a reçu de notre jeune frère, il ne s'en souviendra pas non plus.

Survint à ce moment l'un des convers, frère Jean, un jeune homme bâti comme une porte de couvent. D'une force herculéenne, il avait des manières rustres, mais le coeur assez bon. Devant cette scène, il s'arrêta, interdit.

Il était exclu de s'en prendre à frère Jean, qui nous aurait tous assommés d'un revers de main.

Je me jetai sur lui, suppliant :

— Frère Jean, si tu parles nous serons brûlés vifs ! Ne nous dénonce pas !

— Non !

— Aide-moi à porter notre frère dans son lit, qu'il n'aurait jamais dû quitter !

— Oui !

Avec l'aide de frère Jean, je ramenai le moine malade sur sa couche, à l'infirmerie. Je tremblais à l'idée de croiser les frères revenant de l'office nocturne. Notre compte eut été bon. Par miracle, nous ne rencontrâmes personne, pas même le frère circateur, et le moine fut remis à sa place, bien emmaillotté dans sa coule[8] et ses couvertures, la tête enfoncée au fond du grand capuchon pour qu'on ne remarque pas sa blessure. Nous rejoignîmes l'hospice sans être vus.

Les Bons Hommes s'apprêtaient à repartir, la mine sombre. Ils n'arrêtaient pas de demander pardon pour cet acte violent qu'ils n'avaient pas voulu, et qui était contraire à leur foi. Je les priai de rester jusqu'à l'aube :

— Le frère portier n'ouvre le couvent qu'avec le jour, expliquai-je, inutile de lui mettre la puce à l'oreille en réclamant l'ouverture des portes à une heure inhabituelle.

Quand le jour apparut, ils se levèrent et nous dirent :

— Venez avec nous ! Nous ferons de vous de bons croyants de la nouvelle Église, et vous serez sauvés !

Ils parlaient du salut de notre âme, la mienne et celle de frère Jean, mais nous pensions d'abord à sauver notre carcasse du bûcher.

Jean hésitait. Le plus ancien insista :

— Si tu restes ici, tu seras accusé d'avoir laissé s'enfuir des hérétiques, et tu seras emprisonné comme complice. Et peut-être brûlé.

J'étais décidé à m'enfuir. J'avais treize ans, je ne voulais pas finir ma vie emmuré dans une prison, ou partir en fumée sur un bûcher. Si jeune ! J'encourageai Jean à venir avec nous. Il se décida d'un coup :

— Allez, je viens avec vous ! Pour ce que j'en ai à faire…

Sur ces considérations, nous nous dirigeâmes vers la porte du couvent. Le frère portier nous ouvrit et s'étonna de me voir sortir de si bon matin. En principe, à cette heure matinale j'apprenais à lire et à écrire, et à chanter avec le maître des novices.

Je pris mon air le plus naturel pour expliquer :

— Je vais au vivier avec frère Jean. Nous avons de nombreux convives aujourd'hui et je dois attraper beaucoup de poissons.

Le portier se renfrogna et marmonna qu'il n'avait pas été prévenu qu'il y aurait tant de monde à nourrir, et qu'il était toujours le dernier à le savoir alors qu'il avait la tâche de surveiller les portes. Il en profita pour rajouter d'autres griefs sur la mauvaise administration du couvent. Puis il m'observa d'un air finaud et sourit :

— Tu es sûr de ne pas avoir oublié quelque chose, frère Imbert ?

Comme je ne savais que répondre, il insista :

— Le poisson, tu vas le pêcher avec les mains ?

J'avais oublié les cannes à pêche, les nasses et les filets, et la grande épuisette qui nous permettait de sortir les poissons de l'étang sans perdre de temps. Je n'avais pas pris non plus les grands cabas dans lesquels nous les rangions sur un lit d'algues et de renoncules, pour les ramener tout frais à la cuisine du monastère.

Après un instant de panique passé à observer mes mains vides, je me ressaisis et prenant un air des plus assurés je répliquai :

— J'ai tout laissé là-bas hier, mon frère !

— Tu sais que c'est interdit de laisser les ustensiles hors du couvent, à la merci des vagabonds et des voleurs ?

— Je le sais, frère portier. C'est un oubli impardonnable. Je le regrette et je m'en confesserai au prochain chapitre. Sans faute.

— Tu peux compter sur moi, frère Imbert, pour rappeler ta faute devant le père abbé, cervelle d'oiseau !

Je lui fis un petit salut amical et passai la porte devant les Bons Hommes. Frère Jean fermait la marche. Nous allâmes jusqu'à l'étang et, nous faufilant derrière une haie de roseaux, nous disparûmes dans la nature.

Tout s'était passé si vite que, saisi par l'émotion, je m'effondrai en pleurs. Les Bons Hommes attendris me consolèrent, tandis que frère Jean me contemplait avec ses gros yeux de bœuf. Il ne comprenait pas ce qui m'arrivait.

Nous reprîmes la route. Comme je demandai aux Bons Hommes où nous allions, l'Ancien me répondit :

— Là où les mourants nous réclament.

Son compagnon ajouta en riant :

— Tu manies bien la poêle à frire, tu seras notre garde du corps.

Moi qui avais rêvé durant toute mon enfance d'être chevalier, j'étais devenu une sorte de sergent d'armes. À treize ans, c'était un bon début.

— Moi aussi, ajouta frère Jean au bout d'un moment.

— Tu veux être sergent d'armes ?

— Pourquoi pas ?

— Pour commencer, il vous faut quitter vos habits de moine, poursuivit l'Ancien. Des moines sans couvent, ça attire l'attention, et les questions viennent vite. Nous vous procurerons des habits ordinaires, dès que possible.

— Et des armes, m'empressai-je d'ajouter.

— Et des armes, insista frère Jean. Une grande épée pour moi !

Ainsi s'acheva, sans beaucoup de regrets, ma vie au couvent.

IV

Le retour de Trencavel

Nous accompagnions les deux Bons Hommes dans leurs tournées pastorales à travers tout l'Albigeois et tout le Quercy, pour dire à travers le diocèse d'Albi et celui de Cahors. Ce n'était pas de tout repos, car l'évêque d'Albi nous faisait rechercher sans répit. Nous avions failli nous faire prendre plusieurs fois, dénoncés par des gens qui avaient peut-être beaucoup à se faire pardonner, de l'Église ou de l'armée d'occupation et voulaient prouver d'un coup, sans beaucoup de dépense, leur amour pour Rome et pour le roi Louis.

Quand Simon de Montfort, le chef militaire de la croisade venue de France, fut tué par une pierre sous les murs de Toulouse, d'où il avait été chassé et qu'il voulait reprendre avec un entêtement rancunier, beaucoup de seigneurs relevèrent la tête et se soulevèrent. Les comtes de Foix et de Toulouse prirent les armes et se débarrassèrent des Francimands[9].

Mais le plus extraordinaire fut le retour d'Espagne du jeune Trencavel, dont le père avait été tué à Carcassonne par Simon de Montfort. Le jeune vicomte d'Albi, Carcassonne, Béziers et autres lieux avait dix-sept ou dix-huit ans ; il vint à Albi avec son armée et tout le peuple, en souvenir de son père, lui fit fête. Il reçut dans son château du Castelviel les nobles de la région. J'allai le saluer, me présentant comme le fils de Gaucelm de Salles. Je lui déclarai sans mentir que ma famille n'avait jamais accepté l'occupation des croisés venus de France, et que nous étions heureux de son retour. Je l'assurai que j'étais prêt à mourir pour lui.

Trencavel était un beau jeune homme à la chevelure claire, au corps délié et robuste. Il avait le regard franc et avenant. Il me répondit en riant qu'il ne demandait à personne de mourir pour lui, mais au contraire de vivre à nouveau comme avant, en toute liberté. Son sénéchal connaissait bien mon père. Il me recommanda d'aller lui rendre visite, parce qu'il était très malade. Je promis.

Je n'avais pas revu mon père depuis que je m'étais enfui du monastère, car j'étais parjure. En effet, j'avais juré de ne jamais quitter le couvent, et je n'avais pas tenu parole. Les Bons Hommes que je servais avaient beau me répéter que j'avais juré sous la contrainte, sans engager ma volonté propre, et que jurer était sans valeur, et même un péché, car c'était comme de prendre Dieu en otage, je me sentais coupable envers mon père.

En attendant de tenir ma promesse faite au sénéchal je me mêlai au fort détachement d'Albigeois que Trencavel avait réuni pour aller s'emparer du château de Lombers, encore occupé par une garnison francimande. Montfort en avait fait une sorte de tête de pont en Albigeois. Je n'aurais voulu manquer cette expédition pour rien au monde. J'espérais accomplir un exploit sous les yeux du vicomte, et ainsi mériter le titre de chevalier. Mais quand nous arrivâmes en vue de la ville de Lombers, les Francimands prirent la fuite. Nous entrâmes dans une forteresse vide.

Très déçu de n'avoir pu livrer bataille, je quittai l'armée pour aller à Salles saluer mon père. J'étais accompagné de Jean et de mes deux Bons Hommes qui espéraient se faire héberger. Au château, je retrouvai tous mes familiers, qui m'annoncèrent que mon père venait de mourir. Tous savaient ce que j'avais fait, mais ils ne m'en tenaient pas rigueur, sachant que j'étais allé au monastère de Belloc contre ma volonté.

Ils m'annoncèrent que mon frère aîné Adémar était maintenant le chef de famille, et qu'il le rappelait volontiers à tout propos. Il construisait une belle demeure sur le puech de Mordagne.

Après quelques jours passés au château où j'étais né, et une visite à ma nourrice, je laissai là mes amis de la secte et pris la route le long du Cérou jusqu'au puech de Mordagne. Mon petit frère étant décédé d'un mal inconnu, et ma sœur dotée pauvrement et mariée, je voulais discuter avec mon frère aîné du partage de la châtellenie après la mort de notre père.

Je ne reconnus pas au loin la silhouette blanche du puech. Il semblait coiffé par une créature monstrueuse. Me revint aussitôt à l'esprit le souvenir du dragon qui avait hanté mon enfance.

Se pouvait-il que le diable ait tiré le dragon des profondeurs de sa grotte, comme on sort un chien de sa niche, et qu'il lui ait construit un nid sur le piton ? La silhouette qui barrait l'horizon dans les brumes matinales était celle d'un aigle sur son aire. Mais en m'approchant, je finis par distinguer l'arête vive d'une muraille, la ligne géométrique de toitures nouvelles, de tours et de créneaux. Le puech de Mordagne se couvrait de palais, de maisons, de tours et de remparts formidables !

Le bayle[10] du comte de Toulouse, le comte Jeune Raimondet, me reçut avec sympathie et m'expliqua que son maître construisait une cité nouvelle fermée par des murailles pour remplacer le bourg fortifié de Saint-Marcel que Simon de Montfort avait incendié et rasé, un jour de grande méchanceté. Fort heureusement, les châtelains avaient eu le temps de s'enfuir par un souterrain. Marquésia était sauve.

Le comte, ruiné par la guerre mais bien conseillé, avait à cette occasion imaginé un nouveau mode de peuplement qui devait rendre à son comté sa richesse d'antan. Chacun pouvait venir construire sa maison dans la ville neuve, sur une parcelle offerte gracieusement, mais à la condition de respecter un plan préétabli.

Une belle ville fortifiée qui grandissait chaque jour, voilà ce que j'avais pris stupidement pour les ailes et la crête d'un dragon. C'est ainsi que je découvris la ville nouvelle de Cordes, dont on dit aujourd'hui qu'elle est la plus belle cité et la plus riche après Toulouse.

Ayant décliné mon identité au représentant du comte, celui-ci me conduisit sur un vaste chantier animé par de nombreux maçons. J'y trouvai mon frère aîné Adémar. Il m'accueillit sans joie, et refusa de m'embrasser en public. Visiblement, ma présence le dérangeait.

Devinant ce qui m'amenait, il me déclara sans détour que notre père m'avait maudit quand il avait su que j'avais quitté l'abbaye de Belloc, et qu'il m'avait déshérité. Je ne faisais plus partie de la famille que j'avais déshonorée.

Par respect pour la volonté de notre père défunt, mon frère ne souhaitait pas m'accueillir chez lui.

Il me chassait comme Dieu avait chassé Adam et Ève du paradis terrestre.

C'était injuste, et à la réflexion, je pense que mon frère Adémar me chassait pour n'avoir rien à partager avec moi de son héritage. De plus, en me rejetant il économisait le prix de mon adoubement de chevalier, qu'il n'aurait pu refuser à son frère, fils de châtelain comme lui. Que pouvais-je faire ? J'avais seize ans à peine et, comme on disait dans les couvents, *les novices n'ont pas voix au chapitre.*

Je repris la route de l'exil avec Jean, abandonnant mes Bons Hommes dans la cité de Cordes parce que l'Ancien, qui était âgé, ne pouvait plus courir les chemins. Il fonda une sorte de couvent cathare dans un atelier de tissage, et partageait son temps entre la prière et le travail.

Moi, j'avais dans l'idée de rejoindre Carcassonne où était Trencavel. Toutefois, avant de quitter ma petite patrie, j'allai visiter la grotte où, enfant, les chevaliers de mon père m'avaient emmené en me déclarant que c'était l'antre d'un dragon. Je voulais en avoir le cœur net : le bruit effrayant que nous avions entendu était-il réellement le souffle et le piaffement d'un dragon ? Ou d'un autre animal ? Jean, qui était plus âgé que moi, mais qui était resté très crédule, m'accompagnait en traînant des pieds.

Errant ici et là sur le versant du puech, je finis par retrouver l'entrée de la grotte et m'enfonçai un peu dans la galerie qui la prolongeait. Je ne pus aller loin, car je n'avais pas de flambeau ni rien pour m'éclairer. Je tendis l'oreille et, à ma grande stupéfaction, j'entendis à nouveau le souffle puissant du dragon, et les piaffements réguliers de ses lourdes pattes. Parfois, une sorte de gémissement ou de grognement donnait l'impression qu'il se rapprochait. Me revint en mémoire l'engagement que j'avais pris enfant, de gagner les éperons dorés et de venir à Cordes provoquer le dragon, et de le tuer pour ensuite épouser Marquésia.

J'associais toujours le dragon à Marquésia. Je me voyais tuant l'un et domptant l'autre par mon courage.

Toutefois, avant de réaliser l'exploit qui me coûterait peut-être la vie, je voulais m'assurer de la récompense, en cas de réussite. Je demandai au bayle ce qu'était devenue la jolie Marquésia. Il me répondit en souriant qu'elle avait fait un beau mariage.

Les larmes me vinrent aux yeux, et je m'en retournai vivement.

Accompagné de Jean, je rejoignis Carcassonne en quelques jours, à pied. Trencavel y avait repris l'administration de ses vicomtés. Il distribuait des charges à tous ceux qui, ayant quelque instruction, avaient des capacités pour l'aider. Je pensais me mettre à la disposition du vicomte, dans l'office d'un de ses viguiers[11] ou d'un intendant, le temps d'apprendre le métier avant de recevoir moi-même une charge officielle.

J'étais prêt également, au cas où Trencavel me le demanderait, à servir dans son armée. Après quelques années de bons et loyaux services, je me ferais offrir l'adoubement et quelque châtellenie.

Trencavel me reçut au château comtal simplement, amicalement. Il m'avait connu à Albi, au Castelviel, et se souvenait très bien de moi. Il fut satisfait d'apprendre que j'avais reçu une bonne instruction à l'abbaye de Belloc, et me déclara que je ne regretterai pas d'être venu me mettre à son service.

Hélas ! Nous étions en l'an 1225, sous le règne du roi de France Louis VIII, et de son épouse, la reine Blanche, une bigote de la pire espèce. Elle haïssait l'Église cathare plus que le diable, et harcelait le roi son mari pour qu'il prenne la tête d'une nouvelle croisade contre nous.

Le roi tarabusté par sa femme, et tourmenté par le légat du pape, finit par s'exécuter. Il fit excommunier tous les seigneurs qui avaient pris le parti du comte de Toulouse, du comte de Foix ou de Trencavel. Puis, à la tête d'une nouvelle armée de faux pèlerins réunie à Bourges, il vint nous envahir à nouveau et s'emparer de nos terres sous le prétexte que nous étions excommuniés.

Quand l'armée royale, immense, formidable, s'approcha d'Avignon, seigneurs et consuls, sauf le comte de Toulouse, le comte de Foix et Trencavel, qui refusèrent de se rendre, prirent peur et vinrent se jeter aux pieds du souverain pour lui demander pardon. C'est ainsi que je rajoutai à la liste de mes exploits la guerre contre le roi de France.

Trencavel, invité à se retirer en Aragon, refusa de repasser les Pyrénées et se maintint dans les montagnes des Corbières, où il organisa la résistance aux côtés du comte de Foix. Les deux princes installèrent leur commandement à Limoux, qui se remplit comme un œuf, de faidits, de Bons Hommes, de moines défroqués, de soldats mercenaires, sans compter tous ceux et celles qui accompagnent les armées pour faire commerce.

Je suivis mon seigneur à Limoux, le cœur battant, impatient de connaître la mêlée des batailles. Jean, qui aurait pu disparaître dans la nature, redevenir bouvier ou bûcheron, ou épouser la fille d'un riche laboureur, préféra ma compagnie et celle des chevaux. Il m'accompagna.

Nous avions avec nous tous les seigneurs des Corbières, du pays de Sault et du comté de Foix. Leurs châteaux étaient des nids d'aigle imprenables, les forêts des forteresses formidables où les Francimands n'osaient pas s'aventurer. Nous étions au pied des Pyrénées comme des princes dans un royaume indépendant.

Pendant près de deux années, nous avons résisté à l'armée du roi de France. Deux années inoubliables. J'avais dix-huit ans et le goût de l'aventure. J'étais devenu un beau jeune homme, au visage couvert de poils et aux cheveux tombant sur les épaules, ce qui me donnait l'air farouche d'un guerrier gaulois.

C'est durant ces deux années de guerre que j'ai appris le métier des armes. Je ne doutais plus qu'au retour de la paix, quand tous les Francimands seraient repartis chez eux, Trencavel me prendrait à sa cour et me doterait en conséquence d'un riche château à garder, avec beaucoup de terres.

Le roi ayant attrapé le mal des armées remonta vers Paris précipitamment et mourut en chemin. La reine Blanche, devenue veuve, enrageait de savoir que des seigneurs du Midi osaient encore tenir tête à une fille de roi, femme de roi, mère de roi.

Le comte de Toulouse interdisant l'entrée de sa cité aux armées royales, la reine donna l'ordre au chef de son armée de ravager le pays toulousain et d'en faire une terre brûlée, un désert, jusqu'à ce que toute la population soit morte de faim. Au nom de Jésus-Christ.

C'est ainsi que le comte de Toulouse finit par se rendre, pour sauver de la famine et d'une mort affreuse ses bons et loyaux sujets.

Le comte alla signer à Paris, la mort dans l'âme, un traité très dur qui lui enlevait une partie de ses domaines et le ruinait. Mais il arrêtait la guerre. Le comte de Foix se soumit à son tour, lui qui n'avait rien à perdre, et Trencavel qui n'avait rien à négocier. On lui avait déjà tout pris. Il repartit en exil dans le royaume d'Aragon, à la cour du roi Jaume qui était son cousin et son ami.

Je m'enfuis par le haut pays de Sault, rude et sauvage, à la suite de nombreux Bons Hommes et des croyants de la nouvelle foi. Nous savions que si nous tombions entre les mains des Francimands, après avoir mené une guerre très dure contre eux, nous serions pendus sur l'heure.

Je restai un an dans les montagnes du comté de Foix, dans la vallée de l'Ariège entre Ax et Tarascon, prêt à passer en Espagne à la première alerte. Quand le temps de la vengeance et des châtiments fut passé, je voulus revenir chez moi. Après tout, je n'avais fait qu'accomplir mon métier de soldat, comme des milliers d'autres.

Jouant le tout pour le tout, je retournai discrètement au château de Salles, où j'étais né. Je m'y installai sans bruit, soucieux de ne pas attirer l'attention, et demandai à mon frère Adémar qui résidait dans son palais de Cordes de bien vouloir me laisser vivre au château familial. Et de me donner de quoi me nourrir et me vêtir. En contrepartie, je lui promis de ne réclamer aucune part de l'héritage de nos parents qu'il avait si hâtivement accaparé. Il accepta, de mauvaise grâce, et ne tint pas parole.

Quand je lui demandais de l'argent, il me répondait que j'étais la honte de la famille et que je devais disparaître.

J'étais toutefois nourri et logé au château de Salles. Mais rien de plus. Je portais les vêtements de mon père, et ce qu'on me donnait par charité. Au bout de quelques mois, je menaçai mon frère de porter plainte contre lui, auprès du juge d'Albi pour abus et détournement d'héritage, s'il ne m'accordait pas, quatre fois l'an, trente sous pour me garder de tomber en mendicité.

Par crainte qu'une enquête découvre ses manigances, mais aussi mon passé lié à la nouvelle secte, prétexte à confisquer tous nos biens familiaux, mon frère s'exécuta et me versa ma rente. Du moins quand je la lui réclamais…

V

L'émeute de Cordes

J'avais assez bien jugé de la situation, car, terré dans mon petit village de Salles, on oublia ma fidélité à Trencavel autant que mon aventure de l'abbaye de Belloc. J'allais souvent à Cordes, la cité nouvelle, où j'avais beaucoup d'amis. S'y étaient ouverts de nombreux ouvroirs de tisserands, et aussi des ateliers qui travaillaient le cuir le long des eaux propices de l'Aurosse et du Cérou. Dans ces ateliers on y révélait les mystères de la doctrine cathare autant, sinon davantage, que les secrets du métier.

Le vieux Bon Homme que nous avions laissé à Cordes était mort, mais son compagnon y demeurait encore et y prêchait. Très apprécié, appelé nuit et jour au chevet des moribonds, il distribuait les *consolaments* de bonne fin à tour de bras.

Car la religion des Bons Hommes se disséminait dans le pays cordais à tout vent – comme une peste, comme un poison disaient ses ennemis –, au milieu de la population nouvelle qui allait et venait. Beaucoup de ces nouveaux arrivants avaient connu la persécution des prêtres et des moines dans leur village, et étaient venus à Cordes parce qu'on en parlait comme d'un refuge pour ceux qui ont l'entendement du Bien. Au point que dans le pays cordais, la nouvelle religion était en passe de supplanter l'ancienne.

Les prêtres qui osaient encore défendre publiquement l'Église de Rome, et renseigner les moines de l'Inquisition, ne pouvaient sortir dans les rues populeuses sans être injuriés et frappés.

Une année, sur l'insistance de notre Parfait qui avait le sens politique, je me portai candidat au consulat[12] de Cordes. J'en avais le droit, car Salles était dans la baylie de Cordes, c'est-à-dire dans la même juridiction. Les gens de Salles payaient leurs impôts à la cité, et faisaient des tours de garde sur ses remparts ; en contrepartie, ils jouissaient de sa protection et participaient à son administration.

Je fus élu, je pense, à cause de ma sympathie connue pour la foi cathare, et également pour mes exploits passés qui faisaient de moi un ennemi irréductible de l'Église romaine, et de l'évêque d'Albi. J'étais un homme capable de résister aux menaces de l'Inquisition.

Peu après, peut-être alarmé par cette élection, l'évêque d'Albi déclara Cordes « infectée par le poison de l'hérésie ». Il y envoya trois inquisiteurs pour fouiner, enquêter, interroger les habitants et traquer leurs mauvaises pensées sous le couvert de bonnes paroles. Mais à Cordes, personne ne voulait dénoncer personne.

Les inquisiteurs avaient tant de mal à trouver des hérétiques, car aucun témoin n'était assez hardi pour risquer sa vie en dénonçant son voisin, qu'ils finirent par accuser le premier venu, pour sauver leur réputation.

Ils mirent la main par hasard sur un laboureur de Laguépie, venu à Cordes vendre ses boeufs. Ne connaissant pas les inquisiteurs, ni peut-être l'existence de cette bête féroce qu'était l'Inquisition, il se prêta sans peine à répéter tout ce que les moines voulaient lui entendre dire, en particulier qu'il était de la nouvelle religion.

Fous de joie, les inquisiteurs lui firent son procès sur l'heure, et le condamnèrent au bûcher. Le laboureur voulut abjurer, renier sa foi pour éviter le bûcher, mais les moines avaient besoin de faire un exemple et ils le brûlèrent quand même.

Ensuite, ils s'en prirent à une vieille femme, qu'ils accusèrent d'être membre de la secte. Comme elle criait dans les rues de Cordes que le seigneur pape était Satan en personne, et l'évêque d'Albi son suppôt, les moines en avaient conclu qu'elle était cathare, puisqu'elle parlait comme les cathares. Ils lui firent son procès, le temps de la condamner au bûcher.

Petit, cette vieille femme avait été ma nourrice à Salles. Elle avait perdu la tête et son fils l'avait prise chez lui à Cordes, où il travaillait le cuir. Quand le peuple vit passer le cortège du supplice à travers les rues, la vieille femme qui riait, attachée comme une criminelle sur un tombereau, les gens s'émurent et voulurent la délivrer.

Les moines avaient recruté des hommes d'armes albigeois qui s'interposèrent. Malgré les conseils de prudence, je ne pus m'empêcher d'intervenir. J'arrêtai le convoi et exigeai au nom du consulat la libération de cette pauvre femme qui n'avait plus toute sa tête. Les inquisiteurs s'y opposèrent, rétorquant que dans tous les cas, c'était le diable qui la faisait parler ainsi.

Je m'approchai de ma nourrice pour la libérer. Un garde me menaça de sa lance. Jean qui m'accompagnait – il avait été recruté comme sergent d'armes au consulat –, tira son épée et menaça à son tour le soldat sans tourner autour du pot :

— Carogne romaine, va voir si j'y suis au palais de ton évêque, ou je te découpe en rondelles !

Devant cette montagne de muscles bardée de fer, et ce regard où se lisait une folle assurance, le sergent se vit mort et s'écarta.

Un des inquisiteurs bondit pour me couper la route. Il tenait à la main une grande croix de procession et m'en donna un grand coup dans les côtes en criant, puis se reculant un autre coup sur la tête. Emporté par une colère irrépressible, je me saisis d'un poignard que j'avais à la ceinture, comme tout *donzel*[13] bien né, et me jetai sur le moine en lui portant un coup dans la poitrine.

Sa coule se teinta de sang vermillon et il se mit à crier qu'il était mort.

Loin de venir le secourir, la foule s'en prit aux autres moines, tandis que les soldats venus d'Albi, estimant qu'ils avaient été assez courageux, s'enfuyaient en abandonnant leur lance pour dire qu'ils renonçaient au pouvoir que l'évêque leur avait conféré un peu légèrement.

Les moines furent roués de coups dans la grande rue de la cité, au milieu des rires et des hurlements.

Quelqu'un lança l'idée de les jeter dans le puits qui était sous la halle, sur la grand place, mais je m'y opposai fermement. Nous n'étions pas des meurtriers, mais simplement les défenseurs des pauvres et des simples d'esprit.

La vieille femme, qui avait été une hérétique avérée, je le savais bien puisqu'elle m'avait élevé dans ma petite enfance, fut libérée et emmenée dans un endroit secret. Puis chacun rentra chez soi, sauf Jean qui ne voulait pas me quitter.

Le lendemain à l'aube, des amis vinrent me dire :

— Imbert, tu ne peux pas rester ici. Tu as frappé un inquisiteur, l'évêque d'Albi ne te le pardonnera pas. Il va envoyer une troupe de gens d'armes pour te prendre et te punir. Ils te tortureront et, avec ton passé, nul doute qu'ils te brûleront vif. Sauve-toi tant qu'il en est encore temps !

Ils avaient certainement raison, mes amis, mais je ne voulais pas quitter ma petite patrie. Je restai. Quelques jours après, arriva sans prévenir une forte troupe de soldats, envoyée par l'évêque et le sénéchal du roi. Les soldats avaient ordre de s'emparer de ma personne et de me ramener à Albi pour que j'y sois jugé et puni.

Car quiconque entrait dans la suspicion de l'Inquisition était inexorablement emprisonné et puni. Le mot d'ordre des inquisiteurs était déjà à l'époque : *« Punissez mes frères, tant que vous pourrez. Si vous châtiez par mégarde un innocent, peu importe. Dieu sait reconnaître les siens ! »*

L'évêque aurait même répondu à ceux qui avaient des scrupules de justice : « Ne perdez pas de temps ! Si vous punissez quelques innocents, le peuple n'en sera que plus soumis, sachant que rien ne peut le mettre à l'abri du châtiment de Dieu, pas même l'innocence ! Croyez-moi, votre tâche en sera beaucoup facilitée. »

J'étais en réunion à la maison commune, à côté de la halle, quand la cité fut envahie par la soldatesque. La nuit tombait et nous avions déjà allumé quelques torches dans la salle grande au premier étage. Mes amis m'avertirent que les hommes de l'évêque me cherchaient. J'allai à la fenêtre et vis une troupe nombreuse qui cernait la place et la maison commune où nous étions assemblés. Quelqu'un les avait bien renseignés.

Devant autant d'ennemis, je regrettai la légèreté qui m'avait poussé à rester contre l'avis de tous, en attendant de voir ce qu'allait faire l'évêque. Nul doute que s'il avait mobilisé une armée pour m'arrêter, ce n'était pas pour m'inviter à venir disputer savamment sur le sexe des anges dans son palais, en partageant des échaudés. J'allais le payer de ma vie.

Mes amis me suppliaient de m'enfuir. Je ne demandais pas mieux, mais comment ?

Jean vint me voir. Il brandissait son épée dans son fourreau, et proclamait qu'il était prêt à mourir pour moi. Il entraîna d'autres exaltés qui firent jurer à toute l'assemblée qu'ils me défendraient jusqu'à la mort, ou me quitteraient sain et sauf. Ces déclarations me firent chaud au coeur, bien qu'une bonne idée pour me tirer de là sans dommage m'aurait mieux convenu.

Un homme entra qui avait l'entendement du Bien. Il était maçon, puisatier, et fossoyeur à l'occasion dans le cimetière cathare. Il me prit dans un coin et me dit sous le sceau du secret :

— Imbert, je sais comment te faire quitter la ville sans laisser de traces. Suis-moi !

Je le connaissais assez pour lui faire confiance, car il n'était pas homme à parler à la légère. De toute façon, je n'avais guère le choix. Mes compatriotes, en dépit de leur ardeur guerrière, n'auraient pas résisté longtemps à l'armée épiscopale, qui comptait de vrais soldats de métier. Des écorcheurs de première.

Je suivis le maçon. Sa femme l'attendait au rez-de-chaussée. Elle me donna son manteau et sa coiffe à laquelle était attaché un voile, et m'aida à ajuster ces atours féminins. Une fois que je fus travesti, son mari m'invita à quitter la maison commune.

Je ne voyais guère où il voulait en venir. Je ne pouvais croire qu'un déguisement aussi grossier puisse tromper les gens d'armes qui guettaient tous les coins d'ombre de leurs yeux féroces. Jamais je ne parviendrai à traverser leurs rangs, encore moins à passer les portes qui devaient être closes.

— Fais-moi confiance, s'impatienta le puisatier en me donnant le bras, dans une heure tu seras libre !

Je le suivis, ou plutôt je m'accrochai à lui. Je vis la grand place entourée de soldats à pied et à cheval, armés jusqu'aux dents, qui éloignaient les curieux et surveillaient la maison commune. L'homme tenant une grande cruche à la main me guida jusqu'au puits sous la halle, à quelques pas.

— Ce puits, me murmura-t-il, je le connais bien, c'est moi qui l'ai fait en grande partie ! Il est très profond, d'une profondeur inimaginable. Je vais t'y faire descendre, mais à mi-chemin tu verras une pierre dans laquelle est scellée une plaque de cuivre. Tu appuieras fort sur cette plaque et la pierre s'effacera. Tu te glisseras dans le trou. Un souterrain te mènera à une fourche : prends la galerie de gauche, et tu déboucheras sous les remparts, dans le cimetière des hérétiques.

— Et à droite ?

— À droite, n'y va pas ! Tu pourrais le regretter.

— Bien, j'irai à gauche !

— Toujours à gauche ! Ensuite, que Dieu te garde !

Me penchant sur la margelle, je vis qu'une corde passée autour du treuil supportait l'anse en fer forgé d'un grand seau de bois, fait de larges douves cerclées. Le puisatier le désigna :

— Monte là-dedans !

Tandis qu'il posait sa cruche sur la margelle, et suspendait mon manteau à un crochet, pour me mettre un instant à l'abri des regards, je m'assis sur le rebord du puits. L'homme me tendit sa lanterne sourde, dont la chandelle était comme dans une petite cage, protégée par des lames de corne, et s'emparant de la corde, la libéra.

De ses bras musculeux, il laissa aller la corde par petites brassées, me laissant descendre sans se presser dans le baquet, comme s'il puisait de l'eau.

Fort heureusement, je n'étais pas très lourd, beaucoup moins que mon frère Adémar par exemple, qui passait son temps à table et était devenu très corpulent.

La lanterne diffusait une faible lumière, mais suffisante pour éclairer les parois du puits qui étaient proches. Le passage sans fin des seilles, qui tout au long du jour remontaient l'eau la plus pure du royaume, avait marqué de stries blanches la moire verdâtre qui recouvrait la pierre.

Dans cet écheveau de lignes embrouillées, dessiné par le passage des seaux et que découvraient mes yeux à la faible lueur de la lampe, je craignais fort de ne pas remarquer la plaque de cuivre.

Je l'aperçus au dernier moment et la frappai d'un coup de poing formidable, avec une force à la mesure de mon angoisse. Le mécanisme joua sans hésitation : la plaque fit pivoter une pierre longue qui s'effaça dans le mur, dévoilant un passage secret. La main endolorie, je plongeai sans hésiter dans l'ouverture étroite, la lampe en avant. Un air frais et humide vint rafraîchir mon visage. Bientôt le souterrain creusé de main d'homme fut assez grand pour me permettre de marcher debout, un peu courbé.

Je rencontrai la bifurcation dont m'avait parlé le puisatier et je me glissai dans la galerie de gauche, plus étroite et plus basse. Mais la curiosité me fit retourner et prendre la galerie de droite. Je voulais savoir ce qu'il y avait au bout. Bientôt je rencontrai un lac à l'eau cristalline. Une petite barque semblait m'attendre. Je la poussai sur l'eau et à l'aide d'une rame, je traversai. De l'autre côté, la galerie reprenait, menant dans les profondeurs de la terre. J'hésitai à poursuivre. L'oreille aux aguets, je surpris un bruit bien connu, comme un souffle rauque et puissant, des piaffements, des coups sourds et des grincements de vieux cuir. « Le dragon ! Encore lui ! pensai-je. Un jour, j'irai le voir de près, je le jure, et je lui ferai son affaire. »

J'avais appris au monastère de Belloc que le diable peut prendre la forme de créatures séduisantes, mais aussi habiter dans des monstres. Je ne doutais pas que ce dragon fût une manifestation diabolique, qui nous rappelait que nous étions au-dessus d'un volcan et que nous devions prier Dieu sans cesse et nous garder des forces du mal.

Je revins rapidement à l'embranchement pour reprendre la bonne galerie. J'avais à peine fait quelques pas dans celle-ci que la flamme de ma lampe s'éteignit, tandis qu'un courant d'air me soufflait dans la figure. J'avançai à tâtons, jusqu'à heurter un mur de terre qui m'empêcha de poursuivre. J'envoyai mes mains dans toutes les directions, affolé, et je rencontrai au-dessus de ma tête un couvercle de planches qui finit par céder.

Un triangle de ciel apparut au-dessus de moi, incendié par les dernières lueurs du couchant.

Le souterrain s'achevait dans une tombe vide. Quel meilleur endroit pour cacher l'entrée secrète d'un souterrain ? Je quittai le cimetière en silence et m'éloignai de Cordes rapidement.

Je pleurai en jetant un dernier regard à ma cité

bien-aimée. Elle s'étalait dans le crépuscule sur tout le puech de Mordagne, épousant avec élégance, comme une échine bien galbée, la courbe du rocher qui lui servait d'assise. Les toitures aux reflets roses, les murailles qui blanchissaient encore au-dessus des champs de lin et des prairies, formaient sur le ciel sombre du crépuscule un spectacle d'une beauté à couper le souffle.

Je ne le savais pas encore, mais je ne devais jamais revoir ma petite patrie, mon château de Salles, ma cité de Cordes, jusqu'à ce jour, cette heure où vous découvrez le récit de ma vie.

VI

AU CHÂTEAU DE PEYREPERTUSE

J'allai me réfugier dans le comté de Foix. Ayant appris ce que j'avais fait à Cordes, le comte me reçut avec beaucoup d'amitié. Il me donna des habits neufs, des armes, et un cheval pour m'enrôler dans son armée. J'allai avec un de ses oncles, Loup de Foix, jusqu'en Cerdagne me battre contre l'armée du comte du Roussillon, avec qui le comte de Foix était en guerre à cause de quelques châteaux que chacun revendiquait.

La guerre se termina peu après, sans que j'aie pu donner un coup d'épée, alors que je comptais bien m'illustrer par quelque exploit. Le comte m'aurait félicité et m'aurait demandé comment me remercier. Vous vous doutez de la réponse : je lui aurais réclamé les éperons d'or et j'aurais enfin pu tenir mon rang.

Mais la paix fut signée entre les deux princes et le comte m'envoya au château de Peyrepertuse pour y tenir garnison, car les Francimands voulaient s'en emparer au nom de la croisade et de l'Église de

Rome. En récompense de ma prouesse de Cordes – trois inquisiteurs mis hors d'état de nuire –, le comte me laissa le cheval. Il aimait me faire répéter le récit de l'algarade. La simple évocation de la raclée administrée aux moines par les habitants de Cordes le faisait rire à gorge déployée.

Je me rendis au château de Peyrepertuse avec plusieurs compagnons de la guerre de Cerdagne. La forteresse était une citadelle immense perchée en plein ciel dans les hautes montagnes des Corbières, à la frontière du royaume d'Aragon. Elle était réputée imprenable.

Le châtelain qui tenait Peyrepertuse, le seigneur Guilhem, était un énorme barbu au rire tonitruant, et entièrement dévoué à la secte cathare. Au premier abord, on avait du mal à le croire, car il ne mettait guère ses principes en pratique. Il mangeait comme un ogre, surtout du gibier, jurait comme un charretier, et mentait comme un arracheur de dents. De plus, il s'enivrait le soir au souper, et allait se coucher en tenant des propos gaillards, le visage cramoisi comme celui d'un forgeron. Mais les quelques Parfaits qui l'entouraient et veillaient sur son âme n'y trouvaient rien à redire, et le bénissaient à tour de bras.

Le seigneur Guilhem ayant lui aussi entendu parler de mes exploits contre l'Église de Rome, m'accueillit avec joie. Une fois de plus mes actes de rébellion m'ouvraient toutes les portes, et suscitaient admiration et respect. Ils donnaient comme par enchantement du poids à ma parole de hors-la-loi, tandis qu'auparavant, quand je respectais scrupuleusement les saints principes de l'Église, et les désirs de mon père, on ne tenait aucun compte ni de mon avis ni de ma volonté.

Soumis à l'Église officielle, je ne valais pas un pou de mouton. Il y avait là de quoi méditer.

Contemplant les à-pics vertigineux depuis les créneaux, et au loin les montagnes bleutées du royaume d'Aragon, j'avais le sentiment merveilleux d'être totalement à l'abri de la férocité sanguinaire des inquisiteurs et du seigneur pape. Les hautes montagnes des Corbières n'avaient jamais vu de moines inquisiteurs, et n'en verraient jamais.

Je tournai mes pensées vers la fille du châtelain qui se nommait Marquésia, comme la fille de celui de Saint-Marcel. L'une était frêle et blonde, l'autre brune et charpentée, aussi robuste que sa forteresse. J'y voyais une marque du destin, il était écrit que j'épouserais une Marquésia.

Marquésia de Peyrepertuse me plaisait beaucoup, et à certains détails je supposai que je ne lui étais pas indifférent. Toutefois, elle semblait assez versatile, voire capricieuse, jusqu'à ce que je comprenne que la jeune fille faisait semblant de ne s'intéresser à personne quand elle était sous le regard de son père. Le bonhomme était très jaloux de ses filles, comme de son épouse, et ne permettait à aucun homme de leur parler hors de sa présence. Et en sa présence, encore fallait-il lui demander la permission.

Quand son père n'était pas là, la brune Marquésia semblait me découvrir et se montrait avenante. Elle me souriait volontiers, ainsi que sa mère qui appréciait ma petite noblesse et mon instruction très au-dessus de la moyenne des habitants du château de Peyrepertuse.

Cela suffirait-il pour décider le seigneur Guilhem de me donner la main de sa fille cadette ? J'imaginais sans déplaisir de passer ma vie dans ce château voguant dans les nuages, à l'abri de l'Inquisition, choyé par la pulpeuse Marquésia.

Elle avait seize ou dix-sept ans, un visage agréable encadré par des cheveux noirs disposés selon un art complexe et peu compréhensible, une bouche ourlée et un regard sans méfiance, insistant, ce qui pouvait passer pour de l'effronterie. Son corps gracieux commençait à s'alourdir comme un fruit mûr prêt à cueillir.

Elle était souvent flanquée de son jeune frère, Mir, pour qui elle jouait le rôle de seconde mère. Mir était de l'avis général un garnement sans foi ni loi. J'entrepris néanmoins de conquérir son amitié, pensant qu'il était le plus court chemin pour atteindre la belle dans son donjon.

Malheureusement, je n'étais pas le premier à le penser. Le polisson vendait sa sœur au plus offrant, et se servait d'elle, de sa simplicité et de sa familiarité avec tous, pour favoriser les rencontres, ou plutôt les faire espérer en les faisant payer par avance. Il exigeait, de tous ceux qui avaient les mêmes intentions que moi, de penser d'abord à lui et à ses petits plaisirs.

Comme il aimait pêcher en rivière, et que j'avais appris ce métier chez les moines, je crus prendre un avantage en lui proposant un jeu où celui qui prendrait le plus de poissons gagnerait tous les instruments que je m'étais procurés à prix d'or, dans ce fin fond des Corbières, ligne, épuisette, hameçons, besace, *et cetera*.

Lui-même misait une petite somme d'argent qu'il n'avait pas, et qu'il m'obligea à lui prêter pour que les deux lots soient à peu près de même valeur. Mais j'étais disposé à tout pour m'introduire dans la famille châtelaine, et même à me laisser dépouiller.

Nous nous rendîmes une après-midi au bord du Verdouble, un affluent capricieux de l'Agly. Mir appâta et voulut tremper le premier la ligne dans les eaux pures de la rivière, à un endroit favorable qu'il connaissait. Il ramena en peu de temps quelques beaux poissons sans méfiance, puis accrocha sa ligne à des arbustes. Il rompit le fil, remit un hameçon avec un ver et me passa la canne en soupirant qu'il en avait assez fait.

Je lançai la ligne à mon tour dans les vastes marmites tourbillonnantes de la rivière, ferrai rapidement une truite, tirai un peu brutalement et le poisson se décrocha. Le gamin ricana. La même mésaventure m'arriva avec le second poisson, le troisième, et ainsi de suite.

Mir qui riait aux éclats – la charité chrétienne n'était pas dans ses principes –, déclara à bout de patience qu'il était inutile de poursuivre un spectacle aussi navrant. Il garda tout, la mise et les instruments de pêche.

Je sus plus tard que le garnement avait volontairement accroché sa ligne à des arbustes pour remplacer son hameçon par un autre dont il avait fait enlever les crochets. Aucun poisson ne pouvait s'y prendre.

On lui reprochait aussi, outre le trafic qu'il avait organisé en vendant sa sœur, de lancer son chien sur les volailles de la basse-cour, et de poser partout des pièges avec un braconnier du village qui lui enseignait le métier.

Par ailleurs, il convoitait mon cheval Grisel, un solide genet d'Espagne à l'encolure puissante et au pied sûr, que m'avait offert le comte de Foix. Connaissant bien mon emploi du temps et mes fonctions au château, Mir était auprès de moi, comme par miracle, quand j'avais besoin de mon cheval. Il réclamait l'honneur d'aller le chercher au pré, ce que je n'osais lui refuser.

Je lui faisais promettre néanmoins de le ramener en longe, et de ne pas chercher à le monter. Le mécréant m'assommait de promesses qui ne lui coûtaient rien, mais hors de ma vue il s'empressait d'enfourcher Grisel d'un bond et, habile comme un singe, il le lançait au galop sur des chemins de chèvre et des pentes caillouteuses où l'animal perdait ses fers, et risquait de se blesser.

Quand cela arrivait, Mir revenait avec un petit air de martyr, et m'amadouait en me proposant de porter un message à sa sœur. Que pouvais-je faire ? Je n'allais pas maltraiter mon messager !

Quand il sentit que je ne lui faisais plus confiance, et que ses tours pendables finissaient par avoir raison de ma patience, il me proposa avec son air sournois habituel d'organiser un rendez-vous avec Marquésia. Un vrai rendez-vous avec sa sœur, tous les deux seuls pendant un temps sans bornes ! Il me laissa entendre que c'était elle qui réclamait cette rencontre. Néanmoins, compte tenu du risque qu'il courait, il voulait être récompensé par avance.

Je tombai dans le panneau avec joie et lui abandonnai mes dernières économies, fou de bonheur à l'idée de tenir enfin dans mes bras la jeune fille dont j'étais amoureux, et qui manifestait de son côté, semblait-il, la même impatience. Il est vrai que nous n'avions pu échanger jusque-là que des sourires.

Je me voyais déjà faisant mon entrée dans la famille châtelaine. Finie la vie de garnison, routinière et terriblement ennuyeuse dans ce bout du monde ! Une autre existence allait commencer, brillante, légère, sensuelle, avec en prime, les éperons d'or.

Marquésia vivait dans la partie la plus élevée de la forteresse, à l'extrémité de l'éperon gigantesque qui dressait ses hautes falaises, raides comme les parois d'un navire, du côté du couchant. Là, un rocher inaccessible portait le grand donjon qui abritait la famille du seigneur Guilhem, ses plus proches lieutenants, et les Parfaits. On y accédait par des escaliers interminables taillés dans le roc. Plus bas, vivaient les chevaliers de bourse, soldés, les écuyers, les serviteurs et leur famille ainsi que la plupart des sergents d'armes. C'est là que je dormais, dans une salle voûtée, avec mes compagnons du comté de Foix.

Il y avait aussi une chapelle dédiée à Marie-Madeleine et desservie en principe par un chapelain et des vicaires, mais qui n'était ouverte qu'à de grandes occasions, non pas pour y honorer la sainte, mais pour célébrer le culte de Bacchus lors de grands soupers où le seigneur Guilhem régalait tout le Peyrepertusès.

Encore plus bas était la basse-cour, où se mélangeaient les volailles avec les hommes et les femmes des métiers. Il était extrêmement difficile, dans ces conditions, de rencontrer Marquésia en tête à tête, dans l'intimité et la discrétion. Mais Mir était confiant. Il suffisait, disait-il, que son père s'absente quelques jours et alors la surveillance familiale se relâcherait de façon conséquente. Marquésia pourrait venir se promener dans les cours basses.

De plus, me chuchotait Mir pour m'endormir, sa mère était très favorable à notre union.

Hélas ! Peu après, un escadron de chevaliers francimands, emmené par le sénéchal de Carcassonne, apparut à la porte de la forteresse, tout en bas. Ils venaient au nom du roi de France prendre possession du château. Le seigneur Guilhem les reçut sur les créneaux en leur montrant ses fesses, les braies baissées. Puis, comme les visiteurs attendaient patiemment qu'il ait achevé ses pitreries, réitérant l'ordre d'ouvrir les portes au représentant du roi, il leur montra le devant et leur urina sur la tête.

Le sénéchal repartit en jurant qu'il allait revenir avec des engins de siège, ce qui nous fit rire, car la disposition du site interdisait la mise en place d'une seule pierrière.

Guilhem répétait que Peyrepertuse ne pouvait appartenir au roi de France, car son suzerain était depuis la nuit des temps le roi d'Aragon. Dans la garnison, nous étions tous favorables au roi d'Aragon, mais la conséquence de cette mise en demeure fut que le seigneur Guilhem n'osait plus s'éloigner de sa forteresse.

La situation s'aggrava encore à l'automne quand Guilhem nous apprit que les droits attachés à son domaine avaient été vendus par son suzerain au roi de France. Il avait reçu de nouveau l'ordre d'ouvrir la forteresse au lieutenant du roi Louis et à l'armée royale, avant la fin de l'année.

Le seigneur de Peyrepertuse était du bois dont on fait les charpentes des cathédrales : d'une résistance à toute épreuve. Il réunit tous les habitants de la citadelle, et ceux du village d'en bas – des vignerons et des pâtres, pour la plupart –, dans la chapelle qui n'avait pas vu de paroissiens depuis des lustres. Devant un parterre d'hérétiques anxieux, il déclara qu'il ne rendrait jamais Peyrepertuse, ni au roi d'Aragon, ni au roi de France, ni même à Dieu ! Il préférait la mort. Tout le monde applaudit, et en premier les Bons Hommes et les croyants de la nouvelle foi, tous recherchés pour être emprisonnés ou brûlés. La nuit se passa à boire, comme après une grande victoire.

La vie continua. J'étais maintenant affecté à la protection des Parfaits, qui risquaient leur vie sur les chemins pour exercer leur sacerdoce en dehors des châteaux.

Il m'arrivait aussi d'aller chercher dans le comté de Toulouse des Bons Hommes et des Bonnes Dames menacés par l'Inquisition, pour les amener sains et saufs soit à Peyrepertuse, soit au château voisin de Quéribus, que l'on voyait dans le lointain en regardant vers Perpignan. Ou encore dans un autre château, comme celui de Puylaurens.

Il m'arrivait aussi de convoyer des hommes bannis avec leur famille, des grands seigneurs et de petits châtelains obligés de s'enfuir avec femmes et enfants, afin d'éviter la prison. Leur crime était d'avoir refusé d'arrêter des hérétiques, et de leur avoir ainsi évité le bûcher. Je ramenais aussi des bourgeois et des marchands soupçonnés de soutenir l'Église cathare de leur argent, et de s'agenouiller devant les Parfaits.

C'est ainsi que je rencontrai un soir, dans un manoir ami, des gens de Cordes et du pays cordais, poursuivis par l'évêque d'Albi qui voulait en finir avec l'esprit de résistance de ce pays. Ils étaient accompagnés de quelques hommes d'armes, parmi lesquels je reconnus frère Jean. Devenu un intrépide défenseur des hérétiques, il était connu sous le nom sans ambiguïté de Jean le Pourfendeur. Il avait, me dit-on, coupé en deux un moine irascible de l'abbaye de Belloc qui l'avait reconnu et dénoncé à l'Inquisition.

Jean vint avec moi jusqu'à Peyrepertuse, et y resta. Il ne voulait pas me quitter ; il se mit à mon service comme valet d'armes.

Bientôt, toutes les forteresses des Corbières furent pleines jusqu'au chemin de ronde de réfugiés.

Je passais de plus en plus de journées à cheval, et plus souvent encore mes nuits, avec Jean qui ne parlant guère me laissait tout loisir de rêver à l'inaccessible Marquésia. Pour autant, je devais imaginer sans cesse des parcours peu fréquentés pour éviter les mauvaises rencontres.

Fort heureusement, j'avais toujours Grisel, dont

je ne me séparais que pour le laisser se reposer, un cheval parfait qui n'avait qu'un défaut : il était blanc ! Sa robe se distinguait de très loin, même la nuit sous quelques rayons de lune. Mais le cheval n'était pas coupable de ce désavantage, que ses grandes qualités faisaient oublier. D'une gentillesse et d'une obéissance à toute épreuve, il répondait au souffle de la botte et donnait toujours le meilleur de lui-même. Infatigable, il ne rechignait pas à marcher toute la nuit. Par ailleurs peu farouche, rien ne l'effrayait, et il m'arrivait souvent de ne pas l'attacher avant d'aller dormir, pour qu'il puisse brouter tout à son aise. Jamais il ne s'est enfui.

Enfin, il avait appris à ne jamais hennir, ni taper du pied, ce qui m'avait plusieurs fois sauvé la vie quand nous nous cachions dans les bois, poursuivis par les soldats du roi.

Nous dormions le plus souvent dans l'herbe, à la belle saison, dans les granges l'hiver, et quelquefois chez des amis ou quelque brave curé au cœur pur, et qui gardait un pied dans chaque camp.

À peine revenu à mon port d'attache, la forteresse de Guillem, je devais être prêt à repartir sur l'heure, car les Bons Hommes pouvaient être appelés à tout moment pour administrer le *consolament* de bonne fin à un mourant, quelquefois très loin de Peyrepertuse. Il n'y avait pas de temps à perdre, car le *consolament* ne pouvait être administré à un mort.

Le sénéchal de Carcassonne fit encore une tentative pour réquisitionner le château de Peyrepertuse, en application des accords passés entre le roi d'Aragon et le roi de France. Mais il n'insista pas quand il vit autant d'hommes sur les murailles. Il ne pouvait savoir que la plupart refusaient de se battre, ou en étaient incapables.

Quelque temps après, une nouvelle incroyable nous arrivait : Trencavel avait repassé les Pyrénées. Avec la bénédiction du roi d'Aragon, il revenait accompagné d'une armée catalane pour prendre possession des vicomtés de son père. De son héritage.

La justice allait refleurir dans les pays de langue d'oc.

VII

LE SIÈGE DE CARCASSONNE

Guilhem de Peyrepertuse mit aussitôt le château en défense, accumulant les vivres et les armes, et les invectives contre les Francimands. Il me fit appeler dans le donjon. Sous le regard de toute sa famille inquiète, il se glorifia d'avoir tenu tête aux soldats royaux de France, et se félicita d'être resté fidèle au roi d'Aragon contre sa volonté. Les troupes aragonaises revenant avec Trencavel occuper l'ancien comté du Razès[14], qui avait toujours été depuis Jésus-Christ dans la mouvance des comtes de Barcelone, devenus rois d'Aragon, sa clairvoyance allait frapper les esprits, et sa fidélité exemplaire serait récompensée, *et cetera*...

Après un long plaidoyer *pro domo* saupoudré d'insistantes louanges personnelles, il me prit à part pour me confier la mission délicate d'aller trouver Trencavel et lui annoncer qu'il se ralliait à lui corps et biens. Peyrepertuse était à son entière disposition. Il s'emploierait à lui fournir des hommes, des armes et des vivres.

Marquésia était présente. Elle me contemplait de ses grands yeux noirs fixes, le visage impassible, comme toujours en présence de son père. À la fin de la réunion, je voulus lui parler, mais Guilhem s'interposa. Me rappelant qu'il n'y avait pas un instant à perdre si je ne voulais pas manquer le passage du vicomte à Perpignan, il me raccompagna jusqu'à la porte d'enceinte de la haute cour, tout en m'ondoyant de ses ultimes conseils.

Je me retournai et vis Marquésia dans l'arc d'une fenêtre, qui nous observait en silence, les bras pendants et le visage stupéfié. Le seigneur Guilhem, agacé par mon manque d'attention, me serra le bras de sa poigne de fer pour me ramener sur Trencavel. Je sentis une colère formidable dans cette poigne, un mécontentement qui ne pouvait venir que de mes efforts pour me faire remarquer par sa fille.

Je profitai de l'importance de ma mission pour lui demander quand il comptait m'armer chevalier. Pour moi, la main de sa fille et les éperons d'or allaient ensemble. Obtenir l'un me donnerait l'autre par ricochet.

— Nous en reparlerons, me répondit-il un peu surpris, il y a un temps pour tout.

— Je l'ai mérité, insistai-je, depuis le temps que je sillonne le pays sous la menace de l'occupant. Personne n'a pris autant de risques que moi depuis un an. J'ai bien certainement sauvé beaucoup de vies. J'ai largement prouvé ma valeur.

Guilhem éclata de rire et, me coupant le souffle d'une grande tape dans le dos pour me faire franchir le seuil de la porte plus vite, il mit fin à la conversation par un tonitruant : « En tout cas, tu ne manques pas d'air ! »

Puis il se ravisa ; il revint, un doigt levé, comme habité d'une idée lumineuse :

— Je t'adouberai moi-même quand tu auras chassé ces maudits Francimands !

Certain que Trencavel allait gagner la guerre, j'étais assuré des éperons d'or. Je remerciai vivement Guilhem. Il prit un air modeste, me confia :

— En attendant, je te laisse le cheval, en gage. Tu vois comme j'ai confiance en toi !

Il s'en retourna à pas bondissants pour faire oublier l'énormité de sa taille.

Se souvenait-il que le cheval m'appartenait ?

Marquésia était toujours à la fenêtre, le regard stupéfait. Emporté par ma joie et mon exaltation du moment, je lui envoyai un baiser. Son père s'en aperçut. Il fit une horrible grimace. Marquésia allait être sur la sellette toute la soirée. Au moins penserait-elle à moi.

Je partis le soir même avec Jean. Je m'enfonçai dans la nuit en remettant ma vie entre les pas de Grisel. Le cheval y voyait mieux que moi sous la lune, je n'avais aucun souci à me faire.

Trencavel venait de traverser le Roussillon. J'appris que l'armée était déjà dans la haute vallée de l'Aude, du côté de Quillan. Mais quand j'arrivai au château de Quillan on m'annonça que le vicomte était déjà passé avec ses chevaliers, à plein galop, pressé de gagner le plus de cités possible avant que le sénéchal de Carcassonne et les Francimands n'aient le temps de réunir une grande armée.

Lançant Grisel à sa poursuite je le manquai de peu à Limoux et ne le rattrapai qu'à Montréal, à quelques lieues de Carcassonne. La population lui avait ouvert les portes de la ville dans un enthousiasme délirant. Ils l'accueillaient non seulement comme leur seigneur naturel, mais comme leur libérateur. Car l'administration royale était détestée.

Il faut dire que depuis qu'elle tenait le pays, elle pressurait le peuple et lui extorquait ses maigres richesses, son blé, son vin, ses troupeaux, et ses quelques sous. Comme font les armées d'occupation en pays étranger.

Trencavel me reçut dans la salle grande du château de Montréal.

— Imbert de Salles ! s'exclama-t-il, le bourreau des inquisiteurs de Cordes ! Tu m'as rejoint sans tarder. Tu en seras récompensé.

— Oh ! Monseigneur, je viens vers vous non seulement pour me mettre à votre service, mais pour vous annoncer le ralliement de Guilhem de Peyrepertuse, avec tous les seigneurs du Peyrepertusès ! Ils vous font dire qu'ils sont à vos ordres, et qu'ils vous fourniront sans faute des vivres, des armes et des combattants. Et moi je suis prêt à me battre et à mourir pour vous, sachez-le !

— Tu me parles toujours de mourir pour moi, Imbert... Un soldat mort n'est d'aucune utilité, souviens-toi de ça ! Tous unis, nous allons chasser les Francimands et nous pourrons de nouveau vivre et penser à notre façon. Va dire à Guilhem de Peyrepertuse et à ses vassaux que je les remercie pour leur fidélité. Qu'ils m'envoient des hommes et des armes le plus vite possible. Je les attends au pied des murailles de Carcassonne, car le sénéchal du roi s'y est barricadé avec l'archevêque de Narbonne, et quelques évêques. Nous allons les y déloger.

— Seigneur, ils arrivent, croyez-moi, vos vassaux de tout le Razès, plus vite que le vent ! Permettez-moi de m'enrôler dans votre armée, et de participer aux combats à vos côtés. Je sais me battre, sans être chevalier !

— Ah ! bien ! Alors suis-moi ! Mais je te préviens, le combat sera rude. Il ne faudra pas reculer !

— Jamais monseigneur, vous ne me verrez reculer ! Et je ferai tant pour votre cause que vous me chausserez de vos mains les éperons d'or !

Trencavel sourit.

— Tu veux être chevalier comme ton père ? C'est de cela que tu rêves ?

— Oui, monseigneur !

— Pourquoi pas ?

Il sembla réfléchir, tapa dans ses mains :

— Nous en reparlerons quand j'aurai reconquis mon palais de Carcassonne. Que sais-tu faire ? As-tu un cheval ?

— Oui, un beau cheval d'Espagne, bien robuste. Et un valet d'armes également.

— C'est parfait, tu iras avec ce capitaine (il me désigna un homme jeune et mince qui était sous le pavillon et qui me fit un hochement de tête) ; il verra avec toi où tu seras le plus utile. Va maintenant, mon temps est compté.

Je saluai très bas Trencavel, et je suivis le capitaine chargé des nouvelles recrues. Il voulait voir mon cheval, celui de Jean, et constata que nous étions bien armés et bien montés. Il nous amena jusqu'à la tente d'Olivier de Termes, réputé le meilleur chevalier du monde. Il nous recommanda de lui obéir sans rechigner ni murmurer.

Comme le seigneur Olivier n'était pas disponible, on nous offrit une coupe de vin. Un seigneur me demanda des nouvelles de Guilhem de Peyrepertuse, et de ses voisins.

Olivier de Termes, premier baron du Razès, me reçut avec sympathie. Il avait l'allure massive et rude d'un soldat à plein temps. Peu bavard, il ne s'embarrassait ni de politesse ni de bonnes manières. Après avoir été dépouillé de ses domaines par Simon de Montfort, il s'était réfugié à la cour du comte de Roussillon, à Perpignan, avant d'aller guerroyer avec le roi Jaume d'Aragon contre les musulmans d'Espagne.

Il avait vécu tant de moments périlleux qu'il ne connaissait plus la peur, ni les limites humaines. Il demandait l'impossible.

Comme je ne voulais pas me séparer de mon cheval, le tenant sans cesse sous mon regard de peur qu'on ne le vole, le seigneur Olivier m'envoya avec Jean retrouver son sénéchal d'écurie, un homme aux cheveux blancs, qui commandait sa cavalerie.

Il s'appelait Ferrer. Sous ses dehors paisibles et même timides le vieux Ferrer était à la fois un redoutable stratège et un fin cavalier, de dure rencontre au cœur de la mêlée.

Je comptais bien me distinguer dès la première attaque de l'ennemi. Mais le sort en avait décidé autrement. Ferrer m'accueillit amicalement et m'ayant questionné sur mon passé, il me dit ce que je ne voulais pas entendre.

— Mon jeune ami, fit-il, nous allons faire le siège de la cité de Carcassonne. Ton cheval ne nous sera guère utile pour grimper aux murailles. Ce qu'il nous faut, ce sont des engins qui lancent des boulets, des javelots, et des arbalétriers experts en leur art. Et aussi des hommes agiles pour monter aux échelles. Pour cela, il nous faut des sols, beaucoup de sols pour payer les charpentiers, acheter des armes, et encourager les soldats qui combattent sous la bannière de Trencavel. Il nous faut aussi des provisions de bouche, pour nourrir chaque jour des milliers d'hommes. Tu me dis que tu as sillonné le pays nuit et jour, et que tu connais mieux chaque château, chaque village, que l'intérieur de ta botte ?

— Oui seigneur, sans mentir !

— Fort bien ! Je vais te donner des hommes, des bêtes de somme, et tu iras lever les fouages pour le vicomte dans le Razès et dans le Lauragais. C'est avec les fouages qu'on gagne la guerre, tu comprends ?

Les fouages étaient les impôts levés par feu, c'est-à-dire par foyer, par famille, pour participer en temps de paix au maintien de l'ordre, à l'entretien de l'administration, des juges, aux réparations des fortifications, des routes et des ponts... Et en temps de guerre, ils servaient à s'armer et à préparer les batailles.

Cet office était du ressort des bayles, mais Trencavel les avait tous radiés parce qu'ils étaient haïs par la population, à qui ils avaient arraché tout ce qu'ils avaient pu prendre, pour leur profit et pour plaire aux Francimands.

Je comprenais surtout que je n'aurais pas l'occasion de briller sous les yeux de Trencavel en montant à l'assaut des murailles de Carcassonne.

Je partis aussitôt avec une forte troupe de compagnons. On y parlait le catalan, l'aragonais, le navarrais, des langues d'oc comme le toulousain, l'albigeois, le béarnais et le gascon, et même la langue d'Auvergne et celle de Provence, toutes cousines. Une caravane de mules et d'ânes nous suivait sans se presser. Nous fîmes le tour des paroisses et des seigneuries à la manière des inquisiteurs, jusqu'aux frontières du Toulousain et même un peu au-delà sur les terres du comte de Toulouse, quand un troupeau mal surveillé nous tentait.

Je me présentais à son de trompe dans chaque village pour demander à la population, mais d'abord aux magnats, aux seigneurs des châteaux, aux consuls, aux riches marchands, d'aider notre vicomte. Et tout le monde donnait de bon cœur, même s'il avait peu.

Nous repartions riches de vaches, de bœufs, de moutons, de porcs, de volaille, et de sacs de grain, qu'il fallait convoyer jusqu'à Carcassonne, en priant le ciel de ne pas rencontrer une troupe de Francimands. Ce qui arrivait. C'était la guerre.

Deux fois par semaine, je livrais aux armées de Trencavel du blé, de l'avoine, du pain, des animaux de boucherie, de l'argent et des armes.

Après notre passage les seigneurs, voyant que Trencavel était déterminé, se réunissaient pour former une bannière et s'en allaient, lourdement armés, joyeux et turbulents, se battre contre les Francimands et participer au siège de Carcassonne, où le sénéchal du roi s'était prudemment enfermé.

C'est ainsi que je vécus le siège, qui dura plus d'un mois, en faisant la quête. Ou plutôt en exerçant la picorée des armées, car nous prenions tout ce qui nous tombait sous la main et qui était mal gardé.

Le roi de France, alerté, dépêcha une armée de

renfort qui survint juste au moment où la cité allait succomber. Trencavel dut s'enfuir précipitamment, abandonnant ses échelles, ses machines, ses pierrières, ses châteaux de bois avec lesquels il tentait d'atteindre les créneaux.

L'armée du roi était si proche que le vicomte ne put aller bien loin : il s'enferma dans Montréal et toute la population monta aux murailles, les femmes en premier, pour faire pleuvoir sur les soldats royaux une nuée de pierres, de flèches, d'huile bouillante, de soufre, de barriques, de poutres, et tout ce qui pouvait blesser ou tuer un homme.

Le comte de Foix, qui était le protecteur de Trencavel, et le comte de Toulouse, son cousin, vinrent en hâte le délivrer. Je me joignai à eux pour entrer dans la ville, mais je ne pus approcher le vicomte tant la presse était énorme. Il n'y avait pas la place de se coucher. Toutefois, personne ne songeait à dormir. À la barbe des prélats les Bons Hommes cachés au milieu de la foule administraient le *consolament* aux blessés et aux agonisants, et à tous ceux qui se préparaient à mourir.

Les comtes ayant obtenu de Jean de Beaumont, le chef de l'armée de secours, l'autorisation de laisser sortir Trencavel en armes avec ses hommes, le vicomte repartit par le plus court chemin vers l'Aragon.

Personne ne souhaitait voir le sang couler à nouveau.

Mais Trencavel n'avait accepté de faire retraite que contraint et forcé, et pour éviter la destruction de son armée ainsi que le massacre de la population de Montréal, qui l'avait accueilli. Au fond de lui, il aspirait encore à se battre. Il s'arrêta à Limoux, qui lui ouvrit ses portes. Les consuls de Limoux, très batailleurs parce que trop souvent châtiés, plaidèrent pour la continuation de la guerre, rappelant au vicomte que les Francimands lui avaient volé ses terres. Et qu'aucun homme au monde ne pouvait se résigner à supporter un tel crime.

Heureux de rencontrer des amis aussi déterminés, et tout un peuple attaché à sa présence, le jeune vicomte décida au milieu de la nuit de rester à Limoux et de reprendre le combat. L'armée lui fit une ovation enthousiaste.

VIII

Pierre-Roger de Mirepoix

Les consuls de Limoux avaient ouvert leurs portes à Trencavel et l'avaient encouragé à résister. Le prime consul l'avait assuré que la population se moquait comme d'une nèfle des horribles châtiments qui lui seraient infligés si l'armée royale prenait la ville.

— Et de toute façon, martela-t-il en tapant du pied comme un taureau furieux, jamais les Francimands n'entreront de nouveau dans Limoux ! Je le jure !

Il pensait à la prise de la ville par les croisés après le premier retour de Trencavel, mais surtout à la venue de Simon de Montfort, trente ans auparavant, qui était encore dans tous les esprits. Comme les consuls avaient refusé d'ouvrir les portes au chef militaire de la croisade, ils avaient été pendus, et les hommes de la ville marqués au fer rouge d'une croix sur le front. Pour se souvenir de la bonté du Christ.

Les Limouxins n'avaient pas oublié, surtout ceux

qui portaient encore sur le front la cicatrice de la croix. Ceux-là voulaient leur revanche.

Le vicomte installa son armée tout autour de la cité et sur les hauteurs environnantes. Il envoya un messager à Olivier de Termes, qui commandait l'arrière-garde, pour qu'il arrête l'armée du roi avant Limoux. Il voulait laisser le temps au long cortège de fugitifs qui le suivait de s'égailler dans les montagnes environnantes. Dans ce cortège, il y avait les habitants de Montréal et des faubourgs de Carcassonne, ainsi que les populations des villages alentour qui s'étaient données à Trencavel, et qui craignaient pour leur vie. Il y avait aussi beaucoup de Bons Hommes et de Bonnes Dames qui fuyaient le bûcher, entourés de bons croyants cathares qui les suivaient comme ils auraient suivi leur père et mère.

J'étais dans le corps d'armée d'Olivier de Termes. Il nous disposa, nous les cavaliers, en travers de la vallée, l'épée à la main, la lance arrêtée sous le bras pour ceux qui en avaient, prêts à tenir le choc. Derrière chaque arbre, chaque rocher, chaque fourré se cachaient un archer, un dardier[15], un frondeur. Nous avions ordre de résister, de tenir à tout prix, le temps que tous nos amis disparaissent dans la nature, ou derrière les murailles de Limoux, encore peu solides et qu'il fallait renforcer.

Le sénéchal du roi, Jean de Beaumont, n'apparut dans la vallée que deux jours plus tard. Il avait dû reprendre des forteresses en chemin, une à une, et quelques villages fortifiés pour ne laisser aucun ennemi derrière lui.

Voyant des cavaliers, des archers, des hommes d'armes qui gardaient le chemin de Limoux, il arrêta sa troupe. La nuit arriva et chacun resta sur ses positions. Le lendemain au lever du jour des chevaliers vinrent rencontrer Olivier de Termes pour lui proposer de se rendre avec tous ses hommes d'armes, contre la vie sauve.

Olivier pensait qu'en se rendant il livrait Limoux à la vindicte francimande, et tous les cathares que la cité avait recueillis au supplice du feu. Il répondit qu'il ne se rendrait pas, et qu'il ne rendrait aucune forteresse du pays.

Jean de Beaumont fut très contrarié de cette réponse. Il s'emporta comme un enfant capricieux et lança plusieurs attaques qui s'essoufflèrent vite, car nous avions de bons archers et de bons arbalétriers qui n'hésitaient pas à tirer, sur les chevaliers ou faute de mieux sur leurs montures.

Quant aux soldats à pied venus de France, ils n'étaient pas pressés de mourir. Ils se battaient mollement, réservant leurs forces pour le combat contre des paysans sans armes, le pillage des maisons et les beuveries qui s'ensuivaient.

Ceux qui tentèrent à plusieurs reprises de nous contourner n'y gagnèrent que des blessures ou la mort, car le seigneur Olivier avait mis des hommes à lui partout dans les bois, invisibles. Il avait appris en Espagne, contre les Sarrasins, la guerre de harcèlement et personne ne pouvait le surprendre.

Le face-à-face qui dura ainsi plusieurs jours laissa largement le temps à la cité de Limoux de se renforcer, et à tous ceux qui ne savaient pas se battre de s'enfuir à travers les montagnes des Corbières vers le comté de Roussillon, et la Catalogne.

Une fois sa mission accomplie, le seigneur Olivier partagea son armée en trois ou quatre troupes. Chacune prit une direction différente, ce qui obligea Jean de Beaumont à partager également ses troupes à son grand déplaisir. Tandis que Trencavel restait à Limoux, et que notre chef Olivier de Termes allait dans le Razès, je suivis Ferrer qui se dirigeait à l'opposé vers le pays de Sault avec une troupe nombreuse, pour rejoindre le château de Niort.

Jean de Beaumont voulait en finir avec le pays de Sault, refuge inviolé des hérétiques et des seigneurs rebelles. Il savait que depuis le temps de la croisade nul sénéchal de Carcassonne n'avait pu y installer la moindre administration royale, le moindre poste militaire. C'était un scandale que les conseillers du roi ne pouvaient souffrir plus longtemps.

Le sénéchal envoya à notre poursuite un fort contingent de soldats aguerris, avec mission de s'emparer du pays de Sault par tous les moyens. Mais cette manœuvre en cachait une autre, plus secrète et plus impérieuse : capturer Pierre-Roger de Mirepoix, le commandant de Montségur, qui séjournait incognito au château de Niort.

Montségur commençait à être connu. Les bons croyants cathares répétaient à l'envi, ce qu'ils entendaient dans les prêches, que Montségur était « la tête et le siège de la nouvelle Église. » Une nouvelle Rome, pure celle-là de toute flétrissure, de toute ignominie. La Rome des cathares.

Pierre-Roger de Mirepoix, seigneur de Mirepoix et autres lieux avant la croisade, en était le chef militaire. Grâce à lui, à son talent de capitaine et à sa férocité, aucun soldat hostile à la nouvelle foi n'avait pu mettre un pied sur cette île sainte, qui resplendissait dans le ciel à la lisière du royaume de France.

Jean de Beaumont aurait payé des sommes folles pour capturer Pierre-Roger de Mirepoix, et affaiblir Montségur. Ayant su par un traître que le grand capitaine était en pays de Sault, il se faisait fort de lui mettre la main au collet.

Le château de Niort était construit dans un site vertigineux, sur un piton imprenable qui jaillissait d'une gorge profonde. Pour attaquer le castel, il fallait d'abord plonger dans la gorge, ce qui excluait une attaque par surprise.

Après avoir traversé le village au galop, nous descendîmes en vitesse nous poster au pied de la forteresse, derrière des murs percés de meurtrières qui formaient une première défense autour du piton.

Laissant ma monture en bas, je montai à pied jusqu'au château par un chemin tournant encombré de rochers taillés en pas-d'âne pour les chevaux. En attendant une nouvelle mission, la nuit venue, j'allai me reposer, et dormir un peu si je le pouvais.

Les piétons[16] arrivèrent dans la soirée, en bon ordre, les ribauds francimands sur leurs talons. Ils se répandirent autour du piton, les plus déterminés derrière les premières barbacanes, les autres plus haut, jusqu'aux portes de la forteresse ou encore aux créneaux, tandis que les Bons Hommes et les simples croyants qui étaient avec eux envahissaient toutes les pièces de la bâtisse. Des parties du château étaient encore en bois, construites en encorbellement au-dessus du précipice, ce qui faisait du château de Niort une forteresse étrange et spacieuse.

Je trouvai un coin pour m'isoler du bruit et des va-et-vient incessants des soldats et m'endormis sitôt la tête posée sur un sac de laine.

Au milieu de la nuit, Pierre-Roger de Mirepoix apparut devant moi, une chandelle à la main, trapu, en chemise, avec des chausses déchirées dans des bottes noires.

La clarté de la chandelle creusait une grande cicatrice en travers de son visage, consécutive à un coup d'épée dont il avait failli mourir. Avec son cou de taureau, ceint d'une chaîne d'or portant des médailles, son regard féroce, son embonpoint, ses jambes courtes et grosses, il respirait la force virile, l'esprit de décision et le sens du commandement. Et aussi, me semblait-il, sous son épaisse chevelure noire, un air de grande méchanceté.

Nul doute que sa réputation de grand chef de guerre n'était pas usurpée.

Il m'interpella sans se soucier de savoir si je dormais :

— C'est toi Imbert de Salles ?

— Oui, seigneur !

— J'ai bien connu ton père, Gaucelm. C'était un brave, il ne reculait jamais !

Je faillis rétorquer : « Moi non plus ! », mais j'hésitai, car ce préambule pouvait tout aussi bien annoncer quelque aventure suicidaire.

— C'était un joyeux compagnon, ton père, reprit Pierre-Roger.

Ce n'était pas le souvenir que j'avais gardé de lui, loin de là. Je voulus badiner :

— Je comprends pourquoi il ne s'occupait guère de nous. Il faisait la fête… avec vous.

Pierre-Roger de Mirepoix pinça ses lèvres et émit un sifflement irrité :

— Je n'aime pas beaucoup les plaisantins ! Tu n'es pas ici pour t'amuser. Cette nuit, tu m'aideras à quitter ce château. Je dois retourner à Montségur le plus vite possible. Tu me guideras.

— Moi ? Vous me demandez de vous faire quitter le château ? Mais nous sommes encerclés !

— Et alors ? Qu'est-ce que tu veux que j'y fasse ? Il te faut trouver un moyen ! Renseigne-toi ! Nous partirons avant le lever du jour. Tu prendras mes affaires, et quelques vivres. On ne sait jamais.

— Mais... les Francimands sont partout dans le pays !

— Ils sont partout et nulle part, comme le diable ! Ils ne sont pas assez nombreux pour tout surveiller. On m'a dit que tu étais le meilleur guide du pays. C'est à toi de trouver les bons chemins !

Il y eut un moment de silence. Pierre-Roger de Mirepoix le rompit après m'avoir observé longuement, avec une fixité effrayante :

— Si tu as peur, fit-il d'une voix irritée, dis-le maintenant ! Tu m'as l'air plutôt empoté... tu n'es pas du même bois que ton père !

Je n'aimais pas mon père, et la comparaison qui m'humiliait me fut insupportable. Non, je n'étais pas moins brave que mon père ! Je me récriai, me levant sur ma couche :

— Seigneur, je vous emmènerai jusqu'à Montségur, sur ma foi, ou je le payerai de ma vie.

— Sur ta foi ? releva-t-il aussitôt, et quelle est ta foi ?

— Je suis de la nouvelle foi, seigneur, comme nous tous ici.

Si j'avais parlé avec franchise, je lui aurais avoué que ma foi en la nouvelle religion était bien faible, et que celle dans l'ancienne religion n'était pas très forte non plus, car je n'étais pas pieux. Je considérais que l'heure n'était pas venue, à mon âge, de me préoccuper des chemins menant à la vie éternelle. La vie terrestre m'occupait bien davantage, surtout quand elle était peuplée de créatures comme Marquésia (la blonde ou la brune, ce n'était pas le propos). Mais je savais que le commandant de Montségur, défenseur acharné des Bons Hommes et des Bonnes Dames, avait embrassé la foi cathare sans réserve. Du moins le prétendait-il.

— Bien ! laissa-t-il tomber mollement, méfiant, cette nuit sans faute... Et n'oublie pas mes affaires. Et des vivres ! Je ne mange pas comme les Parfaits, moi !

Les Bons Hommes revêtus de tous les pouvoirs de sauver les âmes, que l'Église de Rome appelait *Parfaits* pour faire court sur les registres, ne mangeaient ni viande, ni oeufs, ni graisse, ni rien qui provienne de la copulation animale. Ils se considéraient déjà comme des créatures célestes échappées des griffes du Malin.

Ce n'était pas le cas visiblement de Pierre-Roger de Mirepoix, à en juger par son embonpoint, son visage rubicond, et ses traits grossiers. Ses énormes mâchoires bosselées de muscles auraient avalé un bœuf entier. Mais fallait-il pour autant s'alourdir de mangeaille pour descendre des falaises vertigineuses, et surtout les remonter, traverser des bois sombres dans l'obscurité de la nuit, sans faire de bruit ? Je considérais déplacées ses exigences concernant les provisions de bouche pendant notre fuite. Mais je n'osai pas le lui dire.

Je m'habillai et sortis faire l'essai de quitter le château sans être vu. La forteresse était construite en haut d'un piton qui, sur un côté, était une falaise abrupte impossible à escalader, et bien sûr, impossible à descendre, de jour comme de nuit. Mais ce que ne savaient pas nos assaillants, sauf par une trahison toujours possible, et que me révéla une sentinelle native du lieu, c'est que les premiers châtelains avaient pris la précaution autrefois de tailler une sorte d'échelier dans une faille verticale creusée dans le rocher par les eaux de pluie, et qui ne se distinguait pas de l'extérieur. Surtout la nuit. La faille débouchait dans une petite grotte, où les eaux rejoignaient le lit du torrent quand il pleuvait.

Il suffisait de suivre le chemin de l'eau, et ensuite de disparaître dans les bois en priant le ciel de ne pas tomber sur un guetteur francimand. Ayant reconnu le passage, je revins à l'heure dite chercher Pierre-Roger de Mirepoix, qui s'impatientait dans sa chambre. Jean s'était réveillé et voulait me suivre, mais je lui ordonnai de se recoucher.

— La voie est libre, seigneur, dis-je à Pierre-Roger, prêt à recevoir ses félicitations.

— Ce n'est pas trop tôt ! grogna-t-il en observant la nuit par une fenêtre, j'ai cru que tu t'étais rendormi.

Pierre-Roger de Mirepoix avait certainement décidé de faire de moi son souffre-douleur, car il ne m'épargna aucun reproche durant tout le chemin. Comme il était lourd et quasi aveugle la nuit, il avait du mal à trouver les marches. Beaucoup n'étaient qu'ébauchées, ou remplacées par un piton de fer. C'était bien suffisant pour un homme jeune et agile comme moi, mais difficile et presque insurmontable pour un vieux tonneau comme Pierre-Roger de Mirepoix.

Le passage aboutissait dans la grotte par un trou que les anciens avaient élargi pour y faire passer des hommes plus commodément.

Avec son poids, le châtelain de Montségur glissait, trébuchait, s'écorchait dans l'obscurité et jurait copieusement. Pour finir, il se tordit une cheville. Mais le pire était devant nous : le trou, quoiqu'agrandi, était encore trop petit pour lui. Je revins derrière mon « protégé » pour le faire entrer de force. En vain !

Je le priai de se dévêtir en ne gardant que sa chemise. Pendant ce temps, je sortis du sac à provisions un beau morceau de lard que je dépensai entièrement à enduire le rocher tout autour du trou, pour le rendre glissant. Puis nous refîmes l'exercice. Revenant derrière lui je le repoussai rageusement de toutes mes forces avec les mains, puis avec les pieds, me jetant avec hargne sur toute boule de chair qui entravait le passage.

Pierre-Roger se contorsionna, s'allongea, s'amincit, se serpenta, se tortilla si bien qu'il finit par passer. Miraculeusement. Nous quittâmes alors la cavité pour traverser le lit du torrent, de rocher en rocher, et pénétrer dans la forêt sombre qui cernait le piton et recouvrait les versants du ravin.

Pierre-Roger boitillait comme un enfant. Ce qui m'inquiétait davantage était la lune au-dessus de nous, ronde et pleine comme une pièce d'argent. Elle guidait nos pas, mais pouvait aussi bien nous dévoiler.

Des chevaux nous attendaient sur le chemin de Bélesta. J'avais laissé Grisel à la garde de Jean au château de Niort, la mort dans l'âme. Jean m'avait promis qu'il le ramènerait à Montségur, à l'occasion d'une escorte.

Nous rencontrâmes plus tôt que prévu le groupe de chevaliers ou d'écuyers qui nous amenait des chevaux. Le capitaine de Montségur, qui boitait bas et me le reprochait, les félicita de s'être avancés. Nous montâmes en selle. Mais deux hommes montèrent derrière nous sur nos montures, d'un bond, pour nous ligoter les bras tandis que d'autres saisissaient les rênes des chevaux et nous enlevaient les étriers. Nous étions tombés dans un guet-apens.

— Trahison ! hurla le seigneur Pierre-Roger, trahison ! Qui nous a trahis ? Dis-le-moi Imbert !

— Seigneur, fis-je bouleversé, ce ne peut être moi !

— Tu es bavard comme une pie !

— Seigneur, depuis que je vous ai vu dans ma chambre, je n'ai parlé à personne !

Ce n'était pas tout à fait vrai, car j'avais dû aller aux cuisines prendre des vivres. La faute en revenait à Pierre-Roger, qui craignait toujours de mourir de faim.

Les chevaliers francimands ricanèrent.

— Ne cherchez pas une brebis galeuse, dit l'un d'eux en nous raillant, notre patrouille est tombée sur vos amis, tout à l'heure. Nous n'avons pas besoin d'un traître pour comprendre que des hommes qui baguenaudent en pleine nuit sous la lune, avec plus de chevaux qu'il ne leur en faut, ne sont pas très catholiques !

Ils riaient à gorge déployée.

— Où sont-ils ? leur demanda Pierre-Roger, où sont nos amis ? Que leur avez-vous fait, satanés ribauds de France ?

— Allons allons, espèce de diable hérétique, ne te soucie plus de tes amis. Nous les avons pendus. Ils sont en enfer, à la bonne heure ! Et toi, tu vas rôtir comme un faisan, à Carcassonne.

Comme personne ne s'intéressait à moi, sinon l'homme d'armes qui me ligotait dans mon dos avec une corde, une envie irrépressible de me libérer m'envahit comme une fièvre. Je donnai un furieux coup d'éperon sous la cuisse de mon cheval. Il bondit, envoyant une ruade qui fit le vide autour de nous. Puis il partit au galop en arrachant les rênes, et continua à manifester sa mauvaise humeur par une série de sauts-de-mouton. Mon gardien, qui était assis en croupe derrière moi, s'envola. Je n'avais plus d'arme, mais j'avais, passé dans la ceinture en bas de mon dos, un petit couteau qui me servit à couper la corde à mes poignets. La réussite de mon entreprise ne se fit pas sans laisser quelques entailles sur ma peau.

C'était un exercice auquel nous nous entraînions, les sergents d'armes à cheval, sachant que dans notre métier, il n'était pas rare d'être fait prisonnier.

Le temps de me libérer et de reprendre en main ma monture, les Francimands avaient sorti leur épée et une arbalète que je vis luire sous la lune. Revenant sur eux avec une témérité folle, je fonçai sur l'arbalétrier qui s'esquiva, puis je cabrai mon cheval en tirant sur sa bouche et en avançant le pied sous son aisselle. Il avait été dressé à la guerre, semble-t-il, car il se leva en palettant[17]. Ses sabots virevoltèrent et frappèrent la tête d'un agresseur qui s'écroula. Les autres s'écartèrent.

J'arrachai les rênes des mains du ribaud qui gardait le cheval du seigneur de Mirepoix, et nous partîmes au galop. Ma manœuvre, qui dans la nuit avait surpris tout le monde, et en premier lieu le commandant de Montségur, n'avait duré qu'un instant.

Pierre-Roger de Mirepoix se débarrassa de l'homme en croupe qui l'avait ligoté en se jetant en arrière pour lui porter un violent coup de tête.

Le Francimand partit à la renverse, tandis que le seigneur Pierre-Roger éclatait d'un rire diabolique.

C'est alors que mon cheval eut une intuition incroyable. Il changea de pied et fit un écart à pleine vitesse, qui faillit me faire quitter la selle. Dans le même temps, j'entendis à mes oreilles bourdonner un carreau d'arbalète qui m'aurait traversé le corps sans l'écart de ma monture.

Je m'extasiai sur le sixième sens de ce cheval, qui semblait particulièrement bien entraîné à la guerre, et qui avait pressenti la menace qui me visait. Pierre-Roger, agacé, ricana bruyamment et me traita de *mignoteur* et de *becassou*.

Revenus sur le chemin de Bélesta, blanchâtres sous le soleil des loups, je mis les chevaux au pas et délivrai les mains de Pierre-Roger avec mon couteau. Je m'inquiétai :

— Seigneur, si nous restons sur le chemin de Bélesta, nous serons repris, sans faute.

Il acquiesça :

— Possible. Prenons les sentiers de chèvre, compagnon ! Je te suis !

J'avais parcouru tous les chemins du pays de Sault du temps de la guerre de Limoux, dix ans plus tôt, à l'époque de la seconde croisade, et je les avais encore en mémoire.

— Je connais un chemin de lune qui mène aux gorges de la Frau. Nous pourrons nous y cacher. Au matin, nous rejoindrons Montségur qui n'est pas loin. Nous aurons à faire une lieue[18] en plein jour, guère plus.

— Tu t'imagines que je ne connais pas les gorges de la Frau, espèce de béjaune ? J'y suis allé bien avant toi ! Allez ! Et gare à toi si tu nous perds !

Je trouvais le seigneur Pierre-Roger bien ingrat. Je venais tout de même de lui sauver la vie.

— Quelle chance que mon cheval ait été dressé au combat, dis-je pour lui rappeler mon exploit, sinon je n'aurais jamais pu vous sauver du bûcher…

J'attendais qu'il me félicite, ou du moins qu'il reconnaisse mon talent.

— Tu n'as sauvé personne, me répondit-il d'une voix hargneuse, regarde devant toi au lieu de babiller ! Sache que je n'ai pas de temps à perdre, moi ! Je suis attendu à Montségur plus ardemment que le Christ.

Comme je ne disais plus un mot, il me demanda au bout d'un long moment :

— Qu'est-ce que tu rumines, Imbert ?

Je vidai mon sac :

— Vous êtes tellement aimable que je commence à regretter de vous avoir tiré des mains des Francimands…

Le seigneur de Mirepoix étira son museau et rit du bout des dents :

— Voilà qu'il nous fait des manières, le godelureau, pour un mot de travers. Allons compagnon, l'Église nouvelle a besoin d'hommes solides ! Tu ne m'as pas fait une mauvaise impression pour le courage, remarque bien, mais… nous verrons à l'usage. Ah ! Si ton père était là…

— Laissez mon père tranquille, là où il est !

— Oui, mais j'espère que tu ne me décevras pas.

Ce fut tout pour les remerciements.

IX

Montségur

Nous parvînmes au petit matin en vue de Montségur, la sublime forteresse, la nouvelle Rome. La Rome des cathares, bien entendu.

Le château surgissait d'une mer de nuages, doré par le soleil levant. Plus bas, une brume opaline soulignait les creux des vallées alentour. La beauté du spectacle me fit oublier pendant quelques instants une douleur cuisante à l'épaule, qui paralysait mon bras. J'avais été blessé dans la nuit par un coup d'épée, en m'emparant des rênes du cheval de Pierre-Roger. Dans l'ardeur de l'action, je n'y avais pas prêté grande attention, mais maintenant la plaie ouverte me faisait souffrir. Je grimaçai.

— Qu'as-tu encore mon garçon ? me demanda Pierre-Roger en fronçant ses gros sourcils.

Il était descendu de cheval et fouillait les sacoches de la selle, espérant y découvrir à boire et à manger. Las, nos provisions étaient restées entre les mains de nos ennemis. Il y avait du pain et du fromage, et du lard. De mon côté, j'avais une gourde pleine de vin. Le commandant de Montségur se réjouit bruyamment et se précipita sur le vin.

— À la santé des Francimands ! lança-t-il dans un rire sonore tout en caressant la gourde en peau de chèvre. Mange !

La douleur envahissait mon bras par vagues.

— Je n'ai pas faim…

— Tu regrettes déjà d'être venu ?

Il parlait la bouche pleine, les lèvres grasses. Je ne l'écoutais pas, tant j'étais fasciné par le spectacle de la forteresse s'élevant au-dessus des nuages, au milieu des vallées blanches. Comme une Jérusalem céleste au cœur d'une étoile, au cœur du paradis.

— Seigneur, dis-je, Dieu habite à Montségur, je le vois !

Pierre-Roger de Mirepoix me jeta un regard féroce :

— Espèce de traître, tu ne sais pas encore que Dieu n'a jamais mis les pieds sur terre ? Ce n'est pas lui qui a fait le monde matériel, mais Satan !

J'avais oublié que pour les cathares, le monde visible est tout entier l'œuvre de Satan, tout comme notre écorce charnelle. Dieu ne règne que sur le monde invisible, le monde de l'Esprit. Mais Montségur n'était-il pas à mi-chemin ?

— Si Montségur est bien le siège de l'Église cathare, seigneur, la forteresse ne peut appartenir à Satan, répliquai-je, nos saints Bons Hommes ne voudraient jamais habiter dans la demeure du diable.

Pierre-Roger m'observa d'un air soupçonneux :

— Toi, tu es du genre à chercher des poils sur un œuf !

Il prit une mine rusée :

— Ne serais-tu point un espion de Rome, par hasard ? Tu parles avec la fausse intelligence d'un moine catholique !

— Oh seigneur ! Ne m'en veuillez pas ! J'ai passé mon enfance à l'abbaye de Belloc, j'en ai gardé une certaine façon de penser.

Il me coupa :

— Tu es bien pâle ! Qu'est-ce qu'il t'arrive encore !

— J'ai mal au bras.

— Montre-moi ça !

Pour tout ce qui touchait à la guerre, Pierre-Roger de Mirepoix était à son affaire. Il examina ma plaie, élargissant l'accroc de ma manche, et me manipula le bras sans ménagement.

Rassuré, il prit un ton méprisant pour conclure :

— Peuh ! Une égratignure... tu es bien douillet ! Là-haut on te mettra quelque poudre et dessus de la charpie. Dans trois jours, tu seras guéri.

Nul doute que la blessure, qui était profonde, mettrait bien plus de trois jours à guérir, mais je ne voulais pas me disputer avec le seigneur Pierre-Roger, qui ne manquait aucune occasion de me tourmenter. Quand il eut bien mangé et bien bu, curé ses dents et roté tout son soûl, nous reprîmes la route. Le château semblait proche, mais en fait ne l'était pas. Il nous fallut deux bonnes heures pour l'atteindre.

Au pied du pog, le spectacle était merveilleux : sur des pentes encore douces montait à l'assaut de la citadelle un amoncellement de cabanons odorants et fumants animés d'une agitation de fourmilière.

Après le chemin en lacets au milieu des cabanes, et le passage d'une porte à demi effondrée qui devait délimiter le premier établissement, mon irascible compagnon se dirigea vers une tour carrée, crénelée, qui montait la garde à proximité de la porte du bourg. Nous passâmes à cheval sans être arrêtés, car la silhouette massive du seigneur Pierre-Roger était reconnue de loin.

Derrière la grande muraille, je découvris avec étonnement encore des habitations, qui s'étaient multipliées au pied du château. Certaines demeures étaient importantes, avec un ou deux étages nobles qui s'appuyaient à la forteresse, mais les plus nombreuses étaient minuscules. Et, faute de place, des familles logeaient dans des cabanes creusées dans le rocher, au bord des précipices, à l'abri d'une simple toiture de genêts.

Une ville ! Montségur était devenu une ville de réfugiés, la ville des faidits !

Un chemin assez large, en partie creusé dans le roc de larges pas-d'âne, menait par paliers et chicanes jusqu'au château. Pierre-Roger s'était composé un visage aimable pour saluer chacun avec bonhommie. Quand il reconnaissait des Parfaits et des Parfaites, très nombreux car Montségur était leur dernier refuge avant l'exil, il s'inclinait avec un air de respect affecté. On distinguait aisément les hommes saints à leur tunique longue, sombre, à leur cape de drap robuste élimé, sans la moindre fantaisie, et à leur visage émacié qu'encadrait une barbe hirsute. Ils étaient peu soignés et portaient tous une ceinture de cuir à laquelle s'accrochait un couteau, quelquefois une serpette. Le couteau servait à toutes les tâches de la vie courante, mais jamais à répandre le sang, ni même à couper de la viande, qu'ils exécraient.

Le château coiffait le rocher d'une chemise à peu près aveugle, renforcée aux angles de tours carrées où vivaient les familles suzeraines. À l'intérieur de la chemise, la cour était encombrée de logis appuyés aux courtines, pour les familles nobles, les chevaliers, leurs serviteurs ainsi que les prélats de l'Église cathare. Je reconnus un diacre que j'avais convoyé par des nuits sans lune jusqu'à Peyrepertuse, Guillaume Déjean, puis un autre. Je les saluai et ils me rendirent mon salut sous forme d'une bénédiction.

Je rejoignis Pierre-Roger, qui ne m'avait pas attendu, dans la plus massive des tours d'angle, appelée le donjon. J'y fus accueilli par les bavardages joyeux d'un groupe de femmes de la famille de

Pierre-Roger ou de son cousin Raimon de Péreille. Me voyant blessé elles m'entourèrent, manifestèrent une délicieuse compassion, et commencèrent à dégager mon épaule en sang pendant que mon seigneur se réconfortait avec une grande coupe de vin, sans se priver de se moquer de moi qui grimaçais de douleur.

Apparut alors le seigneur de Lavelanet, un vieillard pâle coiffé d'un bonnet de laine noire, avec tout son clan. Accusé par les croisés de cacher des hérétiques, il avait vu ses biens confisqués et était venu habiter Montségur avec sa femme et ses enfants, sa belle-soeur qui était Parfaite, ses cousins Bons Chrétiens. Ses familiers l'avaient suivi et le servaient. Tout ce beau monde vivait dans le château avec l'espoir de recouvrer un jour les domaines des aïeux.

Devenu veuf, Bérenger de Lavelanet s'était donné sans réserve à l'Église cathare. Il avait reçu récemment le *consolament* d'ordination des mains de Bertrand Marty, l'évêque cathare de Toulouse qui s'était réfugié à Montségur, lui aussi, en attendant des jours meilleurs. Bérenger de Lavelanet, qui n'avait plus guère de commerce avec le monde charnel, terrestre, se considérait comme un bienheureux à la porte du ciel.

Il ne cachait pas à ses deux filles qu'il les destinait à servir la nouvelle Église. Il aimait répéter à monseigneur Marty, l'évêque cathare, un Bon

Homme au visage rouge et renfrogné, aux yeux petits et très enfoncés, noirs sous les sourcils épais, qu'il voulait les voir Parfaites avant de mourir. Ce que le prélat recevait en manifestant sa satisfaction par un clappement des lèvres.

Écrasé de fatigue et de douleur, je m'évanouis. Quand je me réveillai, un jeune visage aux traits encore enfantins, d'une fraîche beauté, était penché sur moi. Je reconnus le visage très pur, les beaux sourcils et les yeux verts de la plus jeune des filles du châtelain de Lavelanet. Nos regards se rencontrèrent et nous rougîmes tous les deux.

Elle me sourit et cette vision merveilleuse – un sourire doux et timide, un regard plein de tendresse, que n'altérait pas le froncement inquiet des sourcils –, se logea dans ma cervelle pour ne plus en sortir. J'avais pourtant près de trente ans, elle, seize ou dix-sept, peut-être dix-huit, mais j'avais gardé mon âme d'enfant. Et, je m'en aperçus bientôt, à ma grande honte, une cervelle d'oiseau.

— Vous vous appelez Marquésia ? lui demandai-je troublé.

J'étais encore persuadé que j'épouserais une Marquésia. Elle rit et répliqua d'une voix assurée :

— Désolée, je m'appelle Bernarda.

Elle lut de la déception sur mon visage. Elle haussa les épaules, agacée :

— Bernarda, c'est moins joli que Marquésia, je vous l'accorde, mais c'est mon nom de baptême ! Je regrette, mais j'y tiens !

Je lui expliquai pourquoi j'étais déçu.

— Vous voulez vous marier avec une Marquésia ? rit-elle, incrédule.

— C'est mon destin. Il est écrit dans les étoiles.

— Nous en avons ici des Marquésia ; c'est à la mode en ce moment. Vous n'aurez que l'embarras du choix, bien que la plupart des femmes qui viennent s'installer à Montségur ne souhaitent pas se marier. Et celles qui le sont s'efforcent de l'oublier.

Je lui pris la main, la serrai :

— Je n'y comprends rien, je vous ai reconnue, vous êtes la femme de ma vie, je le sais. Vous êtes sûre que vous ne portez pas le nom de Marquésia d'une façon ou d'une autre ? Comme second ou troisième prénom ? On ne garde pas toujours l'usage de son nom de baptême...

— Sûre et certaine !

— Une grand-mère peut-être...

— Non ! Même pas !

— Remontez plus loin...

— Personne ! Je m'appelle Bernarda, un point c'est tout ! Vous aimez plaisanter, mais ici les esprits légers ne sont pas les bienvenus.

Je me le tins pour dit. Je lui souris piteusement, cherchant son pardon :

— Merci pour vos soins Bernarda, je me sens déjà beaucoup mieux.

Elle avait nettoyé ma plaie avec une décoction

d'écorce de chêne, et confectionné un emplâtre farci de poudre de noix de galle, un puissant vulnéraire.

Elle retira sa main, se leva, me recommanda de me reposer. Elle s'en alla en boitant, se retourna, et, la porte passée me lança en riant :

— Et en plus, elle boite !

J'avais honte de mon emportement. Bernarda était une jeune fille adorable, qui avait un cœur d'or. Elle ne connaissait ni colère ni mauvaise humeur. D'une patience à toute épreuve, elle se souciait davantage de ma blessure que de sa peine, et me soignait sans montrer la moindre lassitude. Il est vrai qu'à Montségur les attitudes de charité, de dévouement voire de sacrifice étaient encouragées jusqu'à l'obsession par les Bons Hommes et les Bonnes Dames. Elles étaient la règle, ici.

Bientôt la fièvre disparut et je pus me lever. Je rêvais de descendre me promener au pied du pog sur un versant doux et herbeux où pâturaient les chevaux.

Jean apparut un matin. Il était venu sur Grisel. Je voulus aller voir mon cheval sur le champ. Le temps était à la pluie, une pluie de novembre froide et fine, qui annonçait l'hiver. Un Parfait me donna un vieux manteau qui se nouait sous la gorge, ainsi qu'un bonnet de feutre et, ainsi accoutré, j'affrontai les intempéries.

Sur le chemin, je rencontrai Bernarda. Avec un

aplomb que je ne me connaissais pas je l'arrachai à ses compagnes, sa soeur, ses cousines, ses amies, toutes jeunes, un escadron de charme très austère, à l'image de la nouvelle Église où la joie et le bonheur ne pouvaient être que spirituels.

Bernarda marchait avec difficulté sur le sentier caillouteux et par endroits glissant. Je lui donnai mon bras, ce dont elle me remercia d'un sourire radieux sous sa capuche.

Je reconnus Grisel de loin, le nez dans l'herbe, indifférent à la marche du monde, au sort de la nouvelle Église comme aux machinations du sénéchal de Carcassonne.

Je le désignai à Bernarda qui s'exclama devant sa beauté, ce qui était fort aimable pour lui comme pour moi, mais pas tout à fait vrai. En effet, Grisel était lourd et pesant, avec une queue plantée bas qu'il relevait péniblement au galop. Il manquait d'allure ! Mais il avait cette beauté des rondeurs paysannes qui respire la santé, et fait plaisir à voir. Il n'était exceptionnel que par son bon caractère, et par sa résistance à toute épreuve.

J'allai vers lui. Il me manifesta son étonnement par un hennissement joyeux, qui n'était certainement que l'espoir d'une friandise. Il vint frotter son nez sur mon manteau. Bernarda gloussait. Elle le caressa, glissa dans sa bouche un morceau de pain dur que j'avais mis dans sa main. Flattant son large poitrail, elle enfouit son nez sous sa crinière, dans la chaleur odorante de sa large encolure, et l'embrassa.

Sa joie d'enfant était un enchantement dans cette matinée pluvieuse, dans ce pré luisant de rosée. Muet, je contemplai les deux êtres qui m'importaient le plus au monde désormais, sans pouvoir effacer une sourde angoisse. Je n'étais aucunement le maître de leur destin, ni de l'un ni de l'autre.

Soudain, une femme d'un certain âge survint en criant :

— Bernarda, tu n'as rien à faire là ! Viens avec moi, tes compagnes sont déjà reparties !

— C'est ma tante ! commenta à mi-voix Bernarda dont le visage lumineux s'éteignit instantanément, elle n'aime pas me voir avec un homme.

Je me récriai d'une voix sauvage :

— Nous ne faisons rien de mal !

Bernarda haussa les épaules :

— Ma tante voit le mal partout. Il est vrai que nous sommes sur cette terre dans la maison du démon.

Je m'étonnai :

— Même à Montségur, dans la ville sainte ?

Bernarda me sourit.

— Sachez que le démon est partout. La Bible nous apprend qu'il habite dans le cœur de toutes les femmes tant qu'elles n'ont pas renoncé aux hommes.

— Mon Dieu ! Et vous le croyez ?

Comme sa tante réitérait son ordre d'une voix

suraiguë sur un ton tranchant, Bernarda m'adressa un sourire triste et tourna les talons. Elle claudiqua jusqu'à sa tante qui lui prit le bras, le visage irrité. Elles montèrent à petits pas vers le château.

X

Les amis de Dieu

Au printemps, je résidais encore dans la forteresse de Montségur. Pierre-Roger avait insisté pour que je reste à son service comme sergent d'armes. J'avais accepté, sans préciser bien sûr que c'était mon amour pour Bernarda qui me retenait dans la citadelle, et non le prestige du chef. Ni davantage ma dévotion à l'Église cathare.

Certes, la vie de la nouvelle Église à Montségur était admirable, Parfaits et Parfaites nous montraient le chemin de la sainteté. Le chemin du ciel. Mais j'étais porté à vivre une vie d'homme, simplement. Avec une épouse aimante. Pierre-Roger m'avait donné autorité sur quatre sergents. Jean le Pourfendeur, anciennement frère Jean, convers de l'abbaye de Belloc, était du nombre. Le second qui avait été bouvier était surnommé avec beaucoup de pertinence, hélas, le Soiffard, le troisième s'appelait Œil-de-boeuf, car il était borgne, et le quatrième était un ancien clerc qui s'était pris de passion pour l'arbalète.

Nous formions une sorte de lance[19]. Avec les beaux jours s'accrurent considérablement les tournées pastorales des diacres, des Parfaits, et les va-et-vient de tous ceux qui avaient à se garder du roi ou du seigneur pape. Considéré comme le meilleur guide du pays, le meilleur guide des sentiers cathares, pourrait-on dire, j'étais sans répit sur le dos de Grisel, en service d'escorte. Car depuis la fuite de Trencavel, retourné en exil, tout le pays vivait désormais sous la menace des armées du roi de France, et des moines de l'Inquisition.

Ce travail n'était pas pour me déplaire, parce que j'ai toujours aimé voyager, voir des gens et des paysages nouveaux. Et aussi, je le dis en confidence, parce qu'on mangeait maigre à Montségur, très maigre. C'était carême-prenant tous les jours de l'année. En voyage, de village en village, j'avais l'occasion de glaner quelque friandise, quelque bonne pâtisserie, et surtout de savourer du cochon, du bon cochon que j'aime par-dessus tout.

Pour autant, la plupart des habitants de la ville sainte – près d'un millier de personnes, au plus fort de la ruée – mangeaient eux aussi autre chose que des nourritures spirituelles. Il arriva un moment où n'osèrent plus monter sur le pog les paysans, les pêcheurs, les boulangers et tous les petits revendeurs d'huile, de sel, de cochon salé, de légumes et de fruits qui venaient faire leur bénéfice là-haut, car l'Inquisition punissait ceux qui faisaient commerce avec les cathares comme s'ils étaient hérétiques eux-mêmes, ou receleurs d'hérétiques. Personne n'avait envie de finir sa vie au Mur[20].

Pierre-Roger se rappelant qu'il n'y a pas de loi dans la nécessité, ou plutôt que nécessité fait loi, nous lança sans état d'âme sur des picorées qui n'avaient rien de catholique, ni de cathare, dans les campagnes environnantes.

Très vite, ces collectes prirent la tournure de véritables razzias. Les gens n'avaient plus quoi que ce soit ni à donner ni à vendre, les Francimands s'étant vengés de la rébellion du vicomte en emportant les récoltes, en brûlant les granges, en rasant les maisons, sans parler d'une multitude d'atrocités.

Le peu qui restait dans les villages devait être prélevé de force.

*

Occupé à la guerre, je voyais peu Bernarda. Si je la rencontrais par chance, elle me saluait d'un petit bonjour de la main, gracieux, discret, mais restait muette, car elle était toujours accompagnée de sa tante aux yeux de basilic, ou d'une autre Parfaite tout aussi revêche. Ces femmes avaient un sixième sens qui leur permettait de déceler chez les jeunes gens, au premier coup d'œil, une inclination particulière, le désir secret de s'unir.

Bernarda ne m'avait pas caché que son père la

vouait à la nouvelle Église. Il attendait avec impatience le bonheur de la voir revêtue du *consolament* d'ordination par monseigneur Marty, qui ferait d'elle une future sainte. Toutefois, quand elle me croisait, son merveilleux sourire et ses yeux verts prenaient un éclat splendide qui me laissait espérer qu'elle renoncerait pour moi à sa vocation, en fait la vocation de son père, de sa tante et de leur entourage, les Amis de Dieu, tous unis pour l'enterrer vivante.

« Elle finira par répondre à mon amour, il faut être patient. Je l'aime comme un fou, jamais je ne perdrai espoir », pensais-je.

Un soir, je pus lui parler dans la maison commune, une salle assez vaste située dans la cour du château, destinée aux prêches, et autres services. Monseigneur Marty en personne, son fils majeur (son successeur), les diacres, y tenaient leurs leçons sur le Bien et le Mal. Y venait qui voulait, depuis les barons jusqu'aux sergents et aux palefreniers, tous mélangés sans ordre ni préséance, car l'Église cathare n'établissait aucune différence entre un baron et son portier. En ce temps-là, tous les hommes se valaient chez les Amis de Dieu. Les honneurs étant de source diabolique, comme l'orgueil, la guerre et beaucoup d'autres choses, le travail seul était honoré, à l'exemple des apôtres, et tout homme qui ne travaillait pas n'avait pas à réclamer de manger, selon la parole de saint Paul.

Les barons n'entendaient que ce qui leur faisait plaisir. Sur la parité entre tous les hommes, sur les redevances, sur les honneurs, la guerre et les plaisirs de la chair, ils faisaient souvent la sourde oreille.

J'allais aux prêches plus qu'à mon tour avec l'espoir d'y apercevoir Bernarda sans surveillance. Si elle ne s'y présentait pas, j'écourtais le sermon. Un soir Bernarda se présenta non pas avec son chaperon, ou quelque vieille de sa secte, mais accompagnée de sa sœur aînée Lombarde et de leurs compagnes. Je jouai des coudes pour me placer derrière elle, jusqu'à pouvoir souffler sur sa jolie nuque offerte à mon regard, car sa chevelure était relevée en deux épaisses nattes placées en couronne, croisées sur le sommet du crâne et retenues par un tressoir qui passait sous le menton.

Un voile de linon dont l'arrière revenait se nouer sur le front couvrait tout l'assemblage.

Bernarda tourna la tête vers moi avec grâce, me laissant admirer son profil pur où se lisaient encore les traits de l'enfance. Des mèches sombres et bouclées couvraient ses tempes, échappées du bandeau.

Penché vers son oreille, je lui avouai sans façon que je pensais à elle sans cesse, et que je vivais dans l'espoir qu'elle ne prononcerait pas ses vœux. Je déclarai pour finir, solennellement, que j'attendrais qu'elle me donne son cœur, s'il le fallait jusqu'à la fin des siècles.

Elle tourna à nouveau sa charmante tête d'un

mouvement vif et me jeta un regard en coin d'une rare intensité, émue aux larmes.

Des vieilles qui ne devaient pas être très attentives aux paroles du prêcheur, quoiqu'elles en disent, repérèrent rapidement mon jeu et vinrent s'interposer entre la jeune fille et moi. Exaspérée, Bernarda quitta la salle, suivie d'une de ses persécutrices.

— Ces diablesses ont l'œil à tout, marmonnai-je, et empêcher une passion de naître doit être comme le triomphe de leur vie étriquée !

Je sortis derrière Bernarda et son intraitable gardien, fort irrité. Je rencontrai mes hommes qui quittaient la cour du château pour s'en aller manger et boire – surtout boire –, dans le bourg, chez un de leurs frères d'armes. Je les retins et leur promis ma solde du mois s'ils parvenaient à débarrasser mon amie de son cerbère. Le cerbère était une Parfaite qui avait le pouvoir de consoler les mourants, mais aussi d'apporter un peu de réconfort aux blessés et aux malades. Mes complices l'accostèrent avec un air à tirer des larmes à un écorcheur d'entrailles ivre, et la supplièrent de les suivre pour aller visiter un compagnon qui allait très mal.

— Je rentrerai seule, je suis presque arrivée, la rassura Bernarda pour s'en débarrasser.

La vieille femme suivit les sergents et je rattrapai ma bien-aimée dans l'obscurité de la porte de la tour où vivaient son père et toute sa famille. Elle sursauta, car elle ne m'avait pas vu quitter l'assemblée, me reconnut et de joie, me caressa le visage. Ses fins doigts pâles s'égarèrent dans ma courte barbe.

— Bernarda, murmurai-je, je veux vous parler sérieusement.

Elle hocha la tête, leva les yeux vers les fenêtres des étages, éclairées de la faible lueur des lampes, et mit un doigt sur ma bouche. Une tête apparut au premier étage, qui fouilla des yeux la nuit de la cour. « Mon père… » chuchota Bernarda à mon oreille. Immobiles, nous attendîmes un long moment que la tête maigre et chauve, pareille à celle d'une salamandre ou d'une tortue, se retire.

Nous avions, en quelques instants, bâti une merveilleuse complicité amoureuse.

Tout à côté, un escalier de pierre montait sur les remparts. Je murmurai :

— Allons sur les murailles, nous y serons tranquilles.

Joignant le geste à la parole, je pris la main de la jeune fille qui me suivit sans hésitation, quoique lentement à cause de son infirmité. Elle devait réunir les deux pieds avant de gravir une autre marche. Craignant de me décevoir, elle se hâtait en silence. Elle leva la tête pour me sourire, me faire patienter ; son sourire affligé, comme s'il y avait de sa faute, me serra le cœur.

Les murailles étaient couronnées de hourds[21] depuis qu'était apparue la menace francimande.

Nous disparûmes dans l'ombre des charpentes, et nous assîmes sur un banc de pierre.

— Marions-nous ! dis-je dans un souffle, sans réfléchir, pressé de dévoiler mon désir.

Bernarda fit entendre une exclamation de réprobation, mais je sentais qu'elle se réjouissait de cette escapade inattendue. Elle se redressa et sur un ton sérieux :

— Que dites-vous ? Mon père ne voudra jamais, répondit-elle avec assurance. Il m'a vouée à la nouvelle Église. C'est mon père, je lui dois obéissance.

La colère me prit en pensant à mon propre père qui m'avait imposé d'entrer au monastère sans me demander mon avis.

— C'est insupportable ce que nous imposent nos pères ! fis-je sur un ton sans réplique. Ce sont des tyrans ! Il ne faut pas leur céder !

— Mon père n'est pas un tyran, ce n'est pas ce que j'ai dit, s'insurgea mon amie. J'aime beaucoup mon père. C'est un homme bon !

— Mais vous, que voulez-vous ?

— Moi ?

— Vous rêvez de vous confire comme une figue dans la religion, ou de vous marier ?

— Avec vous par exemple ?

Son ton était railleur.

— Oui, avec moi. Vous vous voyez mariée avec moi ?

— Je ne sais pas, seigneur Imbert.

Un peu plus tard elle s'exclama :

— Mais que vaut ma vie ? Elle est sans valeur !

Je m'insurgeai :

— Vous ne pouvez pas dire ça, belle enfant ! Vous êtes née pour être heureuse, je le sais. Je le vois dans vos yeux. C'est à vous de décider par quel chemin… Sachez que je me sentirais le plus chanceux des hommes si vous vouliez de moi pour mari. Je suis pauvre, mais noble ! Au fond, ma situation est semblable à la vôtre, puisque le pape vous a tout pris !

Elle me fit le récit des évènements dramatiques vécus par sa famille, la cité de Lavelanet assiégée par Gui de Montfort, le frère de Simon, venu pour ravager le pays au nom du Christ. Après avoir pris la ville, et passé tous les défenseurs au fil de l'épée, Gui de Montfort avait lancé une véritable chasse à courre sur les Bons Hommes et les Bonnes Dames. La grand-mère de Bernarda, qui était Parfaite, fut poursuivie par les Francimands jusque dans les bois autour de Lavelanet, capturée et encagée sur une charrette au milieu des rires pour être amenée à Carcassonne, où elle fut brûlée. Son père s'était déjà enfui avec le reste de la famille.

Recherchés par les occupants, ils étaient restés cachés pendant de longs mois, passant de refuge en refuge, d'un moulin à une grange, une cave, parfois une tour au milieu des bois. Ils avaient fini par échouer à Montségur, qui passait pour le meilleur asile cathare puisque tous les dignitaires de la nouvelle Église y allaient. Sa mère y mourut consolée, et son père sentant le poids des ans s'était donné à son tour à la secte des Amis de Dieu.

Nous restâmes longtemps sur les créneaux. Une rumeur de vie nocturne montait du village des cabanes, ou du bourg, des exclamations et des cris lointains. Quand survenait une sentinelle, je me levais pour lui dire que j'étais là et qu'il était inutile qu'elle poursuive sa ronde après moi. Bernarda me questionnait. Je lui parlai de mon enfance, mon entrée à l'abbaye de Belloc à douze ans, ma fuite avec des Bons Hommes après avoir assommé un moine.

— Vous ne l'avez pas tué au moins ? m'interrompit-elle. Le savez-vous ?

— Comment le saurais-je, il était déjà mourant !

Bernarda s'esclaffa puis, désolée de s'être laissée aller à tant de légèreté, elle reprit un air sévère et me demanda si j'étais prêt à mourir pour la nouvelle Église.

Je lui répondis que je consacrais ma vie à protéger la nouvelle Église, et que je risquais chaque jour d'en mourir. C'était mon lot quotidien. Je précisai :

— Je mentirais en disant que je le fais pour mon salut, pour sauver mon âme et gagner le paradis, m'éloigner de la terre d'oubli ou je ne sais quoi d'autre. Je n'ai aucune intention de renoncer aux plaisirs terrestres, et aux joies du mariage.

Comme la jeune fille se taisait, je poursuivis avec force :

— Je ne suis pas d'accord avec les Parfaits qui disent que tout ce qui est sur la terre est mauvais. Je pense qu'on peut être heureux sur la terre comme au ciel. Je crois dans la bonté universelle de Dieu.

— Ce n'est pas ce que pense mon père, me coupa Bernarda, il pense que la vie terrestre est un néant et qu'elle ne peut mener à Dieu. Elle empêche de voir Dieu.

Un brouhaha dans la cour nous avertit que les sermons étaient achevés. Chacun revenait se coucher après avoir échangé le baiser de paix, les hommes avec les hommes, les femmes entre elles, et reçu une pluie de bénédictions.

— Je dois rentrer, me coupa Bernarda affolée, je ne veux pas qu'on nous surprenne.

— Encore un instant, s'il vous plaît. Vous pensez vraiment vous faire nonne ? Nonne cathare…

— Mon père veut que je reçoive le *consolament* d'ordination, et que j'ouvre un couvent à Lavelanet comme il y en avait dans le temps. Bien sûr, quand la guerre sera finie.

— Alors ce n'est pas pour demain !

La guerre n'était pas près de finir, ce qui nous laissait du temps pour convaincre son père, qui m'avait l'air d'être une sacrée bourrique. Et s'il ne voulait rien entendre, je pourrais toujours enlever la plus belle fille de Montségur sur le dos de Grisel, et aller me cacher avec elle en Catalogne, où personne ne viendrait nous chercher. Mais il fallait d'abord tenter de convaincre son Parfait de père que ce qui lui convenait à lui ne convenait pas forcément à sa fille.

— Je dois y aller, seigneur Imbert, me supplia la jeune fille.

La cour était vide. Chacun semblait avoir disparu par enchantement.

Bernarda se plaignit d'avoir trop tardé.

— Quand je vais entrer dans la tour, tout le monde saura que j'ai quitté le groupe et que je suis restée seule un long moment…

— Est-ce si grave ? Vous n'êtes pas encore au couvent.

— Mon Dieu, mon Dieu, que vais-je faire ? Ça ne m'est jamais arrivé de me séparer des autres. Si mon père apprend que j'ai passé la soirée avec vous, ou ma tante, ils m'enfermeront.

J'ironisai :

— C'est beau l'amour de la famille !

Voyant sa mine déconfite, ses grands yeux au bord des larmes, son joli menton frémissant, je lui pris les mains :

— Bernarda, ne pleurez pas. Je n'aime pas vous voir pleurer, j'ai une idée, attendez-moi !

La chambre que Bernada partageait avec sa sœur était située au dernier étage de la tour. Le jour y venait par une baie qui donnait sur le rempart. Avec une échelle, on pouvait atteindre aisément la baie depuis le chemin de ronde. Et je savais où trouver une échelle.

Je la ramenai en courant, allai jusqu'à la tour et dressai l'échelle appuyée soigneusement contre le larmier de pierre de la fenêtre. Les volets étaient soulevés et rien ne faisait obstacle au retour incognito de mon amie dans sa chambre. Sauf que Bernarda avait le vertige, elle avait peur de manquer un barreau, ou encore de voir l'échelle basculer dans le vide. Elle craignait aussi d'être surprise en pleine ascension. Je la pressai de monter, lui promettant de grimper avec elle pour la retenir en cas de besoin.

Blanche comme une hostie, elle mit le pied sur le premier barreau, sur le second, gênée par son pied infirme. Je la suivais au plus près, et pour la rassurer je posai ma main sur sa taille. Elle sursauta, frissonna, gloussa, et poursuivit sa lente ascension.

Arrivée en haut, mon amie s'agrippa à l'embrasure de la fenêtre et se hissa péniblement sur l'appui. Je l'aidai en la poussant. Mes mains secourables apprécièrent plusieurs fois la rondeur de ses hanches, à notre grand émoi à tous deux.

Quand elle fut dans la chambre, Bernarda se retourna, me chuchota que sa sœur n'était pas là et qu'elle allait se coucher en vitesse. Comme j'espérais un baiser, elle me tendit ses mains à embrasser. Je les pris, les tournai contre son gré pour embrasser le creux des paumes, dont on sait qu'elles ouvrent le chemin des voluptés. Elle baissa le grand volet.

Je redescendis comme un singe avant d'aller remettre l'échelle à sa place.

*

Le lendemain matin, je fus convoqué par Pierre-Roger de Mirepoix, qui m'accueillit dans la salle grande du donjon au milieu d'un important rassemblement où je reconnus des Parfaits et des habitants du bourg. Les visages étaient fermés, et Pierre-Roger faisait sa tête des mauvais jours. La cicatrice qui traversait sa figure était devenue pourpre.

Je pensai immédiatement que la communauté des Amis de Dieu avait eu vent de ma petite aventure amoureuse de la soirée, qu'elle réagissait vivement et qu'elle allait me prier de faire mes bagages. Pour le salut de Bernarda.

Sans dire un mot, le commandant de la forteresse me montra du doigt un coin de la salle, le regard dur. Je distinguai malaisément un paquet d'hommes hirsutes, haillonneux, le visage tuméfié, la tête entre les mains. Je mis un moment à reconnaître parmi ces déchets de l'humanité mes propres hommes. Ma lance.

Pierre-Roger m'expliqua en peu de mots, sur un ton rogue, que mes hommes à qui j'avais donné la permission de sortir du château, s'étaient réunis chez l'un d'eux pour boire comme des bottes trouées.

Ils s'étaient querellés bien sûr, battus, avant de se retourner contre leurs voisins et d'autres sergents venus les faire taire. Le résultat était visible : Œil-de-boeuf qui était borgne était maintenant aveugle, Le Soiffard ronflait comme une roue de moulin, le clerc qui n'avait pas l'habitude de boire se tenait à quatre pattes, comme fasciné par la flaque de vomi qu'il venait de répandre sur le sol, et même Jean le Pourfendeur, assis le dos au mur, semblait ne plus pouvoir porter sa tête enfouie entre ses jambes.

Des sergents les accompagnaient qui paraissaient aussi mal en point, preuve qu'ils avaient bu eux aussi avant de se battre.

Parmi les Parfaits venus tenir le conseil de discipline, il y avait le père de Bernarda. Il me fixait de ses yeux pâles et cavés. Sa bouche sans lèvres s'arquait dans une expression vindicative.

— Qu'as-tu à répondre ? m'ordonna Pierre-Roger.

J'étais tellement soulagé que je souris en découvrant l'insignifiance de l'incident. Comme le cercle des visages devant moi se fermait à double tour, sous l'effet de l'indignation, je m'empressai de revenir du côté des bien-pensants et fronçai les sourcils :

— C'est une honte !

Sur un ton grave et solennel, je m'exclamai :

— Ça ne se reproduira plus, je vous le promets !

J'aurais juré avec plaisir, mais c'était interdit chez les Amis de Dieu. Me tournant vers mes compagnons affalés sur le sol, je brandis le poing vers eux :

— Ils vont me le payer cher, ces fils de garce, ils m'ont trop déçu !

Je revins vers le seigneur Pierre-Roger, appuyant ma main grande ouverte sur la poitrine.

— Ils seront punis ! lançai-je à la ronde. Et si durement qu'ils ne recommenceront pas de sitôt ! Ils vont le payer cher, ils le savent !

Les défenseurs de Montségur n'étaient pas assez nombreux, alors que couraient des rumeurs de siège, pour que les Amis de Dieu me renvoient avec mon escouade. Toutefois, je ne voulais pas déplaire à mon beau-père par anticipation.

Pierre-Roger m'adressa un sourire carnassier pour m'avertir que le conseil allait se réunir et délibérer sur la punition qu'il voulait *nous* infliger.

— Nous ? m'inquiétai-je.

— C'est toi le chef, tu es responsable de tes hommes. De même que moi en tant que commandant de la forteresse, je suis responsable de toute la garnison. C'est pourquoi dans tous les cas je doublerai la punition...

— Doubler la punition... En vertu de quoi ?

— En vertu des pouvoirs que je me suis arrogés !

Le groupe discuta un moment à voix basse, en cercle, sous la conduite du commandant de Montségur. Un Parfait s'en détacha, m'invitant du bras à rejoindre mes compagnons. Je refusai d'être mêlé à ces débauchés et restai à ses côtés. Il nous admonesta un moment, nous fit réciter trois *Notre Père*, nous bénit et nous annonça que nous étions condamnés au pain et à l'eau pendant un mois.

J'étais certainement le seul en état de comprendre l'étendue de la pénitence.

Comme je quittai furieux le donjon, Pierre-Roger me lança :

— Souviens-toi, je double ! Deux mois au pain et à l'eau, pendant deux mois !

Il me brandit deux doigts sous le nez.

Sortant du donjon, je rencontrai la tante de Bernarda qui me jeta un regard de serpent. Rougissant, j'allais m'agenouiller pour recevoir sa bénédiction, une de plus, quand sa main qui se levait se ferma comme une serre et son index me désigna avec la force d'un dard. Ou d'une malédiction. Elle me siffla au passage :

— N'approche plus de ma nièce, débauché du diable !

Nous avait-elle surpris ? Se pouvait-il que la nouvelle Église soit plus inquisitrice, plus épieuse que l'ancienne ? L'idée de quitter la ville sainte m'effleura l'esprit. Je me vis sur Grisel, Bernarda en croupe. Bien sûr, il n'était pas question de partir sans elle. Comme personne ne pouvait quitter Montségur sans risquer d'être arrêté, jugé, brûlé, qui viendrait nous rechercher ?

Encore fallait-il que ma belle hérétique soit consentante.

XI

Le massacre d'Avignonet

Comme j'avais repris mes allées et venues nocturnes vers les châteaux amis, les maisons de fidèles, les couvents de la nouvelle foi, escortant un jour un évêque ou un diacre, un autre jour une famille seigneuriale que la menace de la prison obligeait à fuir, je souffris peu de la sanction qui m'était appliquée par solidarité avec ma lance. Car bien évidemment je profitais de mon éloignement de la cité sainte pour me goinfrer. Et, par charité chrétienne, j'emmenais avec moi, à tour de rôle, un ou deux de mes hommes, pour leur éviter de trop maigrir. Les Francimands nous couraient après, et ce n'était pas le moment de perdre des forces.

Plus d'une fois je faillis me faire prendre. À la fin des deux mois de pénitence, n'étant plus sous l'emprise de la faim, ou beaucoup moins, j'allai trouver Pierre-Roger pour lui dépeindre un tableau alarmant de la situation : des soldats partout, commandés par Gui de Lévis, un Francimand à qui Rome avait donné tout le pays de Mirepoix, ainsi que Laroque et Lavelanet.

Il y avait aussi les milices royales, des fanatiques encouragés par les prêtres à courir l'hérétique. Or ces chasseurs du roi, comme ils s'appelaient, étaient des hommes de chez nous, qui connaissaient le pays aussi bien que moi.

Pierre-Roger me laissa parler tout en se curant les ongles avec son couteau. Je lui assénai ma conclusion :

— On ne peut plus continuer comme cela ! Sortir est devenu une folie, seigneur. Tant pis pour ceux qui réclament le *consolament* dans la plaine, à Laurac ou à Fanjeaux, ou à Carcassonne. Laissons faire les Parfaits qui sont encore sur place, s'il y en a.

— Et s'il n'y en a pas ?

— Ils mourront comme tout le monde.

Pierre-Roger me jeta un coup d'œil de rapace et fit semblant de s'encolérer.

— Espèce de traître, déclama-t-il, tu penses qu'on va te nourrir au château à ne rien faire pendant que nos Bons Hommes risquent cent fois leur vie pour sauver une seule âme ? Mais de quel bois es-tu fait ? J'espère au moins que tu ne t'es pas mis à la solde de quelque évêque ! On l'a déjà vu !

Je bondis sous l'injure :

— Le jour où Rome m'achètera, les poules auront des dents et les ânes voleront !

Le seigneur de Mirepoix fit entendre entre ses dents un sifflement sarcastique :

— Pour les poules c'est entendu, quant aux ânes qui volent, j'en ai vu un l'autre soir sur une échelle ; il n'était pas loin de s'envoler.

Je rougis violemment. Pierre-Roger me fixa et éclata d'un rire gras, la gorge écarlate. Revint son sourire carnassier, toujours de mauvais augure.

— Passons aux choses sérieuses. Trois Parfaits doivent aller à Peyrepertuse. Tu es le mieux placé pour les y mener. Tu connais bien ce pays puisque tu y as vécu un bon moment. Tu voulais t'y marier, m'a-t-on dit.

Il prit un air rêveur.

— C'est une marotte chez toi, le mariage. Gros sentimental, va !

Sa raillerie m'indigna :

— Moi, je n'ai pas acheté une fillette de douze ans...

Pierre-Roger avait épousé la fille de son cousin Raimon de Péreille, le seigneur de Montségur. C'était une enfant d'une douzaine d'années, livrée par ses parents à sa maturité gloutonne, avec la bénédiction des Parfaits. La petite était donnée avec une dot encore appétissante pour des faidits : la moitié de la seigneurie de Montségur. Évidemment, ce n'était pas rien quand on avait tout perdu.

Il poursuivit sans s'émouvoir :

— Allons allons, je ne voulais pas te froisser. Il est urgent d'emmener ces Parfaits au château de Peyrepertuse. De là, ils iront à Quéribus, la forteresse du roi d'Aragon.

— Permettez-moi de m'étonner, seigneur commandant, ce n'est pas là-bas qu'il y a le plus de monde à prêcher et à consoler. On dirait une fuite…

Pierre-Roger hocha la tête :

— Bien vu, Imbert ! Nous commençons à mettre à l'abri la sainte Église de Dieu pour le cas où Montségur serait attaqué. Cette mise à l'écart n'est que provisoire.

Je partis une nuit pour le château de Peyrepertuse, accompagné de Jean et de trois Parfaits dont on pouvait dire qu'ils étaient au bout du rouleau. J'en pris un sur mon cheval, Jean fit de même, et j'empruntai une mule pour le troisième afin de ne pas le perdre en route. J'étais pressé, ne voulant pas m'absenter trop longtemps.

Je savais que les Amis de Dieu faisaient le siège de Bernarda pour qu'elle accepte de recevoir le *consolament* qui la mettrait hors d'atteinte de tout amour terrestre. N'allaient-ils pas profiter de mon absence pour la forcer ?

Le trajet fut pénible par les chemins de chèvre et les bois, l'œil toujours aux aguets. Les patrouilles francimandes s'étaient en quelques semaines multipliées aux abords de la ville sainte. Toutefois, l'idée de revenir à Peyrepertuse me réjouissait le cœur, assuré que j'étais d'y trouver un bon accueil. Et quelques amis. Et aussi la sécurité. Quant à Marquésia, qu'était-elle devenue ? Qui avait gagné le *papegai*[22] ?

Quand la forteresse apparut dans le ciel bleu, vaisseau de pierre naviguant en plein ciel, je poussai un cri de joie tandis que nos compagnons étaient près d'expirer. La course des petits nuages sur le bleu de l'azur donnait l'illusion que le navire avançait, avec ses ponts et son énorme château d'arrière, ses murailles prolongeant les falaises en donnant l'illusion d'une seule venue.

Un château jailli des entrailles de la Terre.

L'un des Parfaits me fit signe de la main d'arrêter le convoi. Il me désigna d'un doigt décharné un étendard dont on apercevait vaguement les plis derrière la muraille, par intermittence, selon les caprices du vent. Il ondoyait mollement derrière les jours des défenses.

— Cet étendard, me dit-il dans un souffle, je le reconnais. C'est celui du sénéchal de Carcassonne.

— Vous êtes sûr ?

— Sûr... Il y a des Francimands là-haut.

— Impossible, répondis-je, le seigneur Guilhem a juré devant moi qu'il préférait la mort à la honte de la reddition.

Je voulus avancer, mais le Parfait se laissa glisser jusqu'au sol, ce qui lui était aisé car il était mourant. Il me dit dans un râle :

— N'y allez pas, mon enfant ! Vous serez pris ! Reprenez votre cheval et allez-vous-en vite ! Et que

Dieu vous protège !

Au même moment les portes s'ouvrirent au bas de la falaise et en sortit un escadron de cavaliers portant bannière, suivi de fanions azurés aux fleurs de lys, au bout des lances.

Oui, je n'en croyais pas mes yeux, mais le château du seigneur Guilhem était farci de Francimands.

— Nous sommes flambés ! s'exclama Jean en tapant du pied.

Nous sûmes plus tard que Guilhem de Peyrepertuse, découragé, à moins qu'il n'ait accepté quelque récompense secrète pour lui et sa famille, avait rendu la forteresse. Comme beaucoup d'autres avant lui, il avait fait sa soumission aux vainqueurs.

Les trois Parfaits nous supplièrent de nous enfuir, ce que nous fîmes. Je remontai sur mon cheval et Jean, débarrassant le sien brutalement du mort-vivant qu'il portait, affalé sur l'encolure, nous nous sauvâmes à plein galop.

Les Bons Hommes savaient qu'ils seraient pris, et brûlés, mais ils n'avaient aucune inquiétude, car leur salut était assuré. Devancer de quelques semaines leur départ vers le paradis, ou de quelques mois, ne pouvait que les réjouir.

Le soir même, caché dans une grange abbatiale du côté de Quillan je pleurai de rage et de honte. C'était la première fois que je perdais des Parfaits. Comment le commandant de la cité sainte, le défenseur du siège et de la tête de la nouvelle Église, peut-il ignorer que Peyrepertuse s'est rendue ? me disais-je.

Un doute s'insinua dans mon esprit, qui ne me quitta plus jusqu'à mon retour.

J'allai trouver Pierre-Roger pour lui demander des explications. Il fut surpris de me revoir si vite. Quand je lui annonçai la nouvelle de la présence de Francimands à Peyrepertuse il secoua la tête avec un désespoir un peu trop appuyé.

— Encore un refuge qui tombe, soupira-t-il sur un ton maussade. Bientôt il ne restera plus que Montségur pour défendre les Amis de Dieu. Ou alors l'exil en Aragon…

Il fit un grand geste désespéré de la main vers les montagnes.

— Seigneur commandant, comment est-ce possible que vous n'ayez pas su que Peyrepertuse était tombé ? J'ai vraiment du mal à le croire.

Ses petits yeux cruels flambèrent :

— Imbert ! Tu m'accuses de t'avoir envoyé volontairement dans la gueule du loup ?

— Parfaitement !

Son visage prit un air de triomphe :

— Eh bien, si tu n'as plus confiance en moi, va-t'en ! Prends tes cliques et tes claques et pars où tu voudras, ça m'est égal ! Tu as fait assez de scandale ici ! Personne ne te regrettera.

J'allais le prendre au mot, blessé dans mon orgueil, quand je me rendis compte que mon départ était ce qu'il souhaitait depuis le début. J'imaginais derrière lui toute la secte aux aguets, priant pour la disparition de la créature du diable qui menaçait la vertu d'une de ses brebis. Tout devenait clair : les Amis de Dieu avaient voulu m'éloigner pour reprendre en main Bernarda et la pousser à prononcer ses vœux, après lui avoir annoncé que j'avais été capturé par les Francimands. Elle n'avait plus aucune raison de m'attendre, j'étais perdu.

À moins que Pierre-Roger, qui ne faisait jamais les choses à moitié, ait interprété la consigne de m'éloigner d'une façon très personnelle, et ait organisé mon élimination radicale.

Je n'en aurais guère été étonné, il ne m'avait jamais pardonné de lui avoir sauvé la vie en quittant Niort. Lui le grand chef, le prestigieux capitaine, sauvé par le petit nouveau ! Il en avait été profondément mortifié, humilié, exaspéré et, depuis, la moindre initiative de ma part dans les affaires militaires le rendait fou de colère et de jalousie. Il se voyait supplanté par un béjaune.

J'aurais bien rompu avec lui, pour offrir mes services à une autre forteresse, mais il était inimaginable que je le fasse sans emmener avec moi ma douce amie. En attendant ce moment favorable, je devais durer…

Je ravalai ma rancune et toutes mes émotions et, sur un ton enjoué, je répondis, ou plutôt je bafouillai :

— Seigneur commandant, je me suis emporté, pardonnez-moi. J'ai pensé sur le moment que vous l'aviez fait exprès… Mais sachez que je suis décidé à défendre la nouvelle Église jusqu'à ma mort ! Et je le proclame, rien ni personne ne pourra me détourner de ce devoir sacré. Ce n'est pas au moment où l'ennemi se fait le plus pressant que je vais quitter le champ de bataille !

— Bien dit ! rétorqua le seigneur de Mirepoix sans enthousiasme, cachant mal son dépit.

Comme je lui souriais avec une naïveté feinte et irritante, il me montra un visage fermé, acerbe. Mal à l'aise il frappa dans ses mains en marmonnant et s'en retourna à pas colériques.

Je pris l'engagement de ne plus quitter Montségur, quoiqu'il arrive, sans ma bien-aimée. Voilà tout ce que les bigots de la secte avaient gagné en tentant de m'éloigner.

*

Un beau matin à l'aube, alors que j'étais de garde à la grande porte du bourg, l'esprit occupé à construire des stratagèmes pour me trouver seul avec Bernarda, apparut un mystérieux messager. Je lui ouvris. Il ne voulut répondre à aucune de mes questions, ni sur son nom, ni sur le but de sa visite, ni sur sa destination. Comme j'insistais, il me rétorqua sur un ton malpoli :

— Si on te le demande, tu diras que tu n'en sais rien.

Il apportait une lettre fermée par un cachet de cire du comte de Toulouse. Je dus le laisser passer. Peu après Pierre-Roger rassembla tous les hommes d'armes, sergents, chevaliers et écuyers, pour nous déclarer qu'un grand butin nous attendait à Avignonet, à côté de Castelnaudary. Et une bonne action.

Nous y allâmes en nombre dès la nuit suivante. Arrivés au petit matin dans une forêt assez proche de notre destination, nous nous installâmes pour la journée. Arrivèrent des seigneurs des villages voisins, qui nous apportaient avec leur encouragement du pain, du vin, du cochon et des fromages. Un ami de Pierre-Roger nous rejoignit avec des hommes armés de haches, de lances et d'épées, et deux arbalétriers. Nul doute que nous allions nous battre. J'imaginais une embuscade contre un bataillon de Francimands armé jusqu'aux dents, si j'en jugeais par les précautions que prenaient nos chefs.

Pierre-Roger toujours énigmatique repartit avec son ami, et nous laissa sous les ordres de son tenant-lieu Bernard de Saint-Martin, un homme courageux et courtois, du moins si on le comparait à Pierre-Roger et à beaucoup d'autres.

Le soir, à la tombée de la nuit, arrivèrent encore des hommes armés et nous nous mîmes en route vers Avignonet. Au bas du village, derrière la léproserie déserte, Bernard de Saint-Martin nous réunit et déclara :

— Des inquisiteurs viennent d'arriver ici. Ils sont venus sonder les âmes des fidèles, traquer les esprits libres qu'ils vont déclarer hérétiques, et les envoyer au bûcher. Et bien sûr, confisquer leurs biens qu'ils revendront au plus offrant, pour s'enrichir. Nous sommes là pour les empêcher de nuire. L'important est de mettre la main sur les registres de l'Inquisition, parce que ces archives sont assez redoutables pour envoyer un homme dans les flammes. En effet si les inquisiteurs arrêtent un homme en compagnie d'hérétiques, et si son nom est déjà sur les registres des années passées, il est déclaré relaps et brûlé sans appel. Ce que je vous demande, c'est de mettre la main sur ces diaboliques registres et de les emporter.

— Et les moines, qu'est-ce qu'on en fait ?

— On les écorche ?

— Mais ils ont la peau trop tendre.

— Tu en feras des bourses !

Saint-Martin réclama le silence.

— Quant aux moines, ils voudront sauver les registres, puisque sans eux ils ne sont plus rien. Ne les laissez pas faire !

— On les tue ?

— Si vous les laissez en vie, ils vous reconnaîtront un jour ou l'autre…

— Donc, on les tue !

— Il n'y a rien de plus raisonnable !

Parmi nous, beaucoup avaient déjà été condamnés par l'Inquisition, et même plusieurs fois. Ils n'avaient trouvé leur salut que dans la fuite. Ils ne pouvaient que désirer ardemment mettre la main sur les registres qui portaient leur nom et leur condamnation, afin de les détruire et de sauver leur vie comme celle de leurs proches. Je le comprenais, mais un grand émoi me saisit à l'idée de tuer froidement des moines sans armes, en prière ou pendant leur sommeil. Ce n'était pas humain.

Tant de guerriers armés jusqu'aux dents pour quelques moines sans défense ! Mon sentiment était qu'un aussi piètre exploit n'était pas chevaleresque. Et moi je me sentais chevalier.

Et qu'en penserait Bernarda, dont les nobles sentiments traçaient désormais mon chemin ? N'allait-elle pas me mépriser ? Me rejeter ? Malgré tous les méfaits de l'Inquisition, sa cruauté, sa sournoiserie, je ne pouvais participer à cette féroce boucherie.

Bernard de Saint-Martin choisit parmi nous trente sergents d'armes pour entrer dans la cité. J'en faisais partie. Nous nous approchâmes en silence des portes de la ville. Lorsque nous atteignîmes les remparts, la porte s'ouvrit comme par enchantement et un chevalier accompagné de deux sergents en sortit. Le chevalier nous dit :

— Les moines finissent de manger, je reviendrai

quand ils seront couchés.

Quand les moines furent couchés, le chevalier revint et lança :

— Venez, ils sont couchés, c'est le moment.

Il voulait dire : « c'est le moment de les tuer ». Nous entrâmes sans bruit.

À mesure que nous avancions, je poursuivais en pensée ma dispute morale, de plus en plus mal à l'aise et hésitant. Je savais bien que ces moines étaient des fanatiques qui travaillaient jour et nuit à persécuter le peuple pour en éliminer les cathares qu'ils n'hésitaient pas à emmurer dans des cellules étroites, jusqu'à ce que mort s'ensuive, comme s'ils étaient lépreux ou pestiférés. Oui, ces gens de l'Inquisition torturaient et jetaient dans les flammes des hommes saints qui n'étaient coupables de rien. Peut-être méritaient-ils la mort, ces moines, puisqu'ils la donnaient eux-mêmes sans hésiter à des hommes, des femmes qui n'avaient commis aucun crime, aucune mauvaise action, aucun geste dont ils auraient pu rougir. Des hommes et des femmes qui n'avaient que le tort d'honorer Dieu à leur façon.

Oui, ils méritaient la mort, ces moines inquisiteurs, mais il y avait la manière. Ce que l'on nous demandait était une besogne de ribaud, d'écorcheur d'entrailles, c'était un travail de coutilier[23]. Ce n'était pas digne d'un chevalier, ou d'un futur chevalier. Et ce n'était pas digne de l'époux de Bernarda. Du futur époux…

Bernard de Saint-Martin demanda des volontaires pour garder la porte et je m'empressai de répondre que je prenais la garde, avec quelques compagnons. Le chef de l'opération nous recommanda de ne laisser entrer personne, et le reste de la troupe disparut en silence dans la rue qui montait au château.

Plus tard, Bernard de Saint-Martin revint et me trouvant à la porte me demanda :

— Imbert ! Que faites-vous là ? On se partage le butin au château. Allez-y vous aussi !

Je bafouillai :

— Mais où, seigneur, je ne sais où aller… Tant pis, je reste ici à garder la porte. Je me passerai de butin.

Je ne voulais pas me mêler des meurtres. Bernard de Saint-Martin qui m'avait deviné s'encoléra, et me montrant deux hommes d'Avignonet qui étaient avec lui et qui étaient du complot, il m'ordonna :

— Allez avec eux, ils vous conduiront.

J'y allai en murmurant. Les inquisiteurs logeaient au château, chez le bayle du comte de Toulouse. J'entrai dans le donjon et vis les frères inquisiteurs morts, couverts de sang, ainsi que ceux qui les accompagnaient, notaires, scribes, domestiques. Et quelques gardes.

Autour d'eux, indifférents au charnier, ceux qui avaient participé à la tuerie s'appliquaient à briser les coffres des moines pour s'emparer de tous les objets qui avaient de la valeur, comme les livres, les chandeliers en argent, de beaux habits de soie jaune et bleue, des chausses, des chapeaux, des souliers, des ceintures, et beaucoup d'autres choses.

On me donna une boîte de gingembre, des chausses blanches et dix deniers d'argent.

Les chevaliers se partagèrent les bagues de valeur, les chevaux et les animaux de bât. Nous quittâmes Avignonet chargés comme des marchands, et nous dirigeâmes vers le Mas-Sainte-Puelle. Nous y retrouvâmes au petit matin Pierre-Roger de Mirepoix et d'autres seigneurs.

Pierre-Roger, qui n'avait participé à rien, mais connaissait le succès de l'entreprise, faisait le fier-à-bras devant les autres châtelains. Il interpella l'un de ses chevaliers, Guillaume Azéma, et lui réclama ce qu'il lui avait demandé. Comme l'autre ne savait que répondre, Pierre-Roger s'écria, avec de grands gestes et une grosse voix :

— Traître ! Je t'avais demandé de m'apporter la tête de Guillaume Arnaud, le chef des inquisiteurs ! J'aurais bu mon vin dans la calotte de son crâne cerclé d'or, jusqu'à la fin de mes jours !

Guillaume Azéma lui répondit sur un ton ferme que personne n'avait voulu lui enlever la tête, parce que cela ne se faisait pas entre chrétiens. Pierre-Roger s'empourpra et l'injuria. Il lui ordonna d'y retourner.

— Nous ne sommes pas chez les sauvages !

répliqua Guillaume Azéma.

Pierre-Roger lui en voulut longtemps de cette réplique.

*

Nous revînmes par des tours et des détours jusqu'à notre nid d'aigle au-dessus des nuages, notre Montségur. Le « mont sûr » portait bien son nom encore, mais jusqu'à quand ?

Certains d'entre nous qui avaient hérité des habits des moines les passèrent pour entrer dans la cité en rigolant. Ainsi accoutrés, ils parcoururent les allées du bourg, provoquant un début de panique, car des réfugiés crurent que la terrible Inquisition arrivait pour les arrêter.

Cela nous amusa.

Quand ils surent ce qui s'était vraiment passé, les habitants de Montségur applaudirent. Ils sautaient de joie, s'embrassaient en criant :

— Nous sommes libres enfin, et délivrés !

Profitant de l'énorme confusion qui régnait au retour de l'expédition Bernarda vint me rejoindre. Elle n'en croyait pas ses oreilles. Elle voulait surtout savoir si j'avais tué de sang-froid, et comment. Je l'emmenai dans le pré des chevaux, à l'abri des regards, et la fis asseoir sous une haie, sur une couverture de selle. Je lui racontai toute l'expédition, sans rien omettre.

Je lus sur son visage qu'elle était soulagée d'apprendre que je n'avais pas porté de coups à des hommes désarmés, comme le faisaient dans les villages les Francimands. Ni participé au pillage. Ce qu'on m'avait donné, je m'en étais vite débarrassé en le distribuant à des pauvres.

Comprenant mon désespoir, ma déception d'avoir été mêlé à une aventure si basse, sans gloire ni honneur, mon amie s'émut et me caressa le visage tendrement. Touché par tant de compassion, de compréhension, une si désarmante confiance, je lui déclarai que je l'aimais chaque jour un peu plus et que je voulais qu'elle soit ma femme.

Bernarda rougit et m'avoua qu'elle aimait m'entendre lui dire des mots d'amour. Je pris dans mon regard ses beaux yeux émeraude, tout à coup d'une luminosité étrange, et me penchai pour l'embrasser. Elle ne se défendit pas.

Comme mes mains s'apprêtaient à faire le tour du propriétaire, elle les emprisonna avec force et se leva, les sourcils froncés. Je lui demandai de pardonner ma hâte, dont la cause était son charme et sa beauté, et l'union de nos cœurs. Un sourire d'intelligence fleurit sur ses lèvres roses. Nous rentrâmes la main dans la main jusqu'à l'approche des cabanes.

Devant le château, sa tante et ses compagnes accoutumées, la voyant flanquée d'une brebis galeuse, arrivèrent au trot, coudes au corps et menton en pointe. Les vieilles femmes se jetèrent sur leur proie pour l'emporter. Me repoussant d'un regard venimeux elles s'interposèrent brutalement entre la jeune fille et moi.

Bernarda protestait gentiment ; elle réclamait sans animosité de la laisser tranquille, et répétait que tout allait bien.

— Que lui avez-vous fait ? me demanda l'un de ses chaperons.

Ce n'était pas vraiment une question, mais plutôt la constatation que j'avais mis leur protégée en danger.

— Oh ! répondis-je en raillant, juste le gros péché auquel vous n'arrêtez pas de penser !

Les vieilles haussèrent les épaules et je les suivis avec un entêtement caprin. Nous arrivâmes au donjon, où Bernarda avait sa chambre. Son père était à la fenêtre du premier étage. Les femmes s'arrêtèrent avant de franchir le seuil pour converser avec lui. Elles lui exposèrent les dangers que courait sa fille, livrée à elle-même. Elles le conjurèrent de mettre fin à ce scandale.

— Un jour il va nous l'enlever, et elle sera perdue pour notre Église ! Et pour notre famille ! conclut la tante sur un ton alarmant.

Je m'approchai et lançai au vieillard, tout à trac :

— Seigneur de Lavelanet, j'ai l'honneur de vous demander la main de votre fille Bernarda, ici présente et consentante, bien qu'elle soit fort mal traitée par vos soeurs en religion. S'il y a ici un scandale, c'est celui-là !

Les femmes se récrièrent.

— Comédie ! intervint la tante.

— C'est le diable qui parle à travers cet homme ! renchérit une de ses compagnes.

— Ce qu'il veut est abominable, seigneur Bérenger, sachez-le. Vous n'avez pas besoin de détails…

Le seigneur Bérenger hocha la tête, pour dire qu'il avait entendu malgré le hourvari des Bonnes Croyantes. Le cou étiré, il ordonna à sa fille d'une voix plaintive : « Monte ! » Et il se retira.

Bernarda se tourna vers moi et me lança avant de disparaître : « Je pense à toi. »

Je me retrouvai seul. J'allai à la salle des gardes pour connaître quel était mon service dans les jours prochains, mais je n'y trouvai personne pour me répondre. Je revins à mon logement dans le bourg, une construction en pierre assez confortable, pour apprendre que ma chambre était réquisitionnée pour de nouveaux chevaliers qui venaient d'arriver. Je devais rejoindre la cabane de mes hommes, après la muraille, et partager leur bauge.

Il était clair qu'en haut lieu on travaillait à me chasser. Ou du moins à m'éloigner du donjon.

Quelques jours après, arriva la nouvelle que le comte de Toulouse s'était révolté contre le roi de France. Il avait appelé à l'aide tous ses vassaux. Trencavel était revenu une troisième fois remettre la main sur ses terres, avec l'appui du vicomte de

Narbonne. La campagne militaire était si triomphale que les seigneurs qui vivaient à Montségur voulurent redescendre dans les vallées pour reprendre leurs châteaux.

Le père de Bernarda s'en retourna à Lavelanet où il emmena sa belle-sœur et toute sa secte. Bernarda refusa de le suivre, au prétexte qu'elle se plaisait à Montségur, et qu'elle s'y sentait « plus près de Dieu ». Elle craignait que sa tante, qui attendait la fin de la guerre pour ouvrir à Lavelanet une maison de Parfaites, autrement dit un couvent cathare, ne l'y retienne.

Le seigneur de Lavelanet s'emporta, supplia, pleura, gémit. Bernarda tint bon, et de guerre lasse son père, pressé de revenir chez lui, la confia à monseigneur Marty, l'évêque hérétique, et aux autres prélats qui restaient dans la cité sainte.

C'était le moment ou jamais d'arracher Bernarda à l'emprise de sa famille, et d'en faire ma compagne pour la vie.

XII

Les fiançailles hérétiques

La plupart des barons et des chevaliers qui étaient venus se réfugier à Montségur repartirent soit pour s'enrôler dans les troupes du comte de Toulouse ou de Trencavel, soit pour reprendre possession des châteaux que les Francimands abandonnaient au fur et à mesure de l'avancée des rebelles.

Le départ de Bérenger de Lavelanet et celui de Pierre-Roger de Mirepoix pour leurs seigneuries perdues me furent un immense soulagement. La vie militaire devint beaucoup plus facile à Montségur, plus libre. Il n'y avait plus de menace d'attaque ni de siège ; et les déplacements étaient sans grand danger. Je pouvais me laisser vivre…

Monseigneur Marty me convoqua à la maison des Parfaits dans les jours qui suivirent le départ de mon futur beau-père. J'allai le voir la mort dans l'âme. Il n'était pas commode, et j'étais persuadé qu'il allait me faire la leçon et me mettre en pénitence, avec une obligation absolue d'éviter Bernarda tant que son père ne serait pas revenu. À moins qu'il ne m'ordonne de ramasser mes hardes et de quitter la ville sainte, moi aussi.

Je fus reçu d'abord par Pierre Sirven, fils mineur de l'évêque, c'est-à-dire son second coadjuteur. Un brave homme. Pour me montrer bon cathare, je pliai le genou devant lui afin qu'il me bénisse. Après le salut rituel, il me demanda de patienter devant la porte.

Peu après il revint me chercher et, quittant le petit hall où il recevait les visiteurs, et où il m'avait reçu, il me fit pénétrer dans une grande salle qui servait aux assemblées, au travail et aux repas. La table était mise, et des convives se tenaient debout tout autour, des Parfaits de la cité et d'autres en visite, un chevalier connu pour son zèle prêcheur dans la nouvelle religion, une famille noble que j'avais reçue le matin même à la porte du bourg, et une jeune femme dont le vaste voile maintenait son visage dans l'ombre. Néanmoins, je la reconnus au premier coup d'œil : c'était Bernarda.

Monseigneur Marty rejoignit la table le dernier. Au passage, il me remarqua et me bénit avec un sourire cordial qui pouvait être de bon augure, encore qu'il pouvait s'agir d'une feinte, d'une façon de me mettre en confiance pour en savoir le plus loin possible avant de sortir le bâton. Cette tactique était coutumière chez les inquisiteurs comme chez tous les gens de religion.

Que venait faire Bernarda là ? Je brûlais de poser

la question. À son attitude impassible, je pensai qu'elle en avait été instruite et qu'elle attendait patiemment que la conversation vienne s'intéresser à son sort.

Après les trois bénédicités, l'évêque nous invita à nous asseoir sur les bancs. Il bénit un gros pain noirâtre qu'il rompit de ses mains en rappelant :

— Nous partageons le pain en mémoire du dernier repas que Jésus partagea avec les apôtres. N'y voyez rien qui ressemble à la communion romaine. Nous ne pouvons croire que le Christ soit réellement présent dans un morceau de pain.

Il fit distribuer les morceaux à tous les convives. Certains le conservèrent pieusement en le roulant dans un morceau d'étoffe qu'ils avaient prévu à cet effet. J'avais une faim de loup. Je dévorai le mien trempé dans la soupe de fèves qu'on nous servit. Les religieux faisaient durer comme à plaisir la mise en appétit, bénissant la première cuillerée de soupe, et ensuite les premières bouchées de tout ce qui nous fut apporté : poisson en pâté, galettes aux noix. Ils faisaient de même avec le gobelet de vin coupé d'eau.

Le repas achevé, monseigneur Marty reprit la parole pour l'action de grâce. Et tandis qu'on faisait passer un corbeillon d'oublies offert par la famille châtelaine, luxe inouï, l'évêque remercia les visiteurs pour leurs dons (qui comprenaient aussi un sac de blé et une bourse), et leur souhaita un bon séjour à Montségur, sous le regard du Dieu bon et de son Église.

Ils étaient nombreux à venir faire le pèlerinage dans la ville sainte de la *Gleisa de Diòs*, l'Église de Dieu. L'Église de Vérité. Il en arrivait tous les jours, chargés de quelque ravitaillement bienvenu en ce temps de pénurie.

J'attendais impatiemment que l'évêque ouvre le débat sur mon cas. Notre cas, devrais-je dire, à Bernarda et à moi, une histoire toute simple de jeunes gens qui s'aiment, mais qui, dans la cité sainte tournée vers le monde de l'esprit, faisait tache. Monseigneur Marty y vint. Il me demanda de me lever afin que personne ne puisse ignorer qui j'étais. Comparé à sa mine de tous les jours, avec ses petits yeux noirs sous des sourcils broussailleux assez longs pour revenir sur le front, sa figure de vigneron rougie par la bise et les marches nocturnes interminables qu'il avait endurées, son visage impassible ne semblait manifester aucune hostilité.

Il avait failli se faire prendre plusieurs fois, avait été sauvé de justesse par des Bons Croyants qui l'avaient caché dans des cuves, des puits, des ruines ou des meules de foin. Arrêté à Fanjeaux, il avait été relâché la nuit suivante après que ses fidèles aient réuni une rançon. Les hommes du sénéchal, comme ceux du comte de Toulouse, étaient compréhensifs. Ils savaient tirer profit de la situation.

— Imbert de Salles, commença monseigneur

Marty sur un ton neutre, vous êtes bien connu de nous pour avoir toujours protégé la *Gleisa de Diòs* en tous lieux et en toutes circonstances, à notre entière satisfaction. Vous êtes un bon soldat. Votre père était Gaucelm de Salles, châtelain de Salles, de bonne réputation, car il avait l'entendement du Bien. Je l'ai connu quand j'étais jeune. Je prêchais alors dans l'Albigeois. Vous avez manifesté le désir de vous marier, Imbert, et porté votre choix sur une enfant de notre communauté que son père voue à Dieu, décision judicieuse qui lui éviterait de tomber entre les mains de Satan et de ses souillures. Vous obstinez-vous dans votre demande, mon fils ?

Je relevai la tête, très surpris :

— Vous me demandez, seigneur évêque, si je m'obstine à vouloir me marier, ou dans le choix de ma future épouse ?

— L'un et l'autre.

— Je ne cherche pas à me marier à tout prix, monseigneur Bertrand, et je n'y aurais peut-être pas songé si je n'avais pas rencontré la fille de Bérenger de Lavelanet, ici présente, et qui est un ange.

L'assemblée murmura et sourit. Je ne pouvais connaître les sentiments de Bernarda, qui d'habitude se lisaient sur son visage comme dans un livre ouvert, comme les vagues sur la mer. Mais elle était assise du même côté que moi, à l'autre bout de la table, dans l'ombre d'un voile. Sa silhouette se découpait sur le jour de la fenêtre et je ne pouvais apercevoir ses yeux.

— Donc, ironisa l'évêque, vous voulez épouser la fille de Bérenger de Lavelanet sinon rien !

— Parfaitement monseigneur ! Et je n'y renoncerais que si elle m'en priait et n'était pas consentante.

L'inquiétude me fit rajouter précipitamment :

— Ce que je ne crois pas !

Monseigneur Marty, le visage impassible, leva la main.

— Nous le lui demanderons, n'ayez crainte, mais vous mettez la charrue avant les bœufs, Imbert. Des difficultés préalables, il y en a, que le Saint-Esprit a semé sur votre chemin pour votre salut et celui de la jeune fille que vous désirez épouser. Le premier étant que son père la vouait à notre Église. Comment l'ignorer ?

— Et si elle n'a pas la vocation ? Ce sont des choses qui arrivent...

— La vocation, nous l'avons tous. Nous recélons tous une parcelle divine dans un habit de chair. Mais encore faut-il l'écouter pour en avoir l'entendement, mon jeune ami. Si Bernarda manifestait énergiquement son refus d'entrer en religion, passant outre les vœux de son père...

— C'est à elle de décider, pas à son père !

— Notre Église ne force personne, vous le savez, Imbert. Contrairement à Babylone qui remplit ses couvents de jeunes filles contraintes.

Babylone étant Rome pour les cathares, l'antre du diable et du veau d'or.

— Je le sais Monseigneur, encore que nous avons quelques exemples…

— Suffit ! Donc si cette *damaisella* renonçait à sa vocation de femme vouée à Dieu et voulait absolument créer une famille et procréer, une seconde difficulté surgirait.

— Laquelle ? Vous les sortez de votre saquette comme un magicien !

— S'il vous plaît Imbert ! Elle a été promise anciennement à la famille qui est là.

— Là ? Qui est-ce ?

— Le chevalier Gaillard du Congost, seigneur de Chalabre, son épouse, ses enfants et son neveu. Le chevalier est le vassal de Bérenger de Lavelanet. Depuis toujours les deux familles sont alliées. Est-ce bien exact, chevalier ?

Le chevalier acquiesça en tapant du plat de la main sur la table. Il rougit en déclarant d'une voix pompeuse :

— Nous sommes alliés avec les seigneurs de Lavelanet depuis plus de deux cents ans ! Et jamais la moindre fâcherie ! Bernarda a été promise toute jeunette à mon neveu Jourdain, qui est là. Le seigneur Bérenger ne pourrait se désister sans y perdre beaucoup d'honneur.

Le neveu, un rustre de première déguisé en prince, avec une longue figure bistrée et des cheveux gras, était assis en face de Bernarda. Il acquiesça, la bouche en cœur, et envoya à mon amie un sourire plein de sous-entendus.

J'eus une idée de génie. Je me tournai vers l'oncle du promis et je lui demandai :

— Bernarda a-t-elle jamais manifesté son désir de se marier avec votre neveu ?

Le chevalier balaya la question d'un revers de main.

— Elle était trop jeune. Et depuis qu'elle a l'âge de raison, elle a toujours déclaré qu'elle voulait se donner à la *Gleisa de Diòs*. La question n'avait pas à être posée. Nous n'allions pas disputer cette jeune fille à Dieu ! Mais si son désir est de se marier, elle épousera mon neveu. Un point c'est tout !

— Vous le dites vous-même, elle ne souhaitait pas se marier. Il est clair que si elle a changé d'avis, ce n'est pas parce qu'elle a renoncé au couvent, mais parce que nous nous sommes rencontrés et qu'elle m'aime. De toute façon, elle ne voulait pas de votre neveu.

— Parce que vous vous croyez mieux que mon neveu ? me répliqua-t-il, quel culot ! Mon neveu est chevalier, et vous, vous n'êtes que sergent d'armes. Le choix est vite fait !

— Je suis aussi noble que vous ! Même si mon père était pauvre.

— Moi, je m'en tiens à la promesse de mon suzerain, Bérenger de Lavelanet. Il n'a jamais manqué à sa parole. Et si sa fille ne se donne pas à Dieu, à qui je laisse la préséance, elle sera donnée à mon neveu. Point à la ligne !

— Écoutez ! Ce n'est pas à moi de dire si Bernarda m'aime réellement, mais ce que je peux dire et déclarer, et affirmer, et confirmer, signer et contresigner, et répéter sur le pré l'épée à la main, si vous le désirez, c'est que moi je l'aime plus que tout. Je donnerais ma vie pour elle.

— Paroles…

L'évêque étendit ses bras pour interrompre la discussion :

— Mes enfants, silence ! Nous en resterons là. Je laisse notre jeune sœur interroger son cœur, pendant trois jours. Le troisième jour, elle me confiera ce que son cœur lui a révélé. Si elle est encore hésitante et partagée, ne sachant quel chemin choisir, ce sera le signe que Dieu l'appelle et qu'elle n'a pas de goût pour les réalités terrestres, le monde de Satan. Car les enfants sont faits avec son écorce de chair, qui est à Satan. Il sera alors temps pour moi de lui indiquer le chemin de la Vérité, le chemin que nous suivons à Montségur et qui mène à Dieu sans faute.

Bernarda n'avait pas dit un mot. Je quittai le premier l'assemblée, me courbant devant l'évêque et chaque Parfait, et repartis ruisselant de bénédictions en tentant de saisir le regard de mon amie. Je surpris dans l'ombre du voile le scintillement de ses yeux baignés de larmes. Mais comment l'interpréter ?

*

Au bout de trois jours, pendant lesquels Bernarda resta invisible, enfermée à double tour, monseigneur Marty me convoqua à nouveau. J'y allai le cœur battant, plus ému que devant un bataillon de Francimands.

Debout dans la grande salle, l'évêque lisait face à une fenêtre un livre qu'il avait ouvert sur un haut pupitre. Bernarda était assise à la grande table, rêveuse. Elle était coiffée d'une aumusse de drap vert fourrée, à demi rejetée, qui laissait voir sa chevelure serrée par un diadème. Son visage éclairé par la pâle clarté de la fenêtre n'était que lumière. Elle tourna vers moi ses grands yeux remplis d'amour, et je sus au même instant que j'étais l'élu de son cœur.

Mais qu'avait décidé le chef spirituel de Montségur ?

Il nous fit venir devant lui et nous demanda de nous mettre à genoux. Il nous lut des versets des Évangiles et des Actes des apôtres. Rappelant que chacun reçoit de Dieu son don particulier, l'un celui-ci, l'autre celui-là, il cita saint Paul : *« Mieux vaut se marier que de brûler », et nous accorda le droit au mariage « en raison du péril d'impudicité ».*

Ses petits yeux féroces dont les paupières oubliaient de battre, fixés sur moi, il me fit comprendre que c'était à moi que ces paroles s'adressaient.

Il nous rappela que la concupiscence de la chair est la source première du penchant à l'assouvissement égoïste, et que seule la chasteté est la vie selon l'Esprit, qui permet à l'homme et à la femme de retrouver la vraie liberté du don.

Puis il nous bénit et nous annonça que nous étions promis l'un à l'autre.

— Je vous unirai quand sera revenu votre père, ma fille, et qu'il aura donné son consentement. C'est lui qui mettra votre main dans celle de l'homme que vous avez choisi, et vous serez unis pour le meilleur et pour le pire. Mais n'oubliez pas : après le temps de la concupiscence, qui est celui du diable, vient le temps de l'Esprit, qui est à Dieu. Ma joie ne sera parfaite que lorsque, las des plaisirs terrestres, vous vous donnerez l'un et l'autre à notre Église, en vous engageant dans la chasteté et la charité.

Il nous bénit encore, versant dans notre âme « la lumière de l'amour céleste et l'huile de la joie intérieure », et nous renvoya.

Une fois dehors, les Parfaites qui attendaient vinrent s'emparer de Bernarda qui m'avait pris le bras. Le visage de la fille rayonnait d'une joie pétillante, d'une ardeur juvénile, les joues empourprées par la pudeur.

— Nous sommes fiancés, dis-je aux Parfaites pour les calmer, et fiancés dans l'ordre cathare ! Vous pouvez cesser votre surveillance pointilleuse, il n'y a plus péril en la demeure...

L'une d'elles, avec un visage de diablesse, sourcilla et me rétorqua effrontément :

— Ne comptez pas faire Pâques avant les Rameaux, mon beau soldat ! Nous vous avons à l'œil parce que nous avons remarqué que vous n'aviez pas beaucoup l'entendement du Bien, quoi que vous disiez. Vous devez être un peu sourd. Vous pensez davantage aux femmes qu'à Dieu !

— Je n'ai jamais pensé à vous, rétorquai-je sur le même ton impertinent, ni à aucune de vos compagnes !

Haussant les épaules, je retournai à mes occupations militaires. Je donnai rendez-vous à Bernarda, qui souriait, dans le donjon le soir même. Je m'engageai à lui rendre visite chaque jour, publiquement, pour tuer dans l'œuf les médisances, jusqu'au retour de son père.

*

Beaucoup s'imaginaient que le massacre d'Avignonet avait détruit l'Inquisition, et libéré le pays des tourments romains. Les plus rêveurs annonçaient le retour de l'indépendance, et la liberté de penser à sa guise. Les consulats détruits par la croisade allaient refleurir, et le peuple se gouvernerait lui-même.

Ce fut le contraire qui arriva. La rébellion du comte de Toulouse fut un nouvel échec, car tous ses vassaux et ses alliés se rendirent un à un, dans son dos. Elle donna prétexte au sénéchal de Carcassonne de tourmenter encore davantage le peuple d'Oc, et aux armées royales de se comporter comme en pays conquis, avec une cruauté et une avidité jamais égalées.

Des troupes revinrent autour de Montségur, qui rendirent nos déplacements difficiles. On pouvait à tout moment tomber sur une patrouille ou sur un poste de garde, aux carrefours. Cependant, la montagne était bien trop vaste et trop tortueuse pour que le sénéchal puisse espérer la fermer entièrement avant d'avoir réuni des milliers et des milliers d'hommes.

Pendant ce temps, les barons qui s'en étaient allés, le cœur en fête, retrouver leurs seigneuries et leurs châteaux libérés par le comte de Toulouse, revenaient dare-dare talonnés par les Francimands. Réapparut alors Pierre-Roger de Mirepoix, la figure fermée. Je compris que mon temps de repos était passé.

Pour autant, je ne renonçai pas à la joie d'une visite à Bernarda dans le donjon le soir, au coin de la cheminée, fort de la permission de l'évêque qui m'autorisait à fréquenter la fille de Bérenger de Lavelanet. Il est vrai que j'alimentais en bois le feu du soir. Je mettais à cette corvée mes quatre compagnons, quand ils n'avaient rien de mieux à faire, ce qui arrivait souvent. Ils allaient couper du bois tout autour du pog, dans les forêts profondes qui nous encerclaient, le plus dur restant évidemment de le monter jusqu'au château.

C'est peut-être pour cette raison que Pierre-Roger ne me chassait pas. Il est vrai qu'il n'était pas souvent avec nous. La menace d'une attaque royale l'obligeait à entreprendre des travaux de défense pharaoniques tout autour de la cité. D'autre part l'arrivée de nouveaux réfugiés fuyant la vengeance francimande, et la venue de nouveaux combattants pour les protéger, lui imposait de revoir sans cesse l'organisation de ses forces. Le soir, il était encore sur les remparts.

Quand il rentrait au donjon pour prendre un repos mérité il se contentait de boire devant nous une coupe de vin, le temps de se plaindre et de nous envoyer quelque méchanceté. Il allait rejoindre sa chambre d'un pas lourd et las. Devant l'énormité du défi qui l'attendait – tenir tête à l'armée royale, au seigneur pape, à toute la chrétienté –, il n'avait plus le goût de me chercher querelle.

Sa jeune et charmante épouse, Philippa, qui avait veillé avec nous, s'éclipsait peu après.

Un soir, nous conversions sur les injustices faites aux femmes dans de nombreuses occasions. Le sujet était d'autant plus apprécié qu'il n'y avait que des femmes autour de la cheminée, filant la laine, brodant, ou lisant les saintes Écritures. Quelques vieillards vinrent se réchauffer un moment, mais ils ne veillaient jamais longtemps.

Je murmurai à Bernarda, qui était à côté de moi, sa main dans la mienne sous ma cape militaire :

— Aucun homme n'a plus d'amour et de respect pour une femme que moi pour vous, Bernarda. Nous pourrions nous marier sans l'accord de votre père, après tout. Qu'avons-nous besoin de sa bénédiction ? Vous avez assez de raison pour décider de votre vie par vous-même. Pour autant, c'est sans honte que nous serons sous le regard de Dieu.

— Attendons encore un peu, me répondit-elle, mon père va revenir bientôt, c'est certain, quand on voit la tournure des évènements.

— S'il vient nous dire qu'il ne consent pas à notre mariage, que ferons-nous ?

— J'obtiendrai son consentement. C'est beaucoup mieux pour vous, Imbert. Sans le consentement de mon père, vous n'entrerez jamais dans ma famille. Sans son accord, il ne voudra jamais vous reconnaître comme gendre.

Je maronnai :

— Il ne donnera jamais son accord, votre père, c'est un opiniâtre.

— Laissez-lui le temps de se faire à l'idée que sa fille cadette veut se marier.

— Et faire des enfants…

Elle rougit.

— Oui ! Il finira par accepter, j'en suis certaine.

— Les filles voient toujours leur père comme un dieu. Jamais comme un pauvre homme qui a perdu son bon sens, ou qui n'est attaché qu'à ses misérables intérêts personnels, à sa petite santé, à sa réputation, à son salut, à sa propre opinion...

Bernarda me fit les gros yeux :

— Mon père est un esprit supérieur ! Et il a une grandeur d'âme peu commune.

— Il cache bien son jeu !

— Vous ne le connaissez pas.

— Moi, je crois plutôt que c'est un âne bâté, qui se refuse à rendre sa fille heureuse par jalousie. Voilà ce que je pense !

— Oh ! fit-elle surprise, comment pouvez-vous dire cela de mon père ?

— C'est toujours comme ça avec les religieux : ils répondent à des questions que vous ne posez pas, et celles qui vous intéressent les dérangent et les ennuient. Ils vivent dans un autre monde que le nôtre, pourquoi se soucier d'eux ?

— C'est depuis la mort de ma mère qu'il est comme cela. Il ne s'en est jamais remis.

— Alors, laissons les morts vivre avec les morts et bâtissons notre propre vie avec les vivants. Moi j'aime la vie !

— Moi aussi ! approuva-t-elle en me serrant le bras.

Son grand sourire réapparut.

Tout me plaisait en elle, ses joues que la chaleur du feu rougissait, son regard tour à tour pensif, recueilli, attentif, étincelant au feu de la discussion. Elle savait quitter son sérieux quand il le fallait, et ses sourires sans cause trahissaient au fond un naturel heureux.

Mais elle avait deux visages. Quand son père était présent, Bernarda semblait s'éteindre ; elle montrait une contenance pleine de modestie et de compassion. Son regard se voilait et contemplait le vide ou un monde sans attraits, empli des caprices du vieillard. Parfois je la sentais tendue, déçue de ne pas être reconnue pour ses mérites. Elle attendait de son père une gratitude et une reconnaissance qu'il ne manifestait jamais.

Quand elle était avec ses compagnes, sa bonne nature revenait et se montrait. Elle se faisait altière, pleine de grâce et de coquetterie. Je lisais dans ses yeux brillants d'excitation la fierté naturelle de se voir publiquement aimée.

— Alors c'est dit ! poursuivis-je, nous prenons les devants. Je connais un curé qui n'est pas loin et qui a de la considération pour ceux de la nouvelle foi. Il pense que nous sommes tous du même troupeau, quelle que soit la couleur de notre laine. Il nous mariera selon le rite romain, et votre père sera bien obligé de m'accepter pour gendre. Laissez-moi faire.

Comme s'il m'avait entendu, son père réapparut le lendemain pour me barrer le chemin avec toute sa mesnie[24]. Quand je vis sa tête déplumée à la fenêtre du donjon, au premier étage, coiffée d'une cale de soie noire qui faisait saillir l'arête vive de son nez aquilin, je jurai. Le ciel revenait se mêler de mes affaires terrestres.

Alors que je pénétrais dans le donjon, il m'interpella et me demanda de monter dans sa chambre. Quand j'entrai chez lui, il était encore à la fenêtre. Il tourna vers moi son grand front pâle, ses yeux fripés cernés de bleu, et me dit d'une voix haute et faible qu'il était au courant pour sa fille.

— Vous avez profité de mon absence pour aller contre ma volonté, Imbert, ce n'est pas bien.

— Monseigneur Marty est de notre côté.

— Écoutez-moi, jamais vous ne serez mon gendre.

— Je sais que vous ne m'aimez pas !

— Ah ! Si encore vous aviez su patienter, vous montrer humble, soumis… peut-être…

— Peut-être quoi ?

— Si vous aviez respecté ma volonté paternelle, pour me solliciter dans les formes…

— Eh bien ?

— Je ne dis pas que je vous aurais donné ma fille sur un plateau d'argent, non ! Je l'ai promise à Dieu depuis trop longtemps. Vous n'oseriez pas l'arracher à Dieu, Imbert, tout de même ? Encore qu'avec vous… Voyez-vous, je préfère qu'elle obéisse à l'appel de Dieu. Je la vois prieure d'un couvent de notre foi, à l'œuvre pour le salut de notre peuple… voilà ce qui me rendrait heureux !

— Votre fille n'a pas la vocation religieuse, seigneur Bérenger, je vous l'apprends.

— Les femmes sont conseillées par le diable !

— Votre fille vous aime, mais elle préfère se marier et fonder une famille. Il n'y a là rien de condamnable. Pourquoi vous opposez-vous à son désir ? Je ne comprends pas.

— Rassurez-vous, je n'ai pas longtemps à vivre !

— Je ne souhaite pas votre mort, mais votre bénédiction.

— Vous avez abusé de sa jeunesse et de sa douceur, pour lui faire croire que l'amour charnel était une chose enviable, digne d'une vie chrétienne. Si vous lisiez les Écritures saintes, vous sauriez… C'est le diable qui vous fait parler.

— Et vous, la sottise !

Je sortis sans le saluer.

Je retrouvai Bernarda en bas, dans la salle grande, comme chaque soir. Elle ressentit vivement à mon visage fermé qu'un évènement grave venait de se passer, et me questionna. Je lui confiai au creux de sa petite oreille :

— Ce soir je vous enlève, Bernarda. Je vous amène chez un prêtre qui a un pied dans chaque camp et qui nous liera pour la vie. Tant pis pour votre père, et les conséquences qui en découleront !

Nous étions à la fin de l'hiver de l'an 1243. Les nuits étaient encore froides. Je demandai à Bernarda d'aller mettre ses habits les plus chauds, et de me retrouver à la porte du bourg. Elle se leva sans hésitation. Son cœur avait choisi. Elle se rendit dans sa chambre. Pendant ce temps, je prenais congé de mes hôtes, ou plutôt de mes hôtesses, car il n'y avait autour de la cheminée que des *domnas* et des domestiques, et je quittai le donjon pour me perdre dans la nuit.

XIII

Les noces romaines

J'attendis patiemment mon amie à la porte du bourg. Elle ne tarda pas. Elle s'était habillée chaudement avec une simplicité toute paysanne, et avait quitté le donjon dissimulée sous sa capuche, sans rien dire à personne, sans regarder à droite ni à gauche. Elle croyait en sa bonne étoile et allait vers son destin de femme avec la sérénité d'une conscience tranquille, le sentiment de faire un choix moins instinctif qu'inspiré par la bonne nature humaine.

La voyant venir comme une ombre, soigneusement dissimulée sous son épais manteau, et sa grande capuche, alors que sa claudication la trahissait tout au long du sentier quand elle passait devant les feux, je ne pus retenir mes larmes. Elle était l'innocence même, et la volonté tyrannique de son père ne m'en parut que plus odieuse.

Nous quittâmes le bourg par la grande porte, sous le regard intrigué de mes compagnons d'armes qui étaient de garde. Afin de lui éviter la boue des sentes qui traversaient le village de cabanes, et la lise des ragots, je pris à droite un sentier abrupt et rocailleux qui s'enfonçait dans l'obscurité d'un ravin. J'en connaissais chaque pierre. Je l'empruntais souvent en quittant Montségur, et également au retour, pour que personne ne puisse connaître l'étendue de mon activité clandestine. Je pouvais ainsi assurer chaque pas de Bernarda les yeux fermés. Arrivés sur un ressaut à mi-pente, je la laissai à l'abri d'un rocher et allai quérir Grisel qui était au pré. L'infirmité de la jeune fille, jointe à son manque d'habitude des longues marches l'auraient vite mise en difficulté. Je revins une heure après à la cachette, Grisel tenu par les rênes, et nous achevâmes de descendre à pied le sentier de chèvre qui menait à la rivière.

Le ciel était obscur, sans une étoile, et le halo de la lune disparaissait plus souvent qu'il ne revenait. Parvenus sans encombre au chemin qui menait à Bélesta et Chalabre, sur la route de Camon où était la cure du prêtre complaisant, je descendis un étrier pour permettre à ma future épouse de monter en selle sans difficulté.

Pour aller à Camon, d'autres routes que celle de Bélesta et de Chalabre étaient possibles, et même plus faciles. Mais elles passaient par Lavelanet et Laroque d'Olmes, où des garnisons royales venaient d'investir à nouveau les châteaux. Les patrouilles et les postes de contrôle aux carrefours devaient y être à l'ordre du jour.

Il nous fallut toute la nuit et le matin suivant pour parvenir à Camon, moitié marchant, moitié chevauchant. Avant midi, nous étions à la porte de l'enceinte fortifiée du village.

Le bourg de Camon présentait l'avantage de n'être défendu par aucun château, et donc par aucune garnison royale. Un grand prieuré dépendant de l'abbaye de Lagrasse en tenait lieu. Un prieur avait fait construire dans le temps des fortifications qui assuraient la sécurité du village, et du prieuré en proie trop souvent aux attaques des routiers.

Dans ce village, l'esprit des moines comme des prieurs était tourné vers la tolérance religieuse, et certains des frères en savaient davantage sur la nouvelle religion que bien des Bons Croyants.

Au milieu de cette aimable confusion théologique, le recteur de la paroisse se faisait un devoir de satisfaire toutes les exigences de ses paroissiens, lesquelles étaient d'ailleurs fort simples à résumer : gagner le ciel par n'importe quel moyen.

Si le prêtre avait appris aux gens de Camon qu'on gagnait le ciel en tuant son voisin peut-être l'auraient-ils fait. Mais le bon curé leur enseignait l'amour du prochain, la charité, l'aide aux persécutés. Les moines du prieuré, pour la plupart, ne pensaient pas autrement. C'est pourquoi la nouvelle religion y était tolérée.

Le recteur avait hérité de ses parents d'une maison sur un bord du village, dont le dos à peu près aveugle servait avec les maisons mitoyennes de rempart. Dans cette muraille circulaire, formée naturellement par les maisons de bordure, s'ouvrait une seule et belle porte. Elle était fermée du coucher du soleil à son lever.

Je pénétrai à pied dans le bourg, serré à s'étouffer à l'intérieur de ses murailles, ma fiancée en selle. Les fers de Grisel résonnaient sur les galets comme un marteau sur l'enclume et faisaient claquer les volets sur notre passage. Les gens restaient un moment à la fenêtre, étonnés de surprendre cette répétition de la fuite en Égypte.

Je saluai chacun sans faute, car j'y étais connu. Camon était pour moi une étape vers le Lauragais ou le Toulousain quand j'escortais des pèlerins qui allaient à Montségur ou en revenaient. Je logeai d'ailleurs chez le recteur, s'il le fallait. Si nous étions nombreux, ce qui arrivait parfois quand je convoyais un seigneur faidit avec toute sa mesnie, ou quand l'Inquisition se jetait brutalement sur tout un pays, obligeant les Parfaits et les Bons Croyants les plus connus à s'enfuir comme un vol de passereaux, je pouvais compter sur l'hospitalité des moines, qui recevaient volontiers, contre quelques sous, des pèlerins à l'hospice.

C'est ainsi qu'à l'occasion d'une sorte de concile de la nouvelle Église à Montségur, le prieuré hébergea sans le savoir une bonne vingtaine de Parfaits pure laine.

Camon était pratique et sûr. Du moins tant que vivrait son âme, son recteur. Il était déjà devant sa porte quand j'arrivai chez lui. Il me salua d'un bon sourire :

— Je savais que c'était toi, Imbert ! Je reconnais le pas de ton cheval.

Il observa Bernarda, qui cachait son visage à l'ombre de sa capuche.

— Je ne connais pas cette *damaisella*, fit-il en s'adressant à elle plus qu'à moi. Elle doit être bien précieuse, pour qu'on t'ait mis à son service.

— Plus que vous ne pensez, seigneur curé !

J'aidai Bernarda à descendre. Elle repoussa son capuchon et montra un visage blanc, doux, et un regard lumineux que la fatigue enfiévrait.

Je m'attendris et, prenant sa main, je la baisai.

— Je vous présente Bernarda de Lavelanet, ami curé.

— Oh ! la fille du seigneur Bérenger ! Que fait-elle avec toi ? Est-elle en danger ?

— Jugez par vous-même : je veux l'épouser !

Le curé eut un petit rire féroce, qu'il transforma bien vite en sourire chaleureux. Le chef agité en petits tremblements, il fit :

— C'est bien vrai ? Tu ne me fais pas marcher ? Et qu'en pense son père, est-il au courant au moins ? Si tu m'annonces qu'il n'en sait rien…

— Son père ne vit plus dans notre monde.

Le curé sourcilla :

— Serait-il mort ?

Je soupirai :

— C'est tout comme... Il parle de se mettre à *l'endura*[25]. Tous les espoirs sont permis.

Bernarda me fit les gros yeux. Le vieux prêtre prit son parti :

— Oui, tu ne parles pas bien de ton futur beau-père, Imbert ! Tu dois le respecter par amour pour sa fille qui le vénère, comme toutes les filles. C'est un commandement de Dieu, je te le rappelle.

Il nous fit entrer, nous amena près du feu. Une vieille servante nous apporta une bonne soupe, du pain, du fromage, du cochon, puis des noix afin de nous permettre de nous restaurer après cette longue nuit aux aguets à travers la campagne.

Bernarda ne toucha pas à la viande. Elle n'en mangeait pas. Elle accepta du fromage, même si ce n'était pas admis par les cathares les plus rigoristes, car le lait est un des fruits de la copulation animale. Mais elle avait faim et voulait peut-être me faire plaisir. À moins qu'elle n'ait décidé de changer radicalement de vie.

Je dois avouer que tout ce qu'elle acceptait de moi et l'éloignait de sa secte me réjouissait. Il faut croire que ma foi n'était pas très profonde. Ou que mon amour de la vie surpassait tout.

Nous passâmes la journée à nous préparer. Le recteur voyait que nous nous aimions. Rassuré, il nous fit plonger dans la connaissance des Écritures saintes au sujet du mariage, et nous pressa de méditer sur leur sens apparent et caché. On lut des pages de la Bible qui parlaient de l'union des corps et des esprits et, curieusement, les mêmes lettres de saint Paul commentées par monseigneur Marty.

Les deux religions n'étaient pas si éloignées l'une de l'autre.

Il était convenu que nous nous marierions le lendemain dans l'église du monastère, car il n'y en avait pas d'autre à Camon. Le recteur aurait pu nous amener dans le village voisin, dont il menait également la cure, mais je rechignai à quitter la sécurité et la discrétion des remparts de Camon.

Comme il fallait des témoins, le curé avait averti un voisin, forgeron et maréchal-ferrant, et le prieur. Ils me connaissaient et acceptèrent volontiers de participer à la cérémonie. Afin de ne pas prêter le flanc à la médisance envers ma promise j'allai dormir à l'hospice, tandis qu'elle dormait chez le curé.

*

Le lendemain, je retrouvai Bernarda sous le porche de l'église. J'étais accompagné du prieur et de quelques moines venus faire les servants d'autel et la chanterie. Le curé unit nos mains dans les siennes, et nous demanda de déclarer notre mutuel consentement. Il appela sur nous la bénédiction du ciel et récita quelques prières de circonstance.

Une messe qui n'était pas obligatoire, mais que je réclamai, vint conclure notre serment de fidélité. Je voulais accomplir strictement le rituel romain dans tous ses développements, tous ses ornements, pour que mon union ne soit pas remise en cause quel que soit l'avenir, lequel, il faut l'avouer, était incertain.

Le repas se fit au presbytère, entre le curé qui mangeait peu et le prieur qui mangeait beaucoup. Le père du monastère était un homme d'une quarantaine d'années, à la corpulence forte, comme on imagine les moines dans les endroits reculés où les travaux quotidiens réclament de la vigueur, pendant que la règle, influencée – contaminée – par les mœurs locales, connaît de sensibles relâchements. Charpenté comme une basilique, il possédait des traits grossiers, violacés comme ceux d'un vigneron qui passerait plus de temps à la cave qu'à la vigne, et sa foi était celle du charbonnier. Il croyait ce que croyait l'Église, et si vous lui demandiez ce que croyait l'Église, il vous répondait sur un ton d'évidence que l'Église croyait ce qu'il croyait. Il aimait la Sainte Vierge comme sa femme, et les saints comme ses oncles et ses cousins.

Il vouait une confiance aveugle à Rome, à cause de ses fastes et de ses dorures, et vivait dans l'idée assez commune que Dieu n'accorde la prospérité qu'à ses élus. Mais n'étant pas théologien, il n'avait aucune critique sérieuse à avancer à l'encontre de la religion des Bons Hommes. Il appréciait leur conduite sans tâche, leur piété et leur esprit de charité. Ces vertus du cœur lui semblaient suffisantes pour les accepter et les aider au besoin en les accueillant dans son hospice.

Comme il était goinfre, il admirait leur extrême frugalité, qu'il mettait plus haut que la chasteté, vertu commune. Il semblait un brave homme, et je n'avais à son égard aucune crainte.

Je pensais que Camon était encore un lieu de paix et d'amour entre les hommes.

Pendant le repas, le curé évoqua les évènements en cours, la reddition du comte de Toulouse, la fuite de Trencavel, et la main de fer qui s'était abattue sur notre pays. Les châteaux retrouvaient leur garnison francimande, l'armée du sénéchal s'approchait de Montségur, les seigneurs naturels s'enfuyaient en Aragon ou revenaient sur le pog. Bernarda parla de son père qu'elle disait désespéré.

Le prieur nous confia, la crête rouge, que les changements touchaient aussi les monastères. Il avait reçu dernièrement deux moines recommandés par l'abbaye de Lagrasse, qui n'étaient pas du pays et qui semblaient venus pour tout autre chose que la prière. Ils questionnaient les frères sur la vie du village, les opinions des paroissiens, les familles de faidits et les hérétiques. Et aussi sur la foi du prieur…

— À mon avis, nous confia le brave homme les deux coudes sur la table, la tête lourde, ils sont venus enquêter sur la nouvelle Église, pour découvrir qui adhère, qui n'adhère pas, qui protège ses fidèles… Ils sont là pour distinguer les amis de Rome des autres.

— Mais, père prieur, dans quel but ? demanda le recteur.

— Pour préparer l'arrivée des inquisiteurs, je suppose. Quoi d'autre ?

Ces propos m'alertèrent. Je reconnus sur la vieille face ridée du prêtre la même crainte.

— Soyez très prudents, poursuivit le prieur en fixant le recteur de ses gros yeux saillants, à Camon les murs ont des oreilles désormais. Et moi je n'ai pas non plus le droit de fermer les yeux. Tous ces passages vers la montagne, vers la plaine… il vaudrait mieux tout arrêter. Au moins pour un temps.

— Que faisons-nous de mal, soupira le bon prêtre, nous aidons des chrétiens, voilà tout notre crime.

Le prieur écarta d'un revers de main la complaisante observation du prêtre.

— Père, vous savez bien comment ça se passe. Quand on veut se débarrasser de son chien, on l'accuse de la rage. Or vous recevez chez vous des créatures que Rome accuse de la rage. De la peste. La pestilence hérétique ! Ne les recevez plus, fermez vos portes. Laissez passer l'orage, c'est un conseil.

— Bah ! Ce sont des amis, personne ne dira du mal de moi.

— Ne comptez plus sur les amis, mon père, quand on vous propose de choisir entre de l'argent et une corde pour vous pendre, ou le bûcher qui fume, il n'y a plus d'amis.

— Ces moines dont vous nous parlez, demandai-je, que savent-ils ? Ils ne sont pas d'ici et je ne connais personne dans ce village qui pourrait nous trahir.

Le prieur s'emporta :

— Vous avez entendu ce que je viens de dire ? Vous serez trahis ! L'Église de Rome connaît la manière de recueillir des confidences. Quelques nuits en prison au Mur de Carcassonne, dans le froid et l'obscurité, à tremper dans votre pisse, et vous ne voyez plus de raison de vous taire. C'est plus fort que vous. Vous êtes comme un animal, prêt à tout pour recouvrer la liberté, c'est humain.

— Père prieur, on croirait que vous y êtes passé, releva le curé, un sourire en coin.

— C'est bien possible...

— Me connaissent-ils ? demandai-je.

Je voyais le visage de Bernarda se défaire au fur et à mesure de la conversation. Elle qui avait vécu dans un univers protégé, sans violence, où chacun avait le plus souvent le souci de l'autre, elle découvrait un monde implacable, féroce, où la chasse à l'homme était l'occupation principale des puissants. Je lisais dans ses yeux agrandis par la peur qu'elle regrettait l'asile de Montségur. Je lui souris largement. Je voulais lui laisser croire que tous ces propos qu'elle entendait pour la première fois, l'air effaré, n'étaient pour moi que de la routine ; elle voulut me rendre mon sourire, mais sa jolie bouche se tordit en une grimace.

Le prieur poursuivait :

— Les nouveaux venus, s'ils vous connaissent, Imbert ? Ils ont insisté ce matin pour venir chanter à votre mariage. Je ne sais pas s'ils avaient entendu parler de vous avant d'arriver à l'abbaye, mais maintenant ils savent que vous logez à Montségur, la synagogue de Satan, que votre épouse est la fille d'un seigneur faidit, hérétique jusqu'à l'os et receleur d'hérétiques. Que voulez-vous de plus ? À votre place je serais déjà loin !

Cette dernière réflexion m'alla droit au cœur. Je m'étais trouvé plus d'une fois dans cette situation pénible où je découvrais trop tard que j'étais entré dans un piège, sans trop savoir comment m'en échapper. Mais je n'avais pas une épouse, gardienne de mon bonheur, à protéger.

Me voyant inquiet Bernarda pâlit. Ses traits fondirent comme si la fatigue tout d'un coup s'était abattue sur son visage. J'en ressentis une intense douleur dans la poitrine. Un désir fou de m'enfuir pour la sauver m'envahit. Je me dressai subitement, comme une verge de trébuchet tendue à rompre. Bernarda m'imita, chancelante. Le prieur quant à lui, se souvenant qu'il était attendu pour les vêpres, se souleva lourdement à son tour, cramponné à la table. Il s'en alla à pas lents, la démarche incertaine, rotant bravement et chantonnant par avance des cantiques. Fort heureusement, il n'avait que quelques pas à faire pour être chez lui.

Je tins conseil avec le recteur. Il nous avoua son inquiétude. La venue d'espions à Camon ne pouvait être l'effet du hasard. Nul doute qu'il se préparait quelque chose dans tout le pays.

Nous convînmes de prendre quelques mesures de prudence. Malgré mon impatience, nous attendîmes la nuit pour nous éclipser à pied, sans nous faire remarquer. Pour prendre un peu d'avance sur nos poursuivants, s'il y en avait, je laissai le cheval à l'attache devant le presbytère, bien en vue. Quelque « pèlerin » de passage nous ramènerait l'animal dans les jours prochains. Si l'attaque générale qui se préparait contre Montségur lui en laissait le temps.

XIV

Le pourchas

Nous marchions depuis une heure, la main dans la main, quand Bernarda m'avoua qu'elle commençait à être fatiguée. Pour tout arranger, une pluie fine s'était mise à tomber, qui nous interdisait de nous allonger sur le sol. Je m'accroupis et invitai « ma femme » à venir sur mon dos (l'expression « ma femme » me faisait un effet indescriptible, un mélange de joie, de tendresse inquiète, et de bonheur futur). Elle refusa, et proposa de se reposer un moment. Je tentai de la convaincre que notre salut était à Montségur et qu'il nous fallait y parvenir le plus tôt possible. Chaque arrêt nous rendait plus vulnérables.

Rendue enfin à mes raisons, elle s'abandonna sur mes épaules et je pus poursuivre notre marche. J'avais à l'époque des jambes de fer. Je pouvais marcher une nuit entière sans m'arrêter, chargé de mes affaires et de mes armes. Bernarda n'était pas d'un poids négligeable, mais la force de l'amour qui me poussait à agir compensait largement la charge. Je marchai encore une heure ou deux – le ciel nous étant fermé je n'avais aucun sablier pour évaluer la fuite du temps –, puis décidai de nous reposer sous le premier abri que nous rencontrerions.

Je pensai dans un premier temps atteindre Chalabre. Nous y serions au milieu de la nuit. Nous nous serions reposés dans quelque crasseuse taverne, ou dans quelque grange, avant de repartir dans la matinée. Mais, aussitôt pensé, ce plan me parut si clair pour nos poursuivants que je pris aussitôt un autre chemin, plus long, mais plus sûr, dans la campagne profonde.

Nous parvînmes à la Bastide de l'Hers à l'aube. Le clocher du village nous fit signe dans le brouillard et je ne pus résister au désir de m'en approcher. Nous pourrions nous restaurer dans le village, et nous reposer un moment avant de reprendre la route. Je n'oubliais pas que Montségur était encore loin, et que le plus dur était devant nous.

Le désir de m'arrêter à la Bastide de l'Hers s'effaça très vite de mon esprit. Mon oreille aux aguets perçut le martèlement d'une chevauchée et je n'eus que le temps de pousser Bernarda derrière une haie quand apparut un escadron de cavaliers qu'ornaient au bout des lances des fanions colorés où flottaient ici et là quelques fleurs de lys sur champ d'azur. Au centre une bannière toute neuve portait les armoiries d'un baron francimand, ancien compagnon de Simon de Montfort.

Couchés dans l'herbe mouillée, nous attendîmes longtemps avant d'oser nous relever. Bernarda était terrorisée. Elle venait de vivre en un instant ce que les Parfaits supportaient stoïquement pendant de longues années, parfois toute leur vie. Jusqu'au bûcher. Je lui donnai ma main et elle la serra avec une force désespérée qui me fit mal au cœur. Avec l'intention de lui offrir le bonheur qu'elle méritait, je l'avais menée aux portes de l'enfer, lesquelles allaient s'ouvrir sur une cellule minuscule, humide, sans air ni lumière, et qu'elle ne quitterait que pour plonger vivante dans les flammes d'un bûcher.

Mais il n'était pas temps de se lamenter. Il fallait passer la Bastide de l'Hers, manifestement sous occupation francimande, et se diriger vers une destination plus sûre. Mais laquelle ?

La situation évoluait chaque jour. Il était exclu de passer à Laroque d'Olmes et à Lavelanet, réoccupées de façon certaine depuis quelques jours par l'armée d'invasion, même si la plupart de leurs habitants étaient restés fidèles à la nouvelle foi.

Je décidai de revenir en arrière un moment et de couper à travers l'immense forêt de Bélesta, sans nous montrer dans un village où nous risquions de devenir la proie facile d'un dénonciateur en mal de deniers. Car tout renseignement menant à la capture d'un hérétique était bien payé. Bien mieux que la chasse aux loups.

Nous empruntâmes un chemin forestier que je

connaissais vaguement et nous nous arrêtâmes une heure pour nous restaurer. Le curé de Camon, cette perle d'homme, m'avait obligé à emporter un sac de provisions. Et les sources ne manquaient pas pour nous désaltérer. Après avoir mangé et bu, Bernarda reprit des couleurs et me sourit. « Nous sommes mari et femme ! m'écriai-je, fou de joie, nous ne sommes pas malheureux ! » J'embrassai son visage défait. Elle s'abandonna entre mes bras et me donna ses lèvres sans réserve.

Malgré le danger, et la fatigue, un immense désir de la posséder me gagna. Elle le devina, car elle me repoussa gentiment et s'éloigna sur ces mots : « Quelle folie ! Ce n'est pas le lieu ni le moment, mon amour. » Elle ponctua son injonction d'un petit rire effronté qui m'agaça, mais qui me rassura aussi sur son désir de vivre. L'abattement qui l'avait frappée en apprenant que nous étions menacés par la soldatesque et risquions la prison ou plus sûrement le bûcher, était en train de s'effacer sous l'effet des saveurs de la vie que je lui promettais.

« La vie, c'est d'abord l'amour d'une femme, sa grâce, son joyeux babillage », pensai-je. Et pour une femme, c'est l'amour d'un homme et de sa rugueuse écorce de chair. Ça ne changera jamais, quoiqu'en dissertent savamment les Parfaits !

Nous reprîmes le chemin sous la forêt sombre. Bernarda alternait marche et repos sur mes épaules. Je voyais bien qu'elle était épuisée, mais peut-être davantage par les émotions que pas l'effort physique. Encore que ses jambes la faisaient souffrir, l'une parce qu'elle était infirme, l'autre parce qu'elle portait pendant la marche tout le poids du corps.

Je la rassurai en lui rappelant que nous ne risquions guère de rencontrer dans ces vastes forêts les chasseurs du roi, grands traqueurs d'hérétiques, ni les garnisons des châteaux. Du vrai danger dans ces contrées, les ours, les loups, les troupeaux de taureaux sauvages, je ne lui en parlais pas.

À l'approche de Bélesta, dans l'après-midi, je décidai de me reposer un moment dans une gargote de forestiers, avant d'attaquer les chemins qui montaient jusqu'à Montségur. Le gargotier nous reçut assez mal, car ce n'était pas son heure de recevoir la clientèle. Il portait sur les épaules une peau de sanglier dont la tête, qui faisait penser à un monstre, lui servait de capuchon. Sous ce capuchon improvisé, ses cheveux se mélangeaient aux soies dures et grossières de sa cape, sans aucune différence. On avait l'impression qu'il n'était qu'à moitié humain. Ses yeux gris étincelaient étrangement. Une barbe escamotait sa mâchoire épaisse qui dépassait en lui donnant l'air dévorant.

Je lui demandai de nous laisser la grange, ou l'étable, ou quelque lieu à l'abri du vent et de la pluie, car nous étions exténués. Il ricana. Puis, sans prévenir, il nous servit une courbette de comédie et nous ouvrit la porte de sa salle où pétillait un bon feu.

Je lui commandai à boire et à manger. Nous allions repartir quand arriva un groupe de cavaliers qui mirent pied à terre devant la porte. Le gargotier sortit sans attendre, l'air morose. Il revint et me dit :

— Ces hommes vous cherchent. Filez par derrière.!

Il montrait une porte basse au fond de la salle.

Je lui demandai :

— Vous me connaissez ?

— Moi non, mais ces seigneurs à la triste figure savent qui vous êtes et où vous allez.

— Où je vais ? Qu'en savent-ils ?

L'homme s'énerva :

— Il n'est pas besoin d'être devin pour comprendre où vous vous rendez. Sachez que le sénéchal est en train de cerner Montségur avec une armée. Vous aurez du mal à passer.

Nous disparûmes par la porte basse pour entrer dans l'obscurité d'une étable. J'entrouvris un petit battant découpé dans la porte cochère et, ne voyant personne à l'horizon, nous courûmes la main dans la main jusqu'à un bosquet tout proche qui nous engloutit.

Bernarda était de nouveau très pâle. Elle respirait bruyamment.

— Mon Dieu que j'ai eu peur ! fit-elle la main sur sa poitrine. Comment peux-tu vivre de cette façon... dans ce monde de brutes !

— Question d'habitude mon cœur... répondis-je non sans avoir noté qu'elle m'avait tutoyé.

Nous étions intimes. Plus tard elle commenta :

— Je pense que cet aubergiste est des nôtres, tu ne crois pas ?

— Peut-être. Je me serais alors bien trompé sur son compte.

— Oh ! Ce n'est pas de ta faute ! Moi non plus je ne l'aimais pas au début ! Il avait l'air méchant !

— C'est vrai ! On aurait dit une créature du diable.

— En tout cas, il s'en est fallu de peu. Tu te souviens, il nous a dit que le sénéchal était en train d'investir Montségur ? Comment allons-nous entrer ?

— Comme d'habitude... Tu n'as pas à t'en faire, je suis rompu à l'exercice !

Elle sembla rêver un moment, et tout à coup fondit en larmes. Je m'arrêtai, la pris dans mes bras.

— Tu sais Bernarda, passer à travers les lignes ennemies, c'est mon métier. Je fais ça depuis si longtemps. N'aie aucune crainte ! Ce sera très facile.

— Je voudrais te croire.

— Tu peux me croire mon cœur ! On ne ferme pas la montagne comme on ferme une cage à oiseaux.

Mes paroles la rassurèrent. Elle me demanda pardon pour ses larmes, que j'embrassai avec dévotion, et me déclara fermement avoir confiance en moi.

C'était la moindre des choses !

Nous contournâmes Bélesta, où nous aurions pu faire de mauvaises rencontres, et retrouvâmes, peu après, le chemin de Montségur. Un des chemins, car il y en avait plusieurs. J'empruntai celui qui me paraissait le plus court, bien qu'il fut assez pénible. Il suivait une crête rocheuse. Je savais qu'avec la nuit qui arrivait, sans la clarté de la lune, Bernarda aurait du mal à marcher. « Je me ferai un plaisir de la porter entre mes bras », pensai-je joyeusement.

Je n'en revenais toujours pas d'être marié et d'avoir une femme à moi, une jolie et tendre épouse, qui m'aimait moi, le bon à rien sans le sou !

Si nous ne faisions pas de mauvaise rencontre, en marchant toute la nuit nous serions à l'aube sur le pog. Or tout en avançant à l'abri des feuillages, je remarquai en dessous de nous, sur le large chemin qui serpentait au fond du vallon, des luisances de fer, les couleurs vives et tremblantes de fanions au bout de lances, rutilantes dans la lumière du crépuscule, et le mouvement de chevaux.

« Des postes de garde », pensai-je. Des postes de garde étaient en effet en train de s'installer. Le gargotier n'avait pas exagéré, l'encerclement de Montségur était en cours.

Plus loin, des fumées indiquaient l'emplacement des camps de soldats, des bivouacs. À moins qu'il ne s'agisse de charbonniers au travail, mais je n'avais aucune envie d'aller vérifier.

Le constat fait que la montagne commençait à se peupler de gens mal intentionnés, je décidai d'attendre le jour, de me nicher sous un rocher dans l'ombre du sous-bois et de prendre du repos en observant les positions et le mouvement des troupes.

Bernarda qui était épuisée m'approuva avec joie.

*

Étendus sur un lit de mousses et de feuilles mortes, sous une paroi rocheuse à l'abri du vent, nous nous endormîmes presque aussitôt, tendrement enlacés. Je me réveillai alerté par des aboiements lointains. Je reconnus la voix grave et caverneuse des gros molosses qu'on envoyait sur les traces des sangliers, des ours et des loups.

Ces animaux étaient-ils là pour courre l'hérétique ?

— Encore une nouveauté, Rome a toujours eu du génie dans l'invention des supplices, murmurai-je.

Ne pouvant croire toutefois qu'un chrétien ait imaginé de poursuivre les cathares avec des chiens, je ne bougeai pas, et laissai mon épouse dormir et reprendre des forces.

Mais les aboiements se rapprochaient. Je pouvais même percevoir, par intermittence, portés par le vent, les cris des rabatteurs qui encourageaient les fauves. Par prudence, je réveillai Bernarda et nous reprîmes notre chemin avant l'aube. La lumière du jour nous dévoila la citadelle de Montségur, au loin, dans un orbe de lumière. Lancée hors de portée dans le ciel, au-dessus des monts que voilait une brume bleutée, la sainte forteresse voguait au-dessus des nuages vers le royaume de la lumière divine.

— Comme c'est beau ! m'exclamai-je.

Je n'étais jamais rassasié de ce spectacle que j'avais contemplé si souvent. Bernarda me serra le bras :

— C'est si haut, nous n'y arriverons jamais !

Nous venions de passer le village de Fougax que l'on apercevait en bas, tache grise et brune au milieu des bois et des prairies à moutons. C'était le tout dernier village avant le pog. Nous avions encore deux bonnes lieues à arpenter avant d'être rendus. Nous serions au pied de la ville sainte avant midi.

Je marchais devant, Bernarda sur mes traces. Je m'arrêtais régulièrement pour qu'elle reprenne son souffle et qu'elle repose sa jambe infirme. Au bout d'une heure et demie, je dus la porter ; elle ne pouvait plus faire un pas.

Les voix des chiens ne nous quittaient pas. Elles venaient de la combe. Les chasseurs semblaient suivre une piste parallèle à la nôtre. Quand dans une trouée du feuillage nous aperçûmes la citadelle au-dessus de nous, Bernarda la fixa, sidérée. Elle pâlit. Nous arrivions par le côté le plus abrupt, le plus effrayant, une falaise nue couronnée par un rempart. Le château paraissait minuscule. Elle s'exclama :

— Jamais je n'arriverai là-haut, jamais, c'est au-dessus de mes forces !

Elle éclata en sanglots. Je compris qu'elle était épuisée non seulement physiquement, mais aussi nerveusement. Je la fis asseoir sur un banc de roche qui affleurait, et sortis le peu de provisions qui nous restaient. Je l'invitai à manger. Mais elle ne voulut goûter à rien. Elle n'accepta que quelques gorgées d'eau.

Son visage, émacié marqué par la fatigue, le mauvais temps et le manque de sommeil, faisait peine à voir. Le plus difficile à supporter était son regard traqué, désespéré, ses grands yeux d'enfant que la fatigue rapprochait étrangement, comme si la détresse qui s'y lisait à livre ouvert avait commencé son œuvre d'altération.

La fixité de son regard qui m'implorait, cherchant avidement sur ma mine des raisons d'espérer, attendant de ma bouche des paroles rassurantes, me broyait le cœur. Bernarda s'en remettait totalement à mon pouvoir, si j'en avais, ce dont elle commençait à douter.

Nous restâmes là un moment, offerts au timide soleil qui daigna se montrer autour de midi. Mais comme il n'est jamais bon de se reposer longuement pendant l'effort, car la reprise en est d'autant plus pénible, j'obligeai Bernarda à se relever. Je la pris sur mes épaules et avançai. La proximité de notre refuge me donnait des ailes.

D'autant que les aboiements se rapprochaient. Je les entendais maintenant derrière nous, comme si les animaux avaient grimpé le versant pour rejoindre notre chemin, et étaient sur nos traces.

Parvenus enfin au pied de la falaise qui portait le bourg de Montségur, j'hésitai sur la tactique à suivre. Faire le tour du pog pour monter au château par la route habituelle, la plus aisée, prendrait du temps, sans être exempt de risques. Il était probable que les accès habituels fussent soigneusement gardés par les Francimands, et donc impraticables pour nous.

J'imaginai un autre système. J'allais escalader la falaise, exploit que j'avais déjà accompli, même de nuit. Là-haut avec mes compagnons, nous actionnerions la nacelle d'osier qui servait à l'occasion à des Bons Hommes pour s'enfuir rapidement, et aux messagers qui voulaient s'éclipser sans éveiller l'attention.

Nous ferions descendre la nacelle et Bernarda remonterait sans effort par ce dispositif qui, bien que compliqué et assez malaisé à mettre en œuvre, lui assurerait la sécurité.

Je présentai le projet à ma compagne qui s'effraya tout d'abord de devoir voyager si haut dans les airs. Elle était sujette au vertige. Mais elle était si épuisée qu'elle n'avait plus la force de choisir. Elle me dit dans un sanglot :

— Fais ce que tu voudras !

Je me débarrassai de mon bagage et après avoir contourné un pli du rocher, je m'engageai sur l'amorce d'un petit chemin de chèvre qui, très vite, se réduisait par endroits à une bordure de la largeur du pied. Ou guère plus. Ce fil zigzaguait au gré des caprices de la roche façonnée par les intempéries, jusqu'en haut.

Je partis à vive allure, mais m'arrêtai bientôt, étonné d'entendre la voix des chiens si proche. Était-ce le vent qui portait les sons ? Je scrutai les versants autour de moi. Le chemin par lequel nous étions venus apparaissait par endroits entre les frondaisons. Il serpentait sur la crête, puis disparaissait d'un coup en plongeant dans une pente forte. Et là, dans une échancrure des fourrés, apparut une meute de molosses tenue par plusieurs hommes. Les chiens qui avaient pris notre odeur avançaient vite. Je n'avais plus le temps de monter à la citadelle pour en faire descendre la nacelle.

Je rebroussai chemin et revins en courant presque, au risque de chuter, auprès de Bernarda. Elle n'avait pas bougé, le regard fixe, comme tétanisée par la peur et l'épuisement. Je lui criai :

— Les chiens arrivent, tu dois venir avec moi !

Elle ne réagit même pas. J'ajoutai :

— Nous allons monter ensemble, il n'y a pas d'autre solution.

Bernarda semblait ne pas saisir mes paroles. Puis ayant compris ce que je lui demandai, elle éclata en sanglots :

— Je ne peux pas. Pars, toi, laisse-moi…

— Tu es folle ? Jamais je ne te laisserai ! Tu es ma vie !

Ses lèvres tremblantes semblèrent dessiner un léger sourire.

Je défis mon baudrier qui portait mes armes, une courte épée sur une hanche, une dague sur l'autre. Je le débarrassai de l'épée et pris Bernarda sous les bras pour la mettre debout.

— Voilà ! fis-je, tu vas venir sur mon dos. Je vais nous lier avec le ceinturon. Ainsi, tu ne pourras pas tomber, ni me déséquilibrer. Nous allons monter le long de la falaise. Je ne te demande qu'une chose, c'est de garder les yeux fermés. Tu comprends ? C'est très important. Tu ne dois pas rouvrir les yeux avant d'être arrivée. Quand je te le dirai. Jamais avant. Tu as bien compris mon amour ?

Elle haussa les épaules en répétant :

— Mon amour…mon amour… comme par dérision.

Elle tint ses épaules levées un moment, comme si cet étirement lui faisait du bien. Mais peut-être était-ce sa façon de m'exprimer son opposition.

Frissonnante, elle secoua la tête puis laissa retomber ses bras, ballants sur ses cuisses. Elle n'avait plus de volonté.

Je la débarrassai de la cape épaisse qui l'avait si bien protégée du froid, mais qui était trop encombrante, et la pris sur mes épaules. Je passai le ceinturon autour de ses hanches et le bouclai le plus serré possible. Avec une bride de mon armement, je liai ses poignets sur ma poitrine, car j'aurai besoin de mes mains en certains endroits où le fil du sentier était pratiquement interrompu par l'effritement de la roche. Je le savais.

Je lui recommandai encore une fois de garder les yeux fermés, et empruntai à nouveau le chemin de chèvres. Au début, tout alla bien. Mais quand le chemin rencontrait la roche massive et se rétrécissait jusqu'à la largeur de deux pans, je n'en menais pas large. Le poids de Bernarda, ses genoux qui s'écorchaient sur la paroi, sa tête qui reposait sur mon épaule, à l'opposé du vide, toute cette charge paraissait bien embarrassante pour tenir en équilibre sur un ruban de roche.

Je peux dire aujourd'hui que je n'étais pas du tout certain d'arriver au sommet de la falaise. Mais l'idée de basculer dans le vide avec mon précieux fardeau, mon bonheur absolu, me semblait plus enviable que d'être pris par les soldats et peut-être dévorés par les chiens.

Ils avaient déjà atteint le bas de la falaise. Leurs voix effrayantes résonnaient formidablement sur la paroi rocheuse. Je craignais que Bernarda n'ouvre les yeux. Des flèches furent tirées qui griffèrent la roche. Nous étions hors de portée des arcs.

Une autre volée de flèches, parvenues sans force à notre hauteur, me fit rire. Je recommandai à Bernarda de garder les yeux fermés et lui annonçai que nous étions désormais hors de portée des chiens comme des flèches. De plus, nous allions bientôt arriver.

Je mentais. Je voyais venir le passage le plus délicat, où la roche s'était effritée, et où il fallait s'assurer avec les mains. Je l'avais déjà fait, mais je n'avais personne sur mes épaules ! Comment allai-je franchir cet obstacle ?

Un carreau d'arbalète bourdonna et se planta d'un doigt dans ma cuisse. Je criai et faillis tomber, car ma jambe me fit défaut sur le coup. Une main agrippée à la roche, je saisis de l'autre ma dague conservée dans son étui, et la plantai dans une faille. Je pus ainsi m'assurer solidement. Nous étions à proximité du mauvais passage. Je tenais fermement la poignée de l'arme de la main gauche, dans l'attente que ma jambe blessée ait retrouvé sa force malgré la douleur lancinante. Puis, les dents serrées, je me lançai d'un bond. Ma main droite alla empoigner un arbuste qui avait planté ses racines dans une crevasse, juste après l'effondrement. Le saut que je fis en criant dans ce mouvement surprit Bernarda qui s'exclama. Elle crut s'envoler et retomba sur mes épaules. Nos deux têtes se cognèrent. Je hurlai :

— N'ouvre pas les yeux Bernarda !

J'aurais voulu reprendre ma dague, mais ma position était trop précaire pour imaginer un retournement. Ma compagne me serrait de ses bras à m'étrangler, comme une enfant sur les épaules de son père. Je poursuivis ma marche, tâtant d'abord la roche du bout du pied, jusqu'à ce que je parvienne à la dernière étape du sentier, qui s'élargissait en même temps qu'il devenait très raide, presque vertical, et très altéré.

Mes pieds et mes genoux roulaient sur les cailloux. J'allai prudemment, à la recherche de prises sûres, et imaginai sans peine les conséquences d'une glissade.

Les sentinelles sur les remparts nous avaient vus, ainsi que les habitants de quelques cabanes de pierre qui vivaient là, entre le rempart et le vide vertigineux. Deux de mes hommes descendirent dans la nacelle jusqu'au pied de la muraille et vinrent nous chercher en se laissant tomber le long de cordes. Ils nous saisirent, nous lièrent, nous tirèrent. Ils aidèrent Bernarda à quitter mon dos. Elle ouvrit les yeux et les referma, prise de vertiges. Elle était d'une pâleur mortelle.

Je la pris entre mes bras et la portai en boitant dans la nacelle, qui s'éleva aussitôt.

Je posai deux baisers sur les paupières à nouveau fermées de ma femme.

Sur les remparts, je fis pivoter Bernarda vers le château et lui demandai de regarder. Elle tourna la tête et contempla un moment le chemin que nous avions pris. Elle sourit chichement.

— Je ne pensais pas qu'il était si périlleux de monter au ciel ! fit-elle en m'embrassant sur la bouche, longuement, lèvres serrées.

C'est ce baiser qui étonna tout le monde.

XV

L'ENCERCLEMENT

J'allai voir mon beau-père, le seigneur Bérenger, qui ressemblait de plus en plus à une momie, et je l'embrassai et lui annonçai que j'étais son nouveau gendre. Le vieillard affaibli par les macérations, les jeûnes, les prières, et le poison de la méchanceté, sursauta en me voyant le saisir pour le prendre entre mes bras. Peut-être imagina-t-il une attaque en règle. Il me contempla de ses yeux ronds, sans un mot, sans manifestater ni joie ni courroux. Se résignait-il ?

— Allez beau-papa, lui lançai-je sur un ton jovial, sans rancune ! J'ai épousé votre fille sans dot, vous devriez être content…

Il n'était pas content du tout. Après un moment de sidération devant l'impensable, il convoqua Bernarda qui lui confirma que nous étions mari et femme. Il entra dans une colère noire et chassa sa fille comme une prostituée. « Père, le retenait Bernarda, père, oh ! père ! »

Il hurlait, les babines retroussées par la colère :

— Les femmes sont conseillées par le diable !

Sa tête de loup blanc était hideuse, ses yeux jaunes faisaient penser à une bête affamée. Il fallut l'intervention de monseigneur Marty pour qu'il accepte de nous recevoir.

Bernarda avait négocié avec sa sœur l'usage exclusif de la chambre qu'elles partageaient auparavant au-dessus de celle de leur père. Lombarde alla vivre sans joie chez sa tante. Leur petit frère, un enfant qu'on ne voyait jamais, y était déjà. Pour faire supporter cette situation à Lombarde, je lui donnais chaque mois une partie de ma solde, à titre de loyer. L'austérité était telle à Montségur, et bientôt le dénuement, que cette poignée de deniers lui suffisait pour vivre sans rien demander à personne.

Je repris mon service sur les murailles, comme auparavant. La différence était que la nuit, quand je n'étais pas de service, au lieu d'aller dormir dans la cabane de mes compagnons, véritable étable à cochons, je rejoignais ma femme dans notre chambre du donjon, une pièce propre assez confortable, que Bernarda tiédissait à la chaleur d'un brasero. Les braises provenaient de la cheminée de la salle grande, car rien n'était prévu pour faire un feu dans notre nid.

Notre première véritable nuit de noces nous trouva quelque peu désemparés. Nous étions si habitués à fuir et à faire face aux dangers, côte à côte, occupant sans répit notre esprit à nous mettre hors d'atteinte de nos poursuivants, que le calme et la sérénité qui régnaient dans notre chambre nous rendirent timides. La clarté de la chandelle marquait le visage de Bernarda d'une expression anxieuse qui ne pouvait m'échapper. Je lui demandai ce qu'elle craignait au cœur de notre forteresse et elle m'avoua d'une voix à peine audible, cachant son visage rougissant, qu'elle redoutait par-dessus tout l'acte de chair. Je souris et lui promis de ne jamais la forcer à faire ce qui lui répugnait. Elle me répondit que l'acte ne la répugnait pas a priori, mais que l'idée provoquait chez elle une crainte et un malaise qu'elle ne pouvait surmonter.

Je passai une grande partie de la nuit à la rassurer et nous nous endormîmes embrassés, dans un doux climat de tendresse.

La situation se répéta les nuits suivantes. Bernarda, reconnaissante, me répétait :

— Comme je t'aime, mon gentil seigneur !

J'étais résolu à ne rien tenter sans y être invité pour prendre mon plaisir de son jeune corps, bien que l'envie en soit très forte. Je n'abordai plus le sujet en espérant qu'elle y viendrait d'elle-même, quand elle se serait accoutumée à ma présence et à mes chastes caresses.

Le jour, Bernarda s'occupait de son père, tentant de le contenter. Avec une patience d'ange, bien qu'il n'ait que plaintes et récriminations à lui soumettre, elle satisfaisait tous ses caprices. Soucieuse d'être pardonnée un jour, elle ne répondait jamais à ses insultes et à ses stupides accusations.

Il semblait que la jouissance exclusive d'une victime consentante, corvéable à merci, et qui ne risquait pas de se révolter, lui enlevait toute borne. Il exigeait sa présence à chaque heure du jour, et parfois de la nuit.

Bernarda finit par redouter les visites à son tyran de père et chercha à les espacer. Il répondit à cet abandon de poste en tombant malade.

Il lui lançait à la tête :

— Si je meurs, tu l'auras voulu !

Il se plaignait d'être trop bon avec les siens et prenait ceux de la secte, toujours complaisants, à témoin de la négligence et de l'ingratitude de ses enfants à son égard. Les Amis de Dieu qui ne m'aimaient pas et qui trouvaient malvenu ce mariage de Bernarda avec un mercenaire sans le sou, approuvaient bruyamment.

Pendant ce temps, les armées royales massées autour de Montségur empêchaient les entrées comme les sorties. Sauf pour ceux qui, comme moi, connaissaient des chemins secrets vertigineux, et avaient le courage de les emprunter.

Quand les montagnes autour de nous perdirent leur reflet de vieil or sous les dentelles de givre, la cité était coupée du monde. Et comme un malheur n'arrive jamais seul, le froid nous tomba dessus d'un coup, très tôt dans la saison, avec ses giboulées de neige. Un épais manteau blanc recouvrit bientôt la montagne. Nous étions enfermés dans une glacière.

Les habitants des cabanes éparpillées tout autour du mont, sur les pentes les plus douces et dans les creux, ramassèrent leurs petits biens et s'en allèrent. Ceux qui voulaient rester montaient se mettre à l'abri derrière la grande muraille du bourg, blottis contre les maisons existantes.

Nous, les défenseurs, n'étions pas très inquiets, car nous pensions vraiment que Montségur était imprenable, du moins tant que nous pourrions nous nourrir et avoir de l'eau. Le roc sur lequel était bâti le château, et toute la cité avec ses murailles et ses barbacanes[26], était si haut et si abrupt qu'il était impossible d'y monter des machines de siège pour creuser sous les murailles, ou les renverser à coups d'énormes boulets de pierre.

Mais Dieu en avait décidé autrement.

*

Par une nuit glacée des soldats gascons armés à la légère, et accoutumés aux escalades, firent l'ascension du roc au-dessus des gorges du Lasset, par un côté abrupt impraticable à la plupart des hommes. Mais on leur avait promis beaucoup d'argent s'ils parvenaient jusqu'au bord du plateau, qui était loin du château et n'était gardé que par une tour d'angle et quelques veilleurs.

Guidés par un berger du pays, mille fois traître à son seigneur comme à ses parents et amis, les soldats y parvinrent avant l'aube. Ils attaquèrent la tour qui se dressait au-dessus de l'à pic pendant que les nôtres dormaient, et passèrent les sentinelles au fil de l'épée. Le fortin occupé, ils eurent tout le temps de construire un chemin pour permettre à l'armée de venir avec des machines démontées jusqu'à la citadelle.

L'ennemi étant désormais dans les parages avec des engins de siège, notre existence était menacée. Mais une barbacane protégeant encore le bourg et la forteresse de ce côté du plateau interdisait d'approcher des murailles. Pendant deux mois les troupes du sénéchal du roi ne purent nous faire grand mal.

Ils ne pouvaient pas savoir que nos messagers sortaient et entraient dans la forteresse comme dans un moulin, par des chemins secrets, au travers des lignes ennemies la nuit, gardées par des hommes fidèles à notre Église. Et ils étaient nombreux, car avec une légèreté surprenante, le sénéchal de Carcassonne avait forcé les hommes de certains villages des environs à venir avec lui assiéger Montségur. Il avait mêlé de la sorte des croyants de la nouvelle foi à l'armée francimande.

C'était le cas des hommes de Queille et ceux de Camon, qui nous secouraient autant qu'ils le pouvaient. Grâce à eux, une nuit, des Parfaits sortirent avec le trésor de l'Église cathare, pour aller le cacher dans une grotte secrète pour le cas où Montségur devrait se rendre. Les hommes de Camon les guidèrent jusqu'à ce que la voie soit libre.

J'allai une autre nuit par le même chemin chercher un homme qui venait de Capdenac, Bertrand de la Vacalerie, et qui était un *engenieur*, un spécialiste des engins de siège. Il savait construire des pierrières, ces machines qui lancent des boulets de pierre à des centaines de pas. Il les réglait et les commandait.

Au retour, mon homme refusa tout net de passer par les sentiers vertigineux qui m'étaient familiers, au-dessus des précipices, et je me résignai à traverser les lignes ennemies, en espérant rencontrer les gens de Camon.

Malheureusement, les gens de Camon étaient devenus suspects. Ils n'étaient plus seuls. Nous dûmes notre salut à l'arbalète que Bertrand de la Vacalerie portait dans son dos. Comme nous étions encerclés, il l'empoigna, l'arma et visa les braves soldats qui nous barraient le passage, armés de lances. Ceux-ci disparurent derrière les buissons avec une hâte qui faisait plaisir à voir. Ils ne revinrent pas, convaincus que la blessure d'un carreau d'arbalète menait le plus souvent en enfer ou au paradis.

Dès le lendemain, sous la direction de Bertrand de la Vacalerie qui connaissait bien son affaire, les nôtres fabriquèrent dans la barbacane deux pierrières capables de répondre à celles des Francimands.

L'évêque d'Albi, monseigneur Durand de Beaucaire, était venu de son côté avec des soldats albigeois et un grand trébuchet en pièces détachées. Les Albigeois, mes compatriotes, avaient reçu le salaire de Judas et les indulgences plénières pour tous leurs crimes passés, présents et futurs, s'ils transportaient sur le plateau toutes les pièces du grand trébuchet, et le remontaient en face du bourg.

Ils le placèrent au-dessous de la barbacane. L'évêque d'Albi qui se passionnait pour la guerre les dirigeait.

Toutes ces machines furent prêtes vers la mi-février de l'an 1244, exactement le Mardi gras. Drôle de carnaval ! Ce fut l'enfer ! Le grand trébuchet de monseigneur Durand de Beaucaire était doté d'un long bras en bois de cormier, résistant et souple, et d'un énorme contrepoids qui en tombant lançait le bras vers le ciel avec une force titanesque. À l'extrémité, une poche en cuir contenant une énorme pierre s'ouvrait en bout de course, et la pierre s'envolait. Elle retombait parfois sur l'enceinte du château, parfois sur les toitures du bourg.

Chaque jour après avoir dit sa messe, l'évêque d'Albi apportait une amélioration à sa machine, qu'il avait imaginée en consacrant le pain et le vin et en appelant la paix du Christ sur terre. Il fit d'abord tapisser la poche qui contenait la pierre d'un lit de paille tressée, afin que le boulet glisse plus aisément sans être freiné par le cuir rugueux. Puis il fit attacher au contrepoids des cordes que tiraient les soldats de toutes leurs forces – d'abord une dizaine d'hommes, puis une vingtaine, puis trente et plus –, afin de donner au long bras plus de vitesse, et plus de force aux boulets. Ensuite il s'ingénia à apporter des améliorations au contrepoids, aux boulets hérissés de pointes, et à accélérer le rythme des tirs. Il se passionnait.

Sa dernière tactique fut de faire tailler des boulets exactement de même poids pour les faire retomber sur la muraille d'enceinte du château toujours au même endroit, afin d'ouvrir une brèche, ce qui arriva. Les nôtres durent en hâte construire par-derrière une double palissade en bois, remplie de terre.

Un jour que je mangeais chez notre évêque Bertrand Marty, avec mon adorable épouse qui le vénérait pour son courage et sa grandeur d'âme, celui-ci nous déclara que l'évêque d'Albi était visiblement possédé par le diable, et qu'il n'irait pas au paradis. Pour nous qui attendions chaque jour de recevoir un boulet sur la tête, c'était une petite consolation.

Les engins du sénéchal de Carcassonne n'étaient pas en reste, et nous faisaient aussi beaucoup de mal. Ils tiraient des boulets beaucoup plus légers qui passant par-dessus les murailles venaient crever toitures et voûtes des maisons, et écraser les cabanes. En deux semaines, il y eut plus de morts et de blessés dans les demeures que sur les créneaux.

Ma vie cependant restait encore enviable. J'avais quitté la cabane de mes compagnons, qui puaient comme trente-six cochons, pour partager la chambre de Bernarda dans le donjon, moins froide et à l'abri des pierres. Cependant, je quittais peu les créneaux de la citadelle, car à mesure que le siège durait le nombre des défenseurs diminuait.

Ma tendre épouse m'attendait patiemment à la lumière d'une seule chandelle, par économie. Lorsque j'apparaissais à la porte de notre chambre, couvert de neige ou de frimas, je voyais la joie envahir son gracieux visage. Son beau sourire qui fleurissait d'un coup me réchauffait le corps autant que le cœur. C'était salutaire, après les longues heures passées sur les courtines, à combattre la rage qui animait l'ancienne Rome dans sa volonté impérieuse de détruire sa jeune rivale.

Après un frugal repas, nous nous pelotonnions dans le lit, sous les fourrures, échangeant notre chaleur et notre tendresse jusqu'à ce que le sommeil nous prenne, bercés par le chantonnement de la bise à travers le volet.

Nous étions heureux. Pour rien au monde je n'aurais abandonné ma place. Et je n'avais pas le cœur de dire à Bernarda que nos jours étaient comptés.

XVI

Le Consolament de mauvaise fin

Chaque nuit, la barbacane était prise d'assaut. La réverbération de la neige combattait les ténèbres du ciel et une clarté qui semblait venir de la terre éclairait les bataillons de ribauds aux luisances terrifiantes qui se précipitaient sur l'enceinte de bois. Nous avions chaque fois plus de mal à les repousser. Pendant que leur nombre augmentait, nos rangs s'éclaircissaient dangereusement, jour après jour, à cause des morts, des malades et des blessés.

La barbacane tomba aux mains de l'ennemi une nuit où je n'y étais pas. J'avais transporté dans la cabane d'un sergent un chevalier blessé, d'une blessure dont il mourut le lendemain. Ce chevalier voulait être consolé à tout prix avant de quitter notre monde. J'avais réveillé le Parfait Pierre Sirven, l'adjoint de l'évêque, et un autre Parfait. J'assistai comme témoin à la cérémonie du *consolament* de bonne fin quand on vint nous dire que la barbacane était prise. Je pensai aussitôt que si j'avais été présent je serais mort à cette heure. Mais Dieu voulait me soumettre encore à d'autres épreuves. Il épargna ma vie.

Le chevalier à qui j'avais permis de mourir sous la garde du Saint-Esprit m'offrit son armement pour me remercier de mon geste charitable, qui lui ouvrait le paradis. Je revins au château, allai chez mon beau-père pour lui annoncer la prise de la barbacane. L'aube pointait à peine et Bernarda était déjà avec lui, le visage triste, anxieux, tandis qu'il était gai. J'avais déjà remarqué qu'en voyant sa fille triste, soucieuse, il devenait plus léger et plus gai, comme s'il y trouvait un soulagement, ou un sentiment de supériorité. Il voulait montrer devant les autres qu'il était au-dessus des évènements, et que le sort du monde matériel lui était indifférent.

Je leur annonçai que la barbacane venait de tomber. Bernarda, à l'idée qu'une meute de ribauds allait pénétrer chez nous, poussa un cri. Son père haussa les épaules.

— J'ai si peu de temps à vivre ! fit-il d'un air sérieux, aveuglé par son égoïsme à toute épreuve.

— Mais père, s'ils prennent Montségur, que feront-ils de nous ? s'inquiéta Bernarda.

— Nous irons au bûcher en chantant, sourit-il.

Il se recoucha en prétendant que la tête lui tournait.

— Je n'ai pas longtemps à vivre, répéta-t-il doucement les yeux dans les yeux de sa fille, satisfait de la voir dans les tourments de l'angoisse, je ne digère plus rien.

Exaspéré, je pris ma femme par la main et nous montâmes dans notre chambre.

J'entendis mon beau-père nous lancer :

— Je suis comme une vieille tour en ruine qui s'effondre, et personne ne cherche à me retenir. Mais qu'est-ce que j'ai fait à ma famille ?

Il se plaignait sans cesse d'être trop bon avec les siens.

Emportés par le succès de la barbacane, nos ennemis ne nous laissèrent pas un instant de répit. Sentant que nous faiblissions, ils attaquaient de toutes parts le bourg et le château, dont les murailles ébranlées par les boulets de pierre commençaient à se ruiner.

Nous étions tous si épuisés que la reddition ne faisait plus aucun doute. Un soir, le sénéchal du roi s'approcha de la muraille où j'étais de guet, assez près pour engager la conversation. Il nous demanda de nous rendre. Je lui lançai en forme de plaisanterie :

— Combien nous donnerez-vous pour jeter les armes ?

Le sénéchal me répondit :

— Des indulgences pour tous à profusion !

Je me moquai de lui :

— Je préfère l'or et l'argent, qui a cours sur terre, plutôt que les indulgences du seigneur pape qui n'ont cours qu'au paradis. Et même pas dans le nôtre !

Mes compagnons rirent et peut-être aussi le sénéchal, mais Pierre-Roger qui m'avait entendu arriva comme un fou furieux et me renvoya dans le donjon. Je l'entendis insulter le sénéchal, lui jurant qu'il allait lui botter les fesses, et que jamais il ne rendrait la forteresse. Le représentant du roi lui répondit qu'il était un âne bâté ; il le menaça de la pointe de sa dague et l'avertit que s'il ne se rendait pas de lui-même, tout le monde serait passé au fil de l'épée. Hommes, femmes et enfants.

Il y avait des enfants à Montségur, beaucoup d'enfants. En attendant, il nous fallait nous battre, même si la doctrine de nos Bons Hommes interdisait de verser le sang. Mais nécessité faisant loi, nous nous battions avec acharnement et personne ne nous le reprochait.

Cependant, les soldats francimands étaient chaque jour plus batailleurs. On leur avait promis de l'or s'ils enlevaient la place, et c'est tout juste s'ils ne se frappaient pas entre eux pour arriver le premier sur les créneaux.

Pierre-Roger ne décolérait pas. Comme j'avais parlé avec le sénéchal, et enfreint de ce fait ses ordres de n'avoir aucune conversation avec l'ennemi, il m'avait puni en m'enlevant les armes et tout l'équipement que le chevalier qui avait été blessé dans la barbacane m'avait légué avant de mourir. C'était injuste.

Chaque jour, nous avions de nouveaux morts

et de nouveaux blessés. La situation devenait intenable. Ma douce épouse pleurait en découvrant que le monde était plein d'une férocité qui ne s'éteignait jamais. Comme si la cruauté et le plaisir de détruire étaient son unique but. Elle se rapprochait des Amis de Dieu qui enseignent que le monde matériel est entièrement mauvais.

Le danger était tel que nous n'avions même plus le temps d'assister un mourant. Nous mangions sur les murailles, jour et nuit, pour écarter les échelles sans répit.

La partie était perdue, chacun le savait sans le dire. Les vivres se faisaient rares, et malgré les jeûnes imposés à tous par les Parfaits, pour ne pas peser sur les provisions, la famine était proche.

Quand le bayle de Pierre-Roger tomba raide mort, son ami de toujours, son presque frère, frappé par une sagette, le capitaine de Montségur en fut stupéfait. Il comprit après cette perte qu'il était temps de se rendre pour éviter un carnage inutile. Il réunit un conseil de guerre qui approuva sa proposition de s'en remettre à la charité de l'Église et du roi, à la condition d'obtenir la vie sauve pour tous les défenseurs qui le demanderaient.

Le sénéchal de Carcassonne, pressé d'en finir, accorda une trêve de dix jours, le temps que chacun mette de l'ordre dans ses affaires, ou qu'un secours nous parvienne, comme il était de règle dans tous les sièges. Pierre-Roger espérait toujours que le comte de Toulouse viendrait nous délivrer. Le comte était notre suzerain naturel, et son devoir était de venir nous protéger. Nous ne savions pas qu'à cette époque il était bien loin, en Italie.

L'Église cathare, qui ne devait pas mourir, profita du repos des armes pour faire descendre nuitamment quelques Parfaits dans la nacelle, afin qu'ils s'échappent et fassent renaître ailleurs le souffle de l'Esprit Saint.

Ce délai devait aussi calmer les esprits, et éviter que la soldatesque francimande, enragée par le diable et le goût du pillage, ne massacrât toute la population dans une espèce de folie sanguinaire, comme à Béziers et à Marmande. Et ailleurs.

Ces dix jours de répit furent les plus étranges de mon existence. Non pas à cause du spectre de la famine, qui épargnait encore les magnats du château, ni pour ma nouvelle existence dans les délices de la vie conjugale, mais parce que loin de tenter de s'échapper, ceux qui avaient été consolés se préparaient pieusement à mourir. À quitter notre monde. À tirer un trait. Avec une joie indicible.

Le père de Bernarda faisait partie du voyage.

— Enfin, je vais mourir, la vie me pèse, répétait-il à sa fille, les yeux secs, jouissant de l'effet qu'il lisait sur son visage en larmes.

Les prélats et les Parfaits qui avaient tous reçu le *consolament* d'ordination, et pour qui il n'y avait aucune alternative au bûcher, donnèrent leurs biens à ceux qui restaient, grains, vêtements, poivre et sel, la cire pour les chandelles, les couvertures. Comme si leur seul souci était que rien ne se perde.

Ceux qui avaient ouvert un petit atelier sur le pog, et qui fabriquaient des chaussures, des tuniques, des pourpoints et des chausses, distribuaient toute leur réserve pour que les suppôts de l'autre Église n'en profitent pas.

Pierre-Roger fit aussi sa tournée, visitant les futurs suppliciés avant tout le monde pour se faire remettre l'argent.

Mais le plus extraordinaire, le plus bouleversant, était de voir ceux qui n'étaient pas consolés, les Bons Croyants et les nouveaux fidèles, des faidits qui pouvaient se sauver par quelques paroles d'abjuration, se précipiter à la maison des Parfaits pour réclamer le *consolament* de bonne fin et, munis de ce précieux viatique, être assurés d'aller à la mort. Vers la pire des morts.

Cinquante hommes et femmes, qui auraient pu sauver leur vie, exigèrent de quitter ce monde avec leurs compagnons. Leur seul désir était de s'extirper au plus vite de leur écorce de chair, terreau des souffrances et des turpitudes sans fin de la vie terrestre, pour revenir avec leur corps mystique débarrassé de toute attache animale dans le royaume de l'Esprit, le monde de la lumière et de l'amour infini.

Certains, qui avaient la faculté de quitter leur écorce charnelle à volonté, prétendaient y être déjà allés, et avoir visité le paradis qui nous attendait. Ils le décrivaient avec force détails, rappelant que les prophètes, les saints et les apôtres, et beaucoup d'élus l'avaient fait avant eux.

Ces récits ne faisaient qu'accroître le désir d'évasion et de paix dans beaucoup d'esprits.

Moi et mon épouse n'avions aucun goût pour le martyre. Nous étions prêts à abjurer, faux serment de circonstance, le jour de la reddition de la citadelle, qui arriva après la mi-carême[27].

L'évêque Bertand Marty et ses coadjuteurs passèrent la dernière nuit à prêcher et à administrer le *consolament* de bonne fin, ou plutôt de mauvaise fin. Car il n'y a pas de mort plus horrible que dans les flammes.

Sur le matin, les troupes royales entendirent, venu de la citadelle, un chant céleste qui s'élevait dans la clarté de l'aube, et qui dura jusqu'à l'ouverture des portes. Ce chant, vibré par des centaines de voix ferventes, intenses, ardentes, tant féminines que masculines, tirèrent des larmes aux plus endurcis. Sauf aux clercs et aux prélats de l'Église romaine, qui se méfiaient par métier des sirènes du diable, et qui recommandaient d'une voix irritée de ne pas écouter.

XVII

Le bûcher ou la prison

Quand le soleil fut levé, Pierre-Roger fit ouvrir les portes. Nous étions le mercredi 16 mars de l'an 1244. Les assiégés se saluèrent, s'embrassèrent et se donnèrent le baiser de paix.

Ceux qui voulaient mourir se couvrirent la tête et se mirent en rang pour former un immense cortège religieux. Ils allèrent, tout en chantant d'une voix qui tremblait de froid, se présenter à l'archevêque de Narbonne Pierre Amiel, assis sur une estrade en habits sacerdotaux, la crosse du bon pasteur à la main, mais la mine rogue et pontifiante. L'archevêque leur demanda d'une voix terrible d'abjurer la religion nouvelle, qui n'était qu'un diabolique mensonge inventé par le Malin, et de retourner dans le sein de l'Église romaine qui les accueillerait avec joie et bonté.

Aucune voix ne se manifesta, ni par oui ni par non. Comme un troupeau de moutons attendant le couteau du boucher, les victimes observaient leur bourreau d'un regard curieux, seulement avides d'entrer en délivrance au plus tôt et de recevoir le coup qui les affranchirait de leur condition charnelle.

L'évêque d'Albi, qui était aussi sur l'estrade à côté de l'archevêque de Narbonne, s'emporta et, se levant d'un bond les traita de jouets de Satan, les accusant d'avoir le cœur perverti et, par leur obstination bornée et méchante, leur mutisme coupable, de couronner de ronces le cœur de Jésus. Et de faire pleurer sa mère, la Vierge Marie, ajouta-t-il en lançant le poing, comme s'il voulait encore leur envoyer des pierres.

Ensuite, il se reprit et vêtu des habits du bon pasteur, il les exhorta sur un ton paternel à renier leur foi, leur Église inspirée clairement par le diable, et à demander humblement la réconciliation avec Rome. Il jura qu'elle leur serait accordée, il s'en portait garant.

Rien n'y faisait. Le troupeau ne manifestait qu'une indifférence obtuse à ses exhortations. Pierre Amiel reprit la parole. Tout à coup, il gonfla d'air ses joues bourrelées de muscles et s'agenouilla pesamment sur l'estrade. Les bras écartés, avec des sanglots dans la voix et des larmes dans les yeux, il supplia les malheureux de renier leurs erreurs pour revenir sur le chemin de la vérité. C'est alors que monseigneur Marty, notre évêque, peut-être lassé de cette pantomime dans le froid mordant, s'avança à pas lents. Prenant Pierre Amiel dans son regard de feu, il lui répondit :

— Qui voudrait revenir dans l'Église de Satan ? Vous êtes fou !

L'archevêque fut si vexé qu'il lui donna à genoux un grand coup de crosse sur la tête.

Étonné d'un tel courage, un jeune moine qui était là avec les inquisiteurs, et à qui l'idée du spectacle qu'il allait contempler faisait horreur, expliqua que s'ils ne renonçaient pas à leur croyance hérétique ils seraient précipités vivants au milieu de grandes flammes qui leur causeraient d'atroces souffrances.

— Vous serez brûlés, totalement brûlés et vos cendres seront dispersées aux quatre vents. Vous ne connaîtrez pas la résurrection des corps, répétait-il.

Il leur parlait lentement, comme à des enfants, persuadé qu'ils ne savaient pas ce qu'ils faisaient.

— Renoncez à votre folie et vous vivrez ! leur lança-t-il dans une ultime tentative pour les amener à abjurer.

— C'est nous qui allons vers la vie, lui répondit un Parfait, et c'est vous qui allez mourir à Dieu pour l'éternité ! Quant à notre corps, nous n'avons rien à en faire. Nous vous le laissons.

Notre évêque Bertrand Marty s'impatienta ouvertement et demanda où était le bûcher. Monseigneur Durand de Beaucaire, l'évêque d'Albi, peut-être pensant que la crainte de la mort commençait à saper la résistance des plus endurcis, s'empressa de montrer de sa main lourdement baguée une palissade circulaire plantée de pieux dans une prairie embrumée. Tout autour, des soldats gravissaient des échelles posées sur le haut de la palissade, et jetaient dans l'arène des fagots de branchage et de la paille.

Bertrand Marty haussa ses maigres épaules et secoua la tête, comme s'il se moquait de lui-même pour n'avoir pas su reconnaître la disposition du bûcher. Il désigna de sa main nue le gigantesque feu de joie qui se préparait et dit :

— Allons-y ! Ne nous faites pas attendre notre délivrance.

Il entonna le *Notre Père*, repris par ses deux cent vingt-cinq disciples qui formaient à nouveau un cortège, mais assez désordonné. Ils se dirigèrent avec lui vers le lieu du supplice, lentement, au rythme grave de la récitation.

Le feu commençait à peine à fumer.

— Attendez ! leur lança un inquisiteur, l'air averti. C'est trop tôt !

L'homme se planta devant le cortège pour arrêter sa marche. Les autres moines en profitèrent pour passer dans les rangs en insistant :

— Qui veut abjurer le poison hérétique et avoir la vie sauve ? Qui veut se confesser à notre mère l'Église ? Il est encore temps… La bonté de Dieu est inépuisable…

Pas un homme, pas une femme, pas une jeune fille ne voulut échapper à la mort. Quand les flammes commencèrent à jaillir puissamment vers le ciel au-dessus des pieux de la palissade, et que la fumée se dissipa, le moine qui retenait le cortège comme on retient un attelage prit un air féroce pour s'exclamer, la voix dure :

— Que les noms de tous ceux qui ont bu le poison de l'hérésie soient effacés du *Livre de Vie*, et ne soient pas écrits avec ceux des justes ; que la mort descende sur vous tous et vous conduise en enfer !

C'était une formule d'excommunication qui excluait de la résurrection. Un autre moine de l'Inquisition leur montra le bûcher avec un rameau qu'il tenait à la main. Il ricanait avec une application vengeresse :

— Allez-y, Satan vous tend les bras !

Par quatre ou cinq échelles, les martyrs de la nouvelle foi, à demi nus et les mains inutilement liées dans le dos, leur corps décharné bleui par le froid, mais l'esprit déjà emporté au-delà des nuages qui couraient dans le ciel d'hiver, se jetèrent sans hésiter dans le brasier. Les soldats qui les aidaient à monter rajoutaient sans cesse de la paille et des branchages, des rondins de bois qu'ils lançaient par-dessus la palissade sur les chairs calcinées, pour alimenter le feu qui menaçait de s'éteindre sous la masse des corps. Avec de longues perches, ils ramenaient sur les flammes les parties qui n'étaient pas entièrement brûlées, leur visage déformé par des grimaces de dégoût.

Ceux de la citadelle qui ne voulaient pas mourir

étaient restés dans la cour du château, disposés à abjurer la foi cathare. C'était le prix à payer pour rester en vie.

En fin de matinée, deux sergents royaux sortirent du donjon en portant un vieillard agonisant sur une civière. Je reconnus mon beau-père.

— Vous ne voulez plus mourir, papa Bérenger ? le raillai-je.

Il me jeta un regard jaune :

— Je vois déjà la fin, me rétorqua-t-il sur un ton aigre. Que voulez-vous de plus ?

— Demandez donc qu'on vous porte au bûcher, si tel est votre souhait d'en finir. Le sénéchal ne refusera pas d'exécuter les dernières volontés d'un mourant illustre...

— Je veux parler à Pierre-Roger de Mirepoix, ordonna-t-il à ses porteurs en m'ignorant, menez-moi jusqu'à lui. Je n'obéis qu'à notre capitaine.

Je revins dans la chambre de Bernarda, où ma femme se murait et refusait de sortir. Quand j'entrai, elle se bouchait les oreilles pour ne pas entendre les cris que les malheureux poussaient malgré eux sur le bûcher, et que couvraient par vagues enthousiastes les insultes et les plaisanteries de la soldatesque.

— Ton père semble avoir totalement oublié qu'il a été consolé, confiai-je à mon épouse. Peut-être a-t-il perdu l'esprit ? Je pense que nous allons être questionnés par les inquisiteurs sur l'implication de chacun dans la secte. Mieux vaudrait pour lui de ne pas parler de son *consolament*.

Bernarda acquiesça en silence, et me jeta un regard apeuré empreint de gratitude.

*

L'odeur du bûcher nous harcela pendant plusieurs jours. Ma femme ne pouvait rien manger sans vomir. Je fus, avec mes camarades, enfermé dans la salle grande du château pour y être interrogé par les inquisiteurs, chacun à notre tour. Nous étions les derniers défenseurs de Montségur et l'Inquisition tenait à connaître dans le détail toute l'histoire du siège du côté des assiégés. Elle voulait aussi savoir par quelles pistes nous avions échoué sur ce nid d'aigle qu'ils déclaraient dédié à Satan.

Nous avions convenu avec mon ami Jean de ne pas évoquer notre jeunesse à l'abbaye de Belloc, qui n'aurait pas manqué de susciter des compléments d'enquête et des recoupements.

Bernarda et les femmes, les enfants et tous ceux qui avaient vécu sur le pog sans se battre étaient réunis ailleurs pour la même procédure. Beaucoup furent relâchés assez vite, après avoir donné leur nom et celui des membres de leur famille, et avoir indiqué le temps qu'ils avaient passé dans la ville sainte de la nouvelle foi. Ils n'étaient que du menu fretin et l'Inquisition n'avait pas de temps à perdre avec eux.

N'ayant rien de mieux à faire, je préparai soigneusement ma défense. Je devais m'en tenir au minimum avouable. Je voulais être considéré comme un simple soldat, un militaire de métier, sans opinion, un jour ici et un jour là, au gré des recrutements et des soldes. Mon parage[28] plaidait en ma faveur.

Mais en me remémorant la liste de tout ce que je voulais cacher, je tombai dans le désespoir. Je m'étais d'abord enfui de l'abbaye de Belloc en assommant un vieux moine, à moins que je ne l'aie tué, après avoir participé à l'hérétication d'un autre, par le mensonge et le secret. Suite à ces évènements qui valaient déjà la prison, j'avais passé plusieurs années sur les chemins à guider et protéger des Bons Hommes en tournée pastorale, j'avais visité quotidiennement des couvents cathares et des malades pressés d'être consolés. J'étais donc protecteur et receleur d'hérétiques, ce qui me valait la confiscation de mes biens, la prison et peut-être le bûcher. Bûcher non désiré.

Puis, j'avais blessé gravement un moine inquisiteur et suscité une véritable émeute à Cordes pour sauver mon ancienne nourrice, une vieille femme qui avait perdu la tête. Enfin, et c'était le plus grave, j'avais participé au massacre des moines inquisiteurs à Avignonet. Une douzaine de morts et la destruction des archives de l'Inquisition.

C'était déjà beaucoup, beaucoup trop, mais

encore incomplet. J'avais participé aux rébellions de Trencavel et, pour parachever mon œuvre contre le seigneur pape, j'avais sauvé des griffes de l'Inquisition de nombreux Parfaits, Bons Croyants et faidits avant de défendre jusqu'au bout, à coups d'épée et d'arbalète, la nouvelle Rome de l'Église cathare !

Qui avait fait davantage que moi en faveur de la nouvelle Église ? Personne !

Mon compte était bon. Mon cas n'était pas plaidable et, anticipant la sentence, je me préparai à l'idée de mourir.

À mon grand étonnement, les inquisiteurs ne me manifestèrent aucune hostilité. Ce qui les intéressait n'était pas ma vie de *soldadier*, mais les secrets de l'Église clandestine, le nom de tous ses fidèles. Ces révélations, qu'ils couchaient patiemment sur parchemin afin d'établir de longues listes de croyants, les liens des uns avec les autres, devait leur permettre de reconstituer en partie les registres détruits lors du massacre d'Avignonet, et plus tard d'extirper jusqu'aux racines les rejetons de la nouvelle Église. Ce qu'ils voulaient, les moines fouineurs, c'était n'oublier dans le terreau de l'hérésie aucune pousse qui aurait pu faire un nouvel arbuste, un nouvel arbre, et puis une forêt.

Et la joie d'avoir pris Montségur, et d'avoir détruit les derniers évêques cathares, ainsi que deux cent cinquante Parfaits à l'entêtement inconcevable, les rendait magnanimes.

Pour autant, j'évitais de donner beaucoup de noms pour ne pas laisser penser que j'avais joué un rôle important dans la sauvegarde de la nouvelle Église. Et que je savais tout des réseaux clandestins. Je préférais m'étendre avec complaisance sur les évènements diplomatiques et militaires, comme le font les chefs de guerre et les mercenaires, qui cherchent à anticiper la suite des évènements.

Mes révélations plurent. Beaucoup de questions me furent posées sur les seigneurs présents, l'aide du comte de Toulouse, et le massacre d'Avignonet qui impliqua de nombreux chevaliers. Fort peu concernèrent ma foi, car, il faut le dire, j'avais juré d'entrée qu'elle était radicalement romaine.

Je fus ensuite, avec mes camarades, emmené à Carcassonne, au Mur de l'Inquisition. Il fallait bien montrer au bon peuple où menait la résistance au seigneur pape.

Au bout de trois mois pleins au pain et à l'eau, alors que je commençais à m'alarmer en prenant conscience que j'allais finir ma vie dans cette sentine, sans avoir revu la merveilleuse lumière du jour, je reçus la visite de mon frère, Adémar.

J'eus du mal à le reconnaître tant il avait forci, le teint rose et florissant. Il eut du mal à me reconnaître tant j'avais maigri et pâli. Bon catholique, il m'annonça qu'il avait vu monseigneur Durand de Beaucaire, le champion du trébuchet, et qu'il pensait me tirer de la prison dans un bref délai.

Comme je lui faisais remarquer que je ne quitterais pas la prison sans ma femme, il m'apprit que Bernarda avait déjà quitté Carcassonne pour l'abbaye de Prouilhe, où l'on recevait les femmes hérétiques repenties. La stupéfaction me rendit muet. Mon frère rajouta, triomphant :

— Ta femme a renié sa foi cathare ainsi que son mariage avec un hérétique. Elle a demandé à être reçue dans le sein de l'Église romaine. Elle est moins bête que toi !

Je comprenais que ma femme s'était prêtée à un semblant de conversion pour pouvoir quitter la prison. Imaginez une cellule étroite, sans jour, si basse de plafond que le corps ne peut s'y redresser complètement, ruisselante d'humidité, et puante comme une bauge à cochon. Certains prisonniers, dont on voulait briser la résistance, gardaient des fers aux chevilles, qui les tourmentaient nuit et jour. Quant à la nourriture que nous disputions aux rats, elle se résumait à de l'eau et du pain dur. Au bout de trois mois à patauger dans mes immondices j'étais prêt à signer ma propre pendaison pour quitter cet enfer, où la vie était un supplice et la mort une délivrance.

Mais mon frère n'obtint jamais pour moi le pardon de l'évêque d'Albi et ma libération. J'étais un trop mauvais exemple. Il dut se résoudre à faire ce qui le chagrinait le plus, donner un marc d'argent[29] au gardien de la prison pour qu'il relâche sa surveillance. C'est grâce à cela qu'une nuit, je m'échappai.

Adémar me conduisit jusqu'à Limoux. Là, il me mena dans une auberge. Dans la chambre, à la lumière de deux cierges, il me montra un parchemin sur lequel était écrit en toutes lettres que j'avais renoncé à l'héritage de mon père depuis longtemps, et que je ne possédais rien du château de Salles, ni de Saint-Marcel, ni dans la bastide nouvelle de Cordes, ni aucun des droits que nous avions sur Monestiés et autres lieux, ayant été exhérédé par mon père pour mauvaise conduite.

Comme je lui demandais la raison de ce document, il me confia :

— Les biens des hérétiques prouvés sont confisqués, et leur maison est détruite, même s'ils la partagent avec leur famille. En déclarant que tu n'as rien à toi, je sauve tout. Signe !

— C'est pour cela que tu m'as fait évader ? Pour sauver ta chevance ?

— Ça m'a coûté assez cher ! Sache que les bayles du roi de France et ceux de l'évêque sont âpres au gain. Et malheureusement, ceux du comte de Toulouse, notre seigneur naturel, ne le sont pas moins. Ces confiscations pour cause d'hérésie sont une manne pour eux. Ils voient des hérétiques partout ! Ils seraient bien capables de tout me prendre en déclarant que je suis d'une famille cathare depuis la nuit des temps.

— Notre père l'était Adémar. Il avait l'entendement du Bien, et ne le cachait pas. Il accueillait volontiers les Bons Hommes. Il leur demandait de le bénir, et notre mère les servait avec respect. Eux n'avaient pas honte de leur foi !

— Je n'ai honte de rien, sinon de toi, mais j'ai tiré un trait sur cette époque ! répliqua-t-il, l'œil furibond. Aujourd'hui, je suis au service du roi de France et de l'évêque d'Albi. Et si tu devais te mettre de nouveau au service de l'Église cathare, eh bien ! je te dénoncerais sans hésiter, sache-le !

— Toi mon frère !

— Moi ton frère ! Pour mon malheur !

— Bien aimable ! Tu trahis la foi de notre famille !

— Autre temps, autres mœurs ! Il y a beaucoup d'argent à gagner au service du roi de France et de ses barons, comme au service de Rome. Au service de l'Église cathare, il n'y a que tourment et misère. Et le bûcher tout au bout. Je n'attends rien des cathares sinon le pain de douleur et l'eau de tristesse.

— Si le paradis est à ce prix…

— Balivernes ! De toute façon, je ne travaille pas pour le paradis. On n'a pas besoin d'argent au paradis !

— C'est vrai !

— Bonne chance, mon frère, et que je ne te revois plus dans le pays albigeois ! Souviens-toi que tu es un proscrit, car en t'évadant tu as avoué ta faute ! Pars le plus loin possible. Et si tu étais repris, Dieu t'en garde ! c'est le bûcher qui t'attend sans procès. Ne l'oublie jamais !

XVIII

Au couvent de Prouilhe

Ainsi, mon frère m'avait fait évader pour m'obliger à quitter le pays, et préserver ses biens. Je n'en fus pas étonné, le connaissant, mais j'en souffris cruellement. Rejeté et persécuté par sa propre famille, voilà le pire tourment pour un homme.

Je pensais revenir à Prouilhe, à côté de Fanjeaux, où était le couvent de Bernarda, mon adorable Bernarda, mais n'allais-je pas lui faire du tort, et à moi-même, si j'étais repris ? Je ne devais pas oublier que j'étais un évadé, autrement dit pour l'Inquisition un rebelle, un relaps. N'ayant pas accompli ma pénitence, j'étais passible désormais du bûcher sur un claquement de doigts. Je devais attendre.

Je me fis violence et partis désespéré pour Quillan et Ax, où j'arrivai quelques jours après. Par un col pyrénéen, j'entrai en Aragon, terre d'oubli.

Grâce à la bourse de mon frère, je pus survivre quelque temps et me déplacer furtivement, soucieux de ne pas me faire remarquer. J'avais entendu dire que des espions surveillaient certains chemins pour le compte des inquisiteurs, et signalaient les fuyards comme moi.

J'allai jusqu'à Lérida, mais un office de l'Inquisition aragonaise s'y était installé, qui prenait de l'importance. Cet office payait grassement les mouchards qui lui apportaient des informations permettant d'arrêter les faidits des pays d'Oc. J'allai jusqu'à Morella, après Tortosa, et j'y rencontrai tant de faidits qu'on n'y parlait que la langue nôtre. La cité de Morella allait-elle devenir un second Montségur ? Et finir comme la Rome des cathares ? Je quittai précipitamment la ville avant que les rabatteurs de l'Inquisition ne viennent me renifler, et longeai la côte, parce que les marins et les étrangers y étaient nombreux. Je passai à Tarragone, à Barcelone et à Gérone, vivant dans les mauvais quartiers, avant de me poser dans le pays où je suis présentement, au milieu des vignes, et assez près de la mer pour voir s'éclairer l'horizon, le matin à l'aube. Mais je ne peux en dire plus sans risquer d'être repéré par quelque chasseur de prime.

Toutefois, je garde toujours au cœur l'espoir de repasser un jour les Pyrénées. Je rêve chaque nuit à Bernarda, à son beau sourire, à son regard tendre et inquiet, et à la chaleur de son corps si doux. Et même le souvenir de son infirmité me poigne le cœur.

J'ai deux patries désormais, le cœur de Bernarda et mon pays de Cordes. Je jure de finir ma vie avec l'une et avec l'autre. Car l'espoir fait vivre, et j'aime toujours autant la vie.

*

Ce matin, je me suis exclamé :

— Je pars, c'est décidé. Je quitte ma cachette, je me jette à l'eau. Advienne que pourra !

À la nuit tombée je prends mon baluchon, ma petite bourse sous mon pourpoint et je file vers Perpignan sans avertir personne.

Après quelques jours de marche, j'arrive en plein midi dans la capitale du comté de Roussillon. Je me renseigne dans une auberge sur la situation dans le royaume de France. Et, discrètement, sur les progrès de l'Inquisition. À première vue personne n'a l'air d'y attacher beaucoup d'importance. Tout va bien, la voie est libre.

Je traverse les Corbières de part en part, par des sentiers secrets que ne connaissent que les pâtres et les bergers des âmes. Les Parfaits. Et ceux qui font métier de les accompagner, comme j'ai fait pendant plus de vingt ans. J'atteins Limoux sans histoire. À Fanjeaux une patrouille francimande m'arrête. J'ai acheté des babioles en Espagne, des aiguilles et des couteaux, du fil à coudre, des rubans, des carrés de soie, et je me fais passer pour un colporteur. Il faut croire que mon déguisement est réussi, car je ne suis pas davantage inquiété.

De Fanjeaux, je rejoins le monastère de Prouilhe. Je suis si ému que je crains de faire un malaise. Je demande à voir « ma soeur Bernarda, fille du seigneur de Lavelanet ». C'est ainsi que je me présente, le frère qui vient voir sa sœur. Je ne sais si ma femme est encore là, ou si elle a déserté le couvent pour aller à ma recherche.

J'attends au parloir. Le froissement léger de tissus rêches me met aux aguets. Derrière une robuste grille en fer forgé, les tentures s'ouvrent brutalement en grinçant sur les tringles, et je vois s'approcher une femme voilée, les yeux brillants. Je connais ce regard, ces beaux yeux verts à l'eau si pure. Une ride du front entre les sourcils est la marque de son attention anxieuse. C'est ma fleur de Montségur.

Bernarda m'apprend en pleurant d'émotion qu'elle a dû prononcer ses vœux, qu'elle s'appelle désormais sœur Cécile, et qu'elle a pris le voile pour intercéder en ma faveur auprès de Dieu et de la Vierge Marie.

— Je prie pour toi nuit et jour, insiste-t-elle.

Je m'écrie :

— Mais pourquoi ?

— Je prie Dieu et la Vierge Marie qu'ils te pardonnent le massacre des inquisiteurs à Avignonet, car c'est un crime abominable de tuer des moines désarmés. Dieu pourrait te refuser le paradis.

— Je n'ai tué personne de ma main !

— Je sais bien que tu n'es pas méchant. Je voudrais tant que nous nous retrouvions au ciel.

— Commençons par ici, sur terre…

— C'est impossible ! J'ai promis…

Tout en parlant, elle jette des coups d'œil à quelqu'un sur le côté, que je ne peux apercevoir, mais qui doit surveiller ses propos. Cherche-t-elle à donner le change ? À me protéger ?

Elle passe sa main blanche à travers la grille, caresse ma joue mouillée de larmes. Je saisis sa main pour y déposer mes lèvres, à l'intérieur de la paume, où commence le plaisir amoureux. Elle tressaille, rougit, murmure :

— Mon Imbert… Dieu a décidé de nous séparer. Obéissons.

— Dieu et le seigneur pape ! Et ses moines et moinesses, de bons petits soldats au service de la goulue !

Elle fronce les sourcils et porte rapidement ses mains à mes lèvres, comme pour me faire taire. Je gémis :

— Que vais-je devenir sans toi ?

— Repens-toi et demande une place dans le sein de la sainte Église romaine. Tu ne le regretteras pas. Elle est bonne et charitable pour les repentis.

Ses paroles débitées un peu machinalement m'irritent sérieusement. Je fronce les sourcils à mon tour :

— En attendant d'aller au ciel, je voudrais que tu viennes avec moi à Salles, dans mon château.

— Comment le pourrais-je ?

Je m'exalte :

— Nous étions si heureux ensemble. Nous nous étions juré de ne pas nous séparer.

— Tout cela est loin... J'ai changé !

— Nous sommes faits l'un pour l'autre, Bernarda, je le sais. Viens avec moi, je te protégerai de ceux qui te tiennent en lisière...

Bernarda veut répondre, mais deux religieuses apparaissent, le visage fermé, qui viennent dire à sœur Cécile, sur un ton ferme, que l'entretien est terminé. Mon épouse me fait un sourire navré et s'en retourne, docile comme une brebis, tandis que les rideaux se referment d'un coup.

Je suis stupéfait. Je refuse de quitter la place, mais après une longue attente, je n'ai rien de mieux à faire que de tourner les talons, bouleversé et furieux. Je ne puis m'enlever de l'idée que Bernarda a tenu des propos sages et conformes aux souhaits des vainqueurs pour me protéger. Il est vrai que je suis toujours recherché.

Mon bagage de colporteur, que j'avais laissé à l'extérieur du monastère, a disparu. Tant mieux, pensai-je, c'est une charge en moins. J'allais quitter le métier en arrivant à Salles.

À l'approche de Cordes, j'ai du mal à reconnaître les abords. La ville s'est encore étendue, elle déborde largement des premières murailles. À l'intérieur, la cité n'est qu'une suite de belles demeures en pierres et en bois, avec de multiples encorbellements sur des solives sculptées.

Le palais de mon frère s'ouvre dans la rue principale. Il est proche de la grand place, de la halle et du grand puits qui me servit un jour à échapper aux soldats. Et au bûcher !

Au fond, j'ai passé ma vie à fuir. Je me sermonne : il faut que cette course cesse ! Par tous les moyens ! Quelle femme serait assez folle pour vivre avec une étoile filante !

La façade du palais occupe trois travées, chacune d'un niveau différent pour respecter la pente. Le rez-de-chaussée est ouvert sur les remises et les écuries par de grandes arcades brisées. On y voit à travers de solides claustras de bois des ballots en attente de livraison. Mon frère est dans le négoce des draps et du pastel. Il est aussi banquier.

La façade du premier étage est superbe, éclairée par de vastes baies géminées partagées par d'élégantes colonnettes. Les tympans trilobés à la mode nouvelle sont ajourés de rosaces en verre coloré. Un cordon court sous les larmiers, portant des petits animaux et des créatures imaginaires. Le deuxième étage est moins haut, plus simple. Un grenier bien aéré couronne le tout, souligné d'un cordon tiré à chaque bout par des personnages qui montrent leurs fesses aux passants (je reconnais là les goûts raffinés d'Adémar).

En bas, un portier qui vit dans une cellule sombre

surveille les entrées. Je me fais connaître et demande à voir mon frère. Le vieil homme qui ne connaissait pas mon existence envoie un commis prévenir le maître de maison qui descend immédiatement, comme s'il avait le diable aux trousses. « Pour t'éviter les fatigues de l'escalier », me dit-il. Je comprends qu'il ne veut pas me laisser pénétrer dans l'intimité de sa demeure.

La bouche amère, roulant des yeux de chèvre, il ne cache pas son déplaisir de me revoir et me rappelle sur un ton mal aimable qu'il m'a promis de me dénoncer s'il me revoyait à Cordes.

Je lui réponds que je n'ai nulle intention de le fréquenter. Je veux simplement aller m'enfermer dans le château de Salles, la demeure de nos aïeux, pour n'en plus sortir. Son épouse apparaît avec une servante. Curieuse, elle demande à Adémar qui je suis. Mon frère n'ose me présenter comme un de ses clients, ou un inconnu de passage. Il me nomme.

Sa femme, Tiburge, marque sa surprise. Elle me connaît de réputation, car à Cordes personne ne m'a oublié. Il arrive que j'apparaisse encore dans les conversations, quand il s'agit de résister à la traque romaine.

Ma belle-sœur m'invite à monter. Un escalier dans la cour intérieure mène à une galerie qui ouvre sur une pièce vaste et lumineuse, haute de plafond et décorée somptueusement. Le sol est dallé de carreaux de terre cuite émaillée à motifs floraux.

Les rayons du soleil entrent à flots par les larges baies du côté de la rue, se colorant de jaune, de rouge, de vert et de bleu en passant à travers les vitres à maille de plomb qui ferment les fenêtres.

Une grande cheminée abrite un feu entretenu par un jeune valet, fort réjouissant par cette fraîche matinée. Il éclaire une plaque de foyer aux armes d'Adémar de Salles. Des armes inventées que je ne connaissais pas.

Une grande table massive aux pieds tordus occupe un côté de la salle. Des coupes de fruits, des friandises, des échaudés et des pâtés y sont rassemblés en prévision du repas.

— Avez-vous mangé, Imbert, me demande Tiburge qui n'a pas manqué de surprendre mon regard insistant vers les provisions.

— Hier, je crois.

— Mon Dieu ! Eh bien, mettons-nous à table. Quoi de plus agréable que de parler en mangeant et en buvant. Votre frère ne me démentira pas.

Le ton est railleur.

Les serviteurs qui patientaient viennent finir de mettre la table et Tiburge s'installe à une extrémité, tandis qu'Adémar se place à l'autre, comme chez les grands seigneurs. Je m'assieds entre les deux, tout en me demandant quel genre de conversation ils entretiendront aux repas quand l'âge les aura rendus sourds. Par signes ?

Des valets nous portent du vin et des plats

chauds. J'observe qu'ils sont bien mieux habillés que moi, dont les habits grossiers sont râpés, et dont les coutures rient aux éclats en montrant leur fil. Mais mes hôtes n'y prêtent pas attention. Ma misère doit faire partie du personnage.

En face de moi, sur des crédences ouvragées sont exposés des plats en argent, des coupes d'or, d'argent, des hanaps en vermeil, des pots précieux. Au centre, une sorte de nef en cristal de roche contient les épices les plus chères. Les murs sont à peine visibles sous les tapisseries. Le plafond est une merveille. La vie y est peinte dans son foisonnement quotidien, sur les poutres et les entrevous. Sur les solives courent des oiseaux et des animaux sauvages que des chasseurs accompagnés de chiens chassent dans des scènes charmantes sur les panneaux des entrevous. Des étangs, des collines où vivent des villages, des forêts parcourues de chemins sinueux servent de cadre. Des lévriers courent après des lapins et des lièvres, un valet tue un sanglier d'un coup d'épieu. Plus loin, c'est un renard qui bondit sur un coq de basse-cour. Un autre est poursuivi par un molosse à collier à pointe.

Tout autour, une large frise aligne des musiciens armés de divers instruments. Un couple sur un banc de gazon se conte fleurette.

Dans chaque coin, un ange emporte une âme.

Je me perds dans la contemplation du plafond et en oublie de manger. Tiburge s'inquiète :

— Vous êtes mon beau-frère, Imbert, sachez que cette maison vous est ouverte. Ainsi que sa table.

— Savez-vous, chère belle-sœur, que pour l'évêque d'Albi je suis le diable en personne ?

Tiburge se récrie d'un petit rire cristallin sans méchanceté.

— Moi je sais bien que vous n'êtes pas le diable.

Mon frère Adémar, le visage courroucé, intervient brutalement. L'amitié que me manifeste imprudemment son épouse le contrarie beaucoup.

— Vous oubliez, ma femme, que cet individu est hérétique et relaps, et qu'il est en conséquence recherché pour être brûlé, ce qui m'est bien égal. Mais il nous expose à la confiscation de nos biens si nous lui portons secours.

Tiburge hausse les épaules :

— Jésus a bien aidé la Samaritaine, et sauvé de la méchanceté publique une prostituée.

— Je l'avais averti que je le dénoncerais s'il revenait. Évidemment, il ne tient aucun compte de ce que je lui dis.

— Vous n'allez pas dénoncer votre frère, Adémar, tout de même, s'exclame Tiburge en rougissant de colère.

— Il est prévenu ! Je ne veux pas me retrouver sur la paille à cause de lui. Cet homme qui est mon frère, dit-on, ne m'aura causé que des ennuis.

— Vous n'avez plus votre bon sens, mon ami,

c'est l'or et l'argent qui vous aveugle, je suppose…

Adémar ricane :

— Je ne vous avais pas encore entendu vous plaindre de mon argent.

— Je ne m'en plains pas ! Et je prie tous les jours le Seigneur qu'il ne nous soit pas enlevé. Mais l'amour d'un frère, né de la même mère, est plus sacré que tout.

— Nous en reparlerons quand il sera emprisonné au palais de Berbie, et que sous la torture il aura avoué que son frère l'a fait évader du Mur de Carcassonne ! Vous expliquerez aux sbires de l'évêque, quand ils viendront faire l'inventaire de nos biens pour les emporter, que les liens fraternels sont sacrés.

Il se tourne vers moi :

— Tu vas t'enfermer dans notre château de Salles sans regarder à gauche ni à droite, et que je n'entende plus parler de toi ! Attention ! Si tu sors de ta coquille…

Je m'incline respectueusement :

— Que de magnanimité mon frère ! Tes désirs sont des ordres pour moi, sache-le.

— Ce sont des ordres !

— Toutefois…

— Il n'y a pas de conditions ! Fini les bavardages, les complaintes, les réclamations !

— Toutefois, pour que mon bonheur soit parfait…

— Je me préoccupe de ton bonheur comme de mon premier lange !

— Toutefois, je ne pourrais vivre heureux sans ma femme, tu le comprends.

— Vous avez une femme, Imbert ? s'exclame Tiburge, émoustillée par une nouvelle si inattendue, racontez-nous ! Qui est-ce ?

— La fille de Bérenger de Lavelanet, sa fille cadette, Bernarda.

— Bernarda… Où est-elle ?

— Dans un couvent. Une sorte de prison pour les hérétiques repenties.

— Qu'elle y reste ! intervient Adémar. Ne compte pas sur moi pour la sortir de là. Je me suis suffisamment fait remarquer avec toi.

— Justement… Mon dernier vœu…

Tourné vers Tiburge, je continue :

— Le plus cher à mon cœur… Non ! Je ne pourrais vivre sans Bernarda ! Tout ce que je te demande, mon frère, c'est de faire pour un de mes bons amis ce que tu as fait pour moi.

— Quoi ?

— Le tirer de la prison de Carcassonne.

— Et pourquoi ?

— Parce que j'ai besoin de lui pour délivrer Bernarda qui dépérit dans sa prison de Prouilhe.

— Prouilhe n'est pas une prison, c'est un couvent.

— C'est pareil, il est aussi difficile de s'en évader.

Et même davantage : on ne peut y corrompre personne. Donc, résumons : tu vas voir le gardien que tu connais, au Mur de Carcassonne, tu lui donnes un marc d'argent, deux si les prix ont monté, et tu reviens avec mon ami Jean, dit Jean le Pourfendeur, ancien frère convers de l'abbaye de Belloc. Je m'occupe du reste.

Adémar n'a pas encore réagi que Tiburge répond à sa place. Elle me sourit en clignant des yeux :

— Nous le ferons, Imbert. Vous pouvez compter sur moi.

Adémar tente de s'interposer, mais sa femme l'arrête d'une main autoritaire :

— Non mon ami, vous n'allez pas refuser de tendre la main à votre frère qui se noie, et à votre belle-sœur, la petite Bernarda, qui est prisonnière et qui pleure tous les soirs au fond d'une cellule. Votre famille est dans les tourments et vous allez fermer les yeux ?

— Ce n'est pas moi qui les ai poussés dans l'abîme. Ils y sont allés d'eux-mêmes. Qu'ils s'arrangent maintenant !

— Vous voyez bien qu'ils s'aiment ! lance Tiburge exaspérée, considérant l'argument nécessaire et suffisant.

XIX

La grotte du Dragon

Je m'installe discrètement, mais confortablement à Salles. Je passe mes journées à battre la campagne, et à repérer les terres à vignes. Mon plus grand désir, en dehors de vivre avec ma femme tendrement aimée, serait de planter une belle et grande vigne. Car cultiver la vigne est le métier le plus savant et le plus noble que je connaisse. Et j'aime le vin plus que tout.

Un jour, la fantaisie me prend de revenir dans la grotte du dragon. Je m'y rends seul, pour ne pas prêter le flanc à la moquerie en exposant mes terreurs d'enfant, qui ne sont peut-être pas encore éteintes aujourd'hui. On ne sait jamais. Car nous ne nous débarrassons jamais de nos premiers émois.

Je contourne le puech de Mordagne jusqu'à un bosquet sauvage au milieu duquel autrefois surgissait une source. Les chevaliers y faisaient boire les chevaux et la caverne était proche. J'attache ma monture sous un chêne et me mets à parcourir les fourrés. Je tombe sur un chemin doux et poussiéreux qui semble fort emprunté. Il me mène après quelques tours et détours jusqu'à l'entrée de la grotte.

J'ai emporté des torches, des pierres à feu et de l'étoupe. Quand ma première torche est bien enflammée, je m'enfonce dans l'ombre de la caverne. Des gouttes d'eau tombent sur le sol avec un bruit mat. Bientôt, ce petit bruit est remplacé par un souffle rauque, puissant, des grincements de vieux cuir, des coups frappés comme si le monstre sentant ma présence commençait à s'irriter et piaffait de colère. Une peur enfantine m'envahit à nouveau et j'ai très envie de m'en retourner.

Mais l'orgueil du soldat résiste, ainsi que la peur du ridicule. J'ai vu la mort de si près, si souvent, que plus rien ne peut me faire reculer, en principe. Et s'il y a un mystère derrière ces bruits inquiétants, il est fait pour être dévoilé.

Ma bonne épée bien en main, je m'enfonce dans les ténèbres souterraines en me répétant que toutes ces histoires de l'enfance ne sont que des balivernes.

Bientôt une faible lueur au loin me guide. Après une longue galerie, je débouche dans une vaste salle éclairée vaguement par quelques flambeaux passés dans des anneaux, et des feux de forge. Les feux rougeoient sous le souffle bruyant d'énormes soufflets qu'actionnent des créatures noires et luisantes de sueur. Suis-je tombé en enfer ? D'autres créatures découpent dans des feuilles argentées des sortes de médailles, qu'elles arrondissent avec une tenaille avant de les jeter dans des paniers. Ces médailles sont emportées dans une autre salle, invisible, mais qui résonne affreusement de grands coups sourds.

L'antre du dragon de Mordagne est un atelier de fausse monnaie ! On y coule des alliages pauvres en métal précieux pour fabriquer de faux deniers d'argent, frappés avec une copie des coins royaux, ou peut-être ceux du comte de Toulouse. À moins que ce ne soit ceux de l'évêque d'Albi, qui lui aussi a le privilège de frapper monnaie. Un comble !

Chaque faux-monnayeur est si concentré sur son travail que personne ne remarque ma présence. Je songe à l'extraordinaire durée de vie de cet atelier clandestin, que j'ai connu enfant. Est-il possible que personne ne se soit douté de son existence ? Que personne n'ait osé le dénoncer ? Et maintenant, que vais-je faire ?

Une présence derrière moi m'oblige à remettre à plus tard ce débat. Je sens une lame pointue contre mes côtes. Je me retourne et vois un homme, un poignard à la main, qui me presse en montrant les dents. Je n'ai pas fait la guerre pendant trente ans pour rien. Lâchant ma torche je pare son coup avec mon épée, et saisis son poignet pour le désarmer. Ma large lame, venue comme par enchantement contre son cou, se prépare à lui tracer un large sourire sous le menton.

Je n'aime pas qu'on me menace.

Je pousse mon adversaire sous une torche et le plaquant contre le rocher j'examine son visage. La surprise est totale ! Incrédule, je pousse un cri :

— Mon frère !

Il me répond :

— Mon frère !

— Mais que fais-tu là ?

— Et toi ?

Je suis bien obligé de le relâcher. Il m'apostrophe, furibond :

— Toujours à mettre ton nez dans les affaires des autres, Imbert ! C'est plus fort que toi ! Tu devrais te faire embaucher par l'Office de l'Inquisition !

— J'y penserai... mais je ne savais pas que tu faisais le banquier dans un atelier de faux monnayage, Adémar. Il va falloir que tu m'expliques...

— Je n'ai rien à t'expliquer ! Cet atelier est à moi. Je l'ai acheté. Et toi tu n'as rien à faire ici ! Disparais avant que je me fâche, sale cathare !

— Tout doux, mon frère ! Ne me parle pas sur ce ton, s'il te plaît. Si j'allais raconter ce que j'ai vu au comte de Toulouse, ou à l'évêque d'Albi, tu pourrais avoir bien des ennuis...

— Pourquoi ?

— Tu le sais bien : le comte de Toulouse a un atelier monétaire à Castelnau de Lévis, qu'il partage avec l'évêque d'Albi. Cet atelier est autorisé par le roi. Le tien non !

— Qu'en sais-tu ?

— S'il était autorisé, tu quitterais immédiatement cet endroit infernal pour aller travailler au grand jour, dans un endroit vaste et ensoleillé, bien aéré et facile d'accès.

Adémar gonfle sa poitrine.

— Je ne fais rien d'illégal.

— Jusqu'à ce que le viguier d'Albi ou le sénéchal de Toulouse en entendent parler…

Adémar laisse venir un petit rire féroce.

— J'ai tout le monde dans ma poche. Les officiers du roi comme ceux de l'évêque sont si mal payés qu'une poignée de deniers aux quatre fêtes de l'année liturgique leur fait l'effet du marchand de sable : ils ferment les yeux.

— Moi, je ne ferme pas les yeux.

— Toi, avec ton passé de sale hérétique qui te colle à la peau, ne t'avise pas de me dénoncer. Il suffirait que j'écrive à l'évêque d'Albi pour lui annoncer que tu es revenu et que tu fréquentes à nouveau la secte, pour que tu sois déclaré relaps, et voué au bûcher sans pitié.

— Il suffirait que je déclare que tu fabriques de la fausse monnaie pour que tu sois plongé dans un grand chaudron d'eau bouillante. C'est le tarif pour les faussaires, et tu le sais. Sans parler de la confiscation de tous tes biens et de ton magnifique palais. Tu dois exciter bien des convoitises. Je serais très étonné que l'évêque, bien renseigné par moi, ne trouve pas le moyen de se débarrasser de toi, quitte à payer de faux témoins avec ta fausse monnaie. Ton palais de Cordes serait parfait comme résidence d'été de Monseigneur…

Adémar soupire bruyamment, secoue la tête et grimace :

— Allons mon frère, pourquoi nous faire du mal ? Ne faisons pas comme Abel et Caïn…

— C'est toi Caïn !

— Essayons de trouver un terrain d'entente.

— D'accord, je n'ai rien vu. Pour la paix, tu me donneras le château de Salles en pleine propriété, afin que j'y finisse mes jours paisiblement, avec mon épouse. Et toutes les terres, droits et dépendances qui y sont attachés. Un château, ça coûte cher à entretenir.

— C'est énorme ! Que veux-tu faire de toutes ces richesses ? C'est beaucoup trop pour toi !

— Je m'y ferai à la longue… C'est à la mesure des revenus que tu as empochés seul pendant que je faisais la guerre. Ce n'est que justice que je recouvre mes droits anciens.

— Bon ! Mais qu'est-ce qui me garantit qu'un jour tu ne vas pas me dénoncer pour l'atelier ?

— Rien de plus simple, tu vas le fermer.

— Tu es fou !

— C'est toi qui es fou. L'argent rend fou, c'est bien connu. Tu vas fermer ton atelier et tu retrouveras sans peine ton bon sens.

Comprenant qu'il a beaucoup plus à perdre que moi dans ce bras de fer fraternel, et harcelé par Tiburge devenue une précieuse alliée, Adémar finit par s'exécuter. Il convoque chez lui un notaire et lui fait écrire sur un beau parchemin qu'il me donne le château de nos ancêtres, à Salles, en pleine propriété, avec toutes les terres et droits afférents. Puis il ferme l'atelier, non pour me faire plaisir, mais parce qu'il sent bien que l'existence de cet atelier de faussaire menace à terme sa fortune. Les temps ont changé et l'administration royale, qui a longtemps ménagé le peuple du pays cordais pour mieux se faire apprécier, et tailler des croupières à l'évêque, le grand rival, commence à se comporter en maître.

Reste une condition à remplir pour oublier les trafics de mon grand frère. Et le laisser vaquer librement à ses affaires bancaires, et m'effacer de sa vie : retrouver mon épouse, ma douce et tendre Bernarda. La clef de mon bonheur total.

XX

Infiltration

Depuis la colline de Fanjeaux, je contemple les murs du couvent de Prouilhe, le couvent des repenties, où est enfermée ma douce épouse. Un couvent en double exemplaire, car aux femmes repenties, chères au cœur de saint Dominique, est venue s'agréger une communauté d'hommes, jaloux de la sainteté des lieux qui mène au salut éternel.

Un couvent double avec deux églises, deux cloîtres, des clochetons, des bâtiments rajoutés dans tous les sens au cours des années, l'Inquisition favorisant les vocations, vocations tardives pour la plupart, mais impérieuses quand la menace du bûcher se rapproche. Donc à droite les hommes, avec leur grand porche d'entrée, la porterie, l'hospice, les communs et tout autour des attelages, du mouvement, des cris ; à gauche les femmes. Leur entrée est discrète, silencieuse, précédée d'une allée de buis.

J'observe tout encore une fois. Dans peu de temps,[2] si Dieu le veut, je serai au service des frères, avec mon ami Jean. Mon idée est d'aller me présenter au monastère, du côté des hommes bien sûr, et de m'offrir comme frère convers, frère lai, pour œuvrer avec nos mains à la bonne marche de la communauté. J'imagine que les moines dont l'occupation principale est de prier et de chanter tout au long du jour nous accueilleront, Jean et moi, et nos bras, avec joie.

J'ai laissé Adémar se rendre seul à Carcassonne, à la prison épiscopale. À l'heure qu'il est, il doit être en train de négocier avec le geôlier en chef la libération de Jean. J'ai confiance dans le geôlier. Il ne refusera pas les marcs d'argent. L'honnêteté est une vertu de naissance, comme la force physique et le don du sommeil. Celui qui vend sa foi une première fois, le fera toute sa vie. Il est né pour le commerce.

Quelques jours après apparaissent sous des hardes de pèlerins, le bourdon à la main, deux hommes qui me réclament au patron de l'auberge. Je les reconnais à leur stature. L'un est grand et gras, ventripotent. Sa bedaine florissante qui tend sa tunique à craquer ouvre sa chape à chaque pas. On a du mal à croire qu'il marche de sanctuaire en sanctuaire sur les routes de la chrétienté, jeûnant et priant pour le salut de son âme. C'est mon frère.

L'autre est maigre, les os saillants, le visage émacié, dévoré par les poils d'une barbe poivre et sel qui grimpe le long de ses joues blafardes, comme le lierre sur une façade ; les boucles sauvages de sa chevelure se mélangent d'un côté à ses sourcils en broussaille et de l'autre descendent en touffes hirsutes sur une nuque sèche et tendineuse. Une face à faire peur. C'est Jean, après quelques mois passés au Mur, au pain sec et à l'eau.

Je serre la main de mon frère qui répugne à m'embrasser et me tourne vers mon fidèle compagnon de lutte. Nous tombons dans les bras l'un de l'autre. Jean ne dit pas un mot, secoué par les sanglots. Il doit être bien fatigué et bien las de la vie pour s'abandonner à une telle faiblesse. Je ne me souviens pas de l'avoir vu pleurer une seule fois par le passé.

Après les effusions, nous nous attablons pour un solide repas et Adémar nous quitte, mission accomplie. Il me rappelle sur un ton malveillant qu'il espère ne plus me revoir, maintenant que je l'ai à moitié ruiné. Je lui souris et lui fais observer que quelques marcs d'argent sont loin de faire la moitié de sa fortune, et que ce qu'il a perdu ferait le bonheur de nombreuses familles. Il tourne les talons en souhaitant de vive voix que le diable m'emporte.

— C'est bien ton frère, ton vrai frère ? me demande Jean, surpris par notre animosité.

— Hélas oui ! On ne choisit pas sa famille.

— Moi je n'en ai plus, soupire Jean tristement.

— C'est moins de soucis. Et de chagrins.

— Aujourd'hui je le regrette beaucoup.

— C'est moi ta famille, Jean. Tu es un frère pour moi. Je ne t'abandonnerai jamais. C'est moi qui t'ai fait quitter la prison.

Jean me serre la main avec un empressement nerveux. Je le sens perdu, désespéré.

— Tu sais Jean, ne te demande pas ce que tu vas devenir. Je t'embauche, j'ai besoin de toi.

— À ton service !

— Voilà ! Bernarda est enfermée dans un couvent, le couvent des hérétiques repentis, à Prouilhe.

Il hoche la tête avec fermeté.

— J'en ai entendu parler.

— Il est là-bas, sous nos yeux. Bernarda est dans les bâtiments des femmes, à gauche. Je veux délivrer Bernarda et l'emmener chez moi, à Salles.

Jean cligne des yeux en signe de complicité. Il est prêt. Inutile de se lancer dans de longues explications pour le rallier à ma cause.

Son regard fatigué me fait pitié. Il est le reflet d'un homme habitué au grand air, aux grandes actions, et qu'on a enfermé pendant des mois dans un cachot sans lumière, trop étroit pour marcher et s'éloigner de ses immondices, trop bas pour se lever, nourri de pain moisi et d'eau sale. Ce régime inhumain, mis au point par les moines de l'Inquisition à l'aide d'observations savantes, un soin méticuleux, une rigueur extrême, a pour but d'affaiblir les prisonniers, de les désespérer puis, par des paroles mielleuses et la promesse d'un retour rapide à la lumière du jour, de les inciter à parler et à dénoncer parents et amis. La tentation, dit-on, est irrésistible. La méthode ne connaît pas d'échec.

Qu'a avoué Jean ? Qui a-t-il dénoncé ? Je ne lui pose pas la question. Son corps décharné, faible, son front jaune, ses yeux pâles sans vie, ses mains tremblantes, les plaies purulentes à ses poignets et à ses chevilles, qui portaient les fers, ne suscitent en moi que de la pitié, de la compassion, et un chaud élan d'amitié.

Je n'oublie pas que c'est moi, au monastère de Belloc, qui l'ai embarqué dans cette galère.

Après quelques jours de repos pour Jean, et pour moi d'attente fébrile, nous descendons un soir au couvent de Prouilhe. J'ai recommandé à mon compagnon de ne jamais faire allusion à Montségur. Nous nous présentons comme des pèlerins sur le chemin de Compostelle, le bâton à la main, et nous passons la nuit à l'hospice. Au matin, je fais part au frère aumônier de notre désir de rester dans le monastère comme frères convers, chargés des tâches manuelles. « Pour le pardon de nos péchés ! » je précise, pour endormir la méfiance du moine.

Le frère aumônier nous demande d'être patients, car un postulant au noviciat dans le monastère doit persister dans sa demande pendant plusieurs jours pour montrer que son désir de mener une vie monastique n'est pas venu d'un caprice, sur un coup de tête, ou par opportunité.

Je suis confiant cependant. La venue d'hommes de peine dans un monastère à moitié féminin, où les sœurs ne peuvent accomplir de tâches pénibles, sera pour le père abbé une bénédiction. D'autant qu'après la guerre, et la construction de villes nouvelles qui se multiplient dans le comté de Toulouse, les vocations se font rares chez les convers. Deux hommes vaillants qui ne regardent pas à la fatigue et ne réclament qu'à manger et dormir, c'est un don du ciel.

C'est aussi ce que pense certainement le père supérieur, qui est si étonné de notre candidature qu'il vient en personne nous voir au logis des hôtes, dès le premier jour. Comme s'il craignait que l'attente nous décourage et, réflexion faite, nous fasse renoncer. Il est accompagné du maître des frères convers, un homme effacé et bon. L'abbé est tout le contraire, grand, charpenté, entreprenant. D'une amabilité agressive. Malgré sa couronne de fins cheveux blancs qui le classe dans les hommes âgés, il semble taillé dans la pierre à bâtir.

Il nous apostrophe d'une voix forte :

— Je ne vous demande pas d'où vous venez, vous mentiriez. Sachez que je me soucie comme d'un pou de mouton de vos crimes passés, dont vous répondrez le moment venu devant notre juge à tous. Mais considérant le travail manuel comme une prière qui compte double, selon les commentaires de saint Colomban, je puis vous promettre qu'en travaillant à l'œuvre de notre monastère, vous aurez la meilleure place quand adviendra le Jugement dernier. Vous serez mieux placés, du moins je l'estime, que beaucoup d'entre nous.

Après nous avoir exposé les conditions matérielles de notre vie au couvent et les grandes lignes de notre travail, l'abbé nous renvoie par quelques paroles solennelles :

— Sanglés de la foi et de la pratique des bonnes actions, et guidés par l'Évangile, allez et restez dans les voies que Dieu nous trace. Gardez toujours espoir en Jésus-Christ et mettez-vous au travail sans plus attendre. Nos besoins sont immenses. Frère Joseph va s'occuper de vous, conclut le père abbé en nous bénissant.

Manifestement, c'est le labeur, davantage que le salut de notre âme, qui ne peut attendre.

Frère Joseph nous rappelle que nous avons un an pour prononcer nos vœux définitifs et nous envoie au vestiaire. Nous y laissons nos vêtements contre deux coules et deux tuniques qui sont loin d'être neuves, des bas et des souliers, et des fémoraux pour l'hiver, tout usagés et d'une propreté douteuse.

C'est toute la cérémonie à laquelle nous avons droit pour entrer au monastère de Prouilhe. Il est vrai, par la petite porte.

*

J'ai convenu avec Jean de nous déclarer charretiers de métier. Rouliers. C'est une bonne manière de pénétrer chez les sœurs, pour livrer le foin, le bois, les denrées de toutes sortes, et même le vin, car les femmes y ont droit et le réclament.

Ma présence dans le couvent des femmes, obligatoire à certains moments, me permettra de prendre contact avec Bernarda et de l'enlever. Tel est mon plan.

Nous logeons dans une grange écartée, sur laquelle s'est greffée une ferme qui alimente le monastère en viande et en légumes. Et en laine de mouton. Nous avons la charge des charrois, et la garde des mules et des bêtes de somme, des animaux de traits, des chevaux. L'abbé nous a recommandé son mulet.

J'ai aussi à mener les vignes, avec l'aide incertaine de brassiers[30] nés au pays. Ils ont un salaire, mais ils réclament toujours plus en travaillant toujours moins. Je m'inquiète pour les vendanges, qui réclament du monde. Quand le vin sera en cave, avant d'être servi aux tables des moines et moniales, je pourrai peut-être respirer un peu.

Ce travail écrasant ne nous laisse aucun répit, aucun loisir, et nous empêche de suivre la plupart des offices, sauf le dimanche et les jours de fête solennelle. Mais personne autour de nous ne s'en plaint, car nous sommes sans surveillance pourvu que le travail avance.

La première fois que je pénètre dans le couvent des femmes à la tête de mon attelage de bœufs, et que je passe, sous la surveillance du portier – un laïc –, la porte de la haute clôture, je découvre une vaste cour, bordée au fond par des bâtiments conventuels qui nous tournent le dos, et sur un côté, par l'église des femmes construite par saint Dominique, ou plutôt agrandie par lui, car une chapelle existait là depuis la nuit des temps. L'entrée de l'église est ailleurs dans le couvent, tandis qu'un îlot de cabanes poursuit et achève le côté. Douze cabanes serrées sur trois rangs derrière une clôture plus basse que celle de l'entrée.

Une servante vient m'accueillir et me guider. Elle dit s'appeler Lucia, et m'explique que ces petites constructions datent des premiers temps du monastère, quand saint Dominique ramena à la foi catholique une douzaine de femmes hérétiques et qu'il voulut les installer dans une vie religieuse. Je demande à Lucia si ces maisonnettes sont encore utilisées. Certaines donnent des signes de ruine prochaine et je ne peux croire qu'elles servent encore.

— Les laures ? Elles doivent disparaître, me confie la servante. Elles seront remplacées par un bâtiment communautaire. En attendant, elles abritent encore les Bonnes Dames.

— Celles qui ont l'entendement du Bien ? fais-je imprudemment.

Lucia me jette un regard scrutateur, hésite à me poser une question qui picote le bout de sa langue et poursuit :

— L'abbé du couvent ne veut pas qu'elles se mélangent avec celles qui sont venues par vocation. À cause de l'infection d'hérésie, qui est contagieuse.

— L'infection d'hérésie… Diable diable ! Ce sont des pestiférées, ces femmes !

La servante lève les yeux au ciel avec un air de martyre livrée aux lions :

— La croisade est passée par là.

Ses mimiques me font penser que je peux lui poser des questions très personnelles. Après tout, elle n'est pas religieuse, elle est une simple servante et, s'il s'avérait que nous sommes de la même foi, j'aurais au couvent une alliée et une aide précieuse. Si je me suis trompé sur son compte, je réparerai en lui offrant des fruits de la ferme, qui ne me coûtent rien.

— Vous êtes ici depuis longtemps, Lucia ?

— Deux ans et un peu plus.

— Vous aviez à vous faire pardonner quelque faute, peut-être…

— Que voulez-vous dire ?

— Pour quelles raisons êtes-vous venue vous enfermer dans un couvent ? Pour la bonne ou la mauvaise foi ?

— Ce qui est mauvais d'un côté est bon de l'autre…

Il me faut absolument une complicité chez les femmes. Tant pis, je me lance :

— Moi par exemple, je suis ici pour échapper aux griffes de l'Inquisition, cette invention diabolique du seigneur pape.

Lucia m'observe, médusée. Elle n'aurait jamais pensé que j'allais lui déballer aussi franchement les tribulations de mon existence. Et mon opinion sur le chef de l'Église de Rome. Elle éclate de rire :

— Vous devriez garder pour vous ce genre de confidence, frère Imbert. Ici les murs ont des oreilles.

— Mais vous n'en parlerez à personne, certainement. Nous sommes faits du même bois, je pense.

Elle hoche la tête sans un mot et me montre sur un côté de la cour les jardins et les vergers :

— La paille, c'est pour là-bas. Ensuite, nous irons au cellier.

Quand tout a été rangé, et que je me prépare à repartir, Lucia me recommande sur un ton ferme :

— Ne parlez pas de tout ça ici, frère Imbert.

— Je pensais que le monastère de Prouilhe était le temple du pardon pour les frères égarés.

— C'est surtout le temple de la jalousie et de la médisance… ricane-t-elle.

Elle se tait en voyant venir vers nous une religieuse encore jeune, au visage doux et agréable serré dans une guimpe immaculée.

— La mère supérieure, me chuchote-t-elle.

— Frère Imbert, lui lancé-je en la saluant avec humilité, plié en deux, pour vous servir ma mère.

— Dieu vous bénisse, frère Imbert. C'est vous le dernier novice ? L'abbé m'a parlé de vous. Que nous avez-vous apporté ?

— De la paille, ma mère, pour pailler votre jardin et votre verger avant l'hiver. Et quelques tonneaux de vin de l'an dernier. Il ne peut guère se boire que dans les monastères, en guise de pénitence. Du moins à mon avis. Mais je dois libérer la cave pour la nouvelle vendange.

— Où avez-vous appris à faire le vin frère Imbert ? Votre famille avait-elle des vignes ?

Je ne peux lui révéler que j'ai appris le métier en Catalogne. Autant avouer que j'étais un faidit. Je ne peux non plus citer mon pays du Gaillacois, car c'est là que j'irai me réfugier avec mon épouse. Je réponds :

— Dans le Minervois. Ma famille y avait quelques vignes. Et je vous apporte des châtaignes de la Montagne Noire, ma mère. L'un ira très bien avec l'autre.

— Je vous remercie, frère Imbert. Et remerciez le père abbé pour toutes ces richesses que Dieu nous donne et qu'il met à notre disposition. Je suppose que vous vous plaisez chez nous, frère Imbert.

Il y a dans cet établissement un esprit de sainteté et de miséricorde plus marqué qu'ailleurs, dit-on. Mais votre travail n'est-il pas trop pénible ? Il y a tant à faire ! Et si peu de bras, avec ces guerres !

— Oh ! ma mère ! Jamais je ne pourrais m'enfermer dans une cellule comme vous le faites, à prier et à chanter tout au long du jour. J'ai besoin de grand air, et de m'occuper les mains. C'est mon tempérament. C'est ma façon de louer Dieu.

La prieure approuve d'un mouvement de tête passionné :

— Je vous comprends, frère Imbert ! Il m'arrive de regretter la contemplation des champs, le travail rustique, l'affection que l'on peut porter aux animaux. Je me demande quelquefois si les animaux n'ont pas une âme. Ce sont des créatures de Dieu, ne l'oublions pas.

Je hausse les épaules en signe d'impuissance, car je ne puis répondre à une question si difficile.

— Je ne sais pas, ma mère, mais je pense que vous devriez amener vos ouailles à la ferme, pour les beaux jours qui nous restent. Vos sœurs s'y détendront et s'y instruiront. Je leur montrerai combien Dieu est généreux et bon en mettant à notre disposition tous les fruits de la terre.

La prieure sourit, m'observe d'un œil intéressé.

— C'est une bonne idée, frère Imbert, que vous me donnez là. Je vais y réfléchir.

Le soir, je rentre à la grange le cœur en fête. Je

répète à Jean ce que la prieure m'a promis. Toutes les bonnes sœurs vont venir défiler devant nous. Mais Jean ne croit pas que les « Bonnes Dames » seront de la visite.

*

Jean s'est trompé. Toutes les religieuses sont là, sauf celles qui sont malades, s'il y en a. Cependant, il n'y a pas ma femme. Où est-elle ? Je ne peux demander de ses nouvelles sans risquer de me découvrir. Peut-être a-t-elle déjà quitté le monastère, mais pour aller où ?

— Ma mère, combien avez-vous de sœurs dans votre monastère ?

— Trente-cinq, et moi.

— Vous comptez les repenties.

— Évidemment !

— Il en manque... Vous en avez perdu en chemin ?

— Trois sont malades, et trop faibles pour une si longue course.

— Si vous voulez, ma mère, la prochaine fois, je viendrai les chercher avec mon charreton. Pour qu'elles profitent de l'air de la campagne, qui leur fera le plus grand bien. C'est elles qui en ont le plus besoin.

— Pourquoi pas ? Nous verrons ça la semaine prochaine.

Je guide les religieuses vers nos élevages de canards, d'oies, de poules, de lapins, de cochons, de chèvres. Elles s'exclament comme des enfants. Puis nous visitons les étables, les écuries. La bergerie est trop loin, nous irons une autre fois. Je fais pénétrer les sœurs dans la pénombre de la cave. Elles hésitent à entrer et s'extasient devant les pressoirs et la futaille gigantesque.

Après que je leur ai décrit dans le détail l'activité qu'engendre une si grande installation, les femmes sont admiratives. La supérieure s'exclame :

— Vous êtes un don de Dieu, frère Imbert, pour notre couvent. Vous êtes si savant en toute chose, avec vous nous ne manquerons de rien !

Je rougis et m'incline.

— Que Dieu vous garde longtemps parmi nous, frère Imbert !

Je mens avec la componction d'un chanoine :

— Jusqu'à la fin de mes jours, j'espère, ma mère. C'est mon vœu le plus cher.

La semaine suivante, je retourne au monastère des femmes avec le charreton. Les trois religieuses sont toujours malades. Quand elles apparaissent et traversent la cour, aidées de leurs compagnes, je ne reconnais pas ma femme.

Les sœurs montent sur le charreton l'une après l'autre en mettant le pied sur une petite planche en bois à mi-hauteur. Elles s'assoient sur de petits bancs et attendent le départ, agrippées aux ridelles.

Je fais claquer les guides et la mule se met en marche. Derrière moi, les nonnes poussent des cris joyeux. L'idée d'une promenade en charrette sous le ciel bleu, dans l'air doux, les séduit et leur donne des forces. La mule ne se presse pas. Quant aux femmes à pied, toutes voiles dehors, elles ne s'éloignent pas du véhicule et bavardent avec mes passagères.

L'abbesse ferme la marche en récitant le chapelet.

Quelques jours après, de retour au couvent pour y porter des vivres, j'enquête auprès de Lucia. Je lui demande si elle n'a pas connu une jeune femme qui a séjourné au monastère.

— Elle est la fille de Bérenger de Lavelanet. Elle était au siège de Montségur.

— Et c'est là que vous l'avez connue, frère Imbert ? me demande la servante l'œil malicieux.

— Peut-être…

— Comment s'appelle-t-elle ?

— Bernarda, mais en prenant l'habit de religieuse, elle a changé de nom. Elle est maintenant sœur Cécile.

Le visage de Lucia se ferme. Je comprends qu'elle la connaît.

— Pourquoi ne la voit-on pas avec ses compagnes ?

Lucia hausse les épaules, secoue la tête.

— Elle est toujours malade.

— C'est grave ?

— Elle est mourante.

J'accuse le coup, ce qui n'a pas échappé à la servante.

— C'est quelqu'un qui vous est cher ? fait-elle en baissant la voix.

— À Montségur, je la voyais tous les jours. Mais n'allez pas le répéter, je vous en prie. Vous me feriez du tort, et à elle aussi.

— Oh ! pour elle… Mais ne craignez rien. De toute façon, je ne suis pas non plus en odeur de sainteté, ici.

— Elle ne quitte jamais l'infirmerie ?

— Elle n'y est plus. C'est l'abbesse qui la soigne. Elle est chez elle.

— Chez elle ? Chez l'abbesse, mais pourquoi ?

— C'est une longue histoire. La mère supérieure en avait fait sa favorite. Autant dire sa poupée. Elles étaient toujours ensemble. L'abbesse ne faisait rien sans elle, au point que la sous-prieure en était jalouse et faisait courir des rumeurs assez honteuses sur leur amitié. Moi je ne les ai jamais crues, mais… bref ! Et puis sœur Cécile est tombée malade. Et comme ça durait, la mère supérieure l'a prise chez elle.

— Vous la voyez, vous ?

— Parfois. Quand je vais au logis de l'abbesse.

— Quand vous la verrez, dites-lui que frère Imbert est chez les convers, et qu'il pense à elle. C'est tout.

Lucia médite un moment. Puis elle me fait signe qu'elle a compris et tourne les talons.

Emportant mon bonheur avec elle, ou mon malheur.

XXI

Comme un oiseau…

Jean est pour un coup de force, une opération éclair, l'enlèvement de Bernarda sans finasser, les armes à la main. Sans demander son avis à quiconque, ni à elle ni à Dieu.

Je me méfie des avis de Jean, qui est plutôt du genre expéditif. Je crains, moi, plus que tout, que Bernarda ne me jette à la figure que je suis un importun, un intrus, un égaré, et qu'elle ne veut plus me voir, après sa décision de se consacrer entièrement à Dieu, sous le regard maternel et bienveillant de l'abbesse. Et de Rome.

Que ferai-je si elle me prie de passer mon chemin et de ne plus chercher à la revoir ? Comment pourrai-je vivre à côté d'elle, moi, de l'autre côté de la clôture, sans jamais lui parler. Je sais par avance que je ne le pourrais pas. Je suis un impulsif, et quand la passion m'emporte je suis capable de tous les malheurs. Il faut le savoir.

Malgré l'impatience de Jean, que mes scrupules exaspèrent, je me dispose à aller parler à ma tendre épouse, dans un premier temps, avec courage et détermination, pour connaître ses désirs. Et préparer son évasion, si elle accepte de revenir à la vie laïque.

Me fiant sans réserve aux renseignements de Lucia, je dois trouver un moyen de parvenir au logis de l'abbesse. C'est une construction récente appuyée au mur de séparation entre les hommes et les femmes, mais la façade arrière est aveugle, masquée par le mur de clôture. Les raisons en sont évidentes.

Convaincu qu'il est impossible d'entrer chez l'abbesse par le monastère des hommes, je dois envisager un autre stratagème.

Du côté des femmes, le logis abbatial se présente derrière une ligne de bâtiments plus anciens qui ferment la cour sur tout un côté en lui tournant le dos. Seul le cellier, qui est ouvert sur la cour pour des raisons pratiques, est autorisé aux frères convers. Le cellier, c'est le défaut de la cuirasse. Je prépare soigneusement avec Jean mon infiltration au cœur de la citadelle, par les entrailles du cellier.

Quand Jean va porter du vin aux moniales – qui n'est pas du vin de messe, loin de là – je rajoute au chargement un tonneau vide dans lequel je me dissimule. C'est ainsi que je me fais enfermer dans le couvent des femmes, du moins dans le cellier qui en est l'antichambre.

La vaste salle où s'entassent les provisions du couvent, dans une pénombre propice, est évidemment fermée du côté du couvent. Mais elle est munie pour le service aux religieuses d'un petit accès à l'arrière, une portanelle qui donne dans la clôture et qui permet aux servantes de venir chercher du bois, de prendre les provisions pour la cuisine et de remplir les pichets de vin. Cette porte est soigneusement refermée à l'extérieur par deux verrous, ce qui nécessite une complicité conventuelle.

Mise dans la confidence, Lucia m'a promis de venir ouvrir les verrous dans la soirée.

Au milieu de la nuit, quand sonne la cloche des vigiles appelant les nonnes à l'office nocturne, j'attends fébrilement que toutes les religieuses soient à l'église pour quitter le cellier. Je pénètre silencieusement dans le logis abbatial, guidé par la clarté de la pleine lune.

Je prie la Vierge Marie, si bonne pour ceux qui s'aiment, de ne pas permettre qu'il y ait des domestiques couchés dans quelque couloir, qui pourraient se réveiller à mon passage. Une lampe brûle dans l'entrée, dont je m'empare pour monter l'escalier et visiter l'étage. De petits gémissements me mènent jusqu'à Bernarda. Elle est dans une petite pièce qui sert d'antichambre. Je pense qu'elle geint en dormant, mais quand la lampe s'arrête au-dessus d'elle, ma femme ouvre les yeux.

Je l'appelle doucement :

— Bernarda...

— Imbert ? fait-elle en chuchotant d'une voix éraillée.

Je m'agenouille.

— Tu m'as reconnu…

— Lucia m'a dit que tu viendrais.

— Cette Lucia est un don du ciel. Sais-tu qu'elle est de notre foi ?

— Elle me l'a dit.

— Que se passe-t-il ? Tu es très malade ?

— Oui. Très malade. C'est sans espoir.

— Mais moi je ne veux pas ! J'ai besoin de toi !

— Pardonne-moi… Mais c'est Dieu qui l'a voulu. Ou la mère supérieure…

— Que dis-tu ? Pourquoi n'es-tu pas à l'infirmerie ?

— La mère supérieure me garde près d'elle pour me voir mourir à petit feu.

— Mon Dieu ! Mais que te veut-elle ?

— Je ne peux pas te l'expliquer maintenant. Ce serait trop long et je n'en ai pas la force. Sache qu'elle est jalouse et méchante. Méfie-toi d'elle !

Une expression soudain grimaçante l'empêche de poursuivre.

J'observe en silence son regard vide, ses yeux cernés enfoncés dans le crâne, son front osseux qui brille d'un éclat étrangement olivâtre. Une revenante…

Je reprends la conversation :

— Elle a l'air si bonne… si charmante, l'abbesse…

— Je le croyais aussi. Que vas-tu faire ?

— T'enlever, te ramener chez moi, te soigner et planter des vignes. J'aime le métier de vigneron.

Le frémissement d'un sourire parcourt ses lèvres.

— Non, Imbert, ne cherche pas à me délivrer. Je ne peux plus marcher, ni seulement me tenir debout. La vie me quitte... Je suis perdue. Pense à toi ! Va-t'en !

— Je ne peux pas penser à moi sans penser à toi. Nous formons un seul être, une seule chair. Nous sommes unis pour la vie, l'aurais-tu oublié ?

— Je n'ai rien oublié. Lucia m'a dit que tu étais frère convers chez les hommes ? Qu'est-ce qui t'a pris ?

— Je l'ai fait pour être plus près de toi, mon amour. Et maintenant que je t'ai retrouvée, je ne vais pas t'abandonner ! N'y compte pas ! Tu es ma respiration, mon souffle de vie. Sans toi je ne serai plus jamais heureux !

Bernarda se tait. Elle ferme ses yeux cavés, humides, et me saisit la main. Elle tremble.

— Elle est lasse ta Bernarda, chuchote-telle d'une voix faible, si lasse ! J'ai déjà vécu un siècle !

— De quoi souffres-tu ?

— J'ai mal... je suis sur un lit de douleur. Je préférerais mourir, tu sais... Ma vie n'a plus d'importance.

À nouveau l'expression grimaçante s'empare de son visage. Sa main tremblante serre la mienne. Ses propos me poignent le cœur. Je l'encourage :

— Je reviendrai dans quelques jours à la même heure, et je t'emporterai. J'ai des aides, ne t'en fais pas. Je te soignerai et je te guérirai, c'est sûr et certain.

J'embrasse son front brûlant, lui serre la main un peu trop fort, car son petit visage tout maigre se contracte, comme si ses articulations étaient en feu.

— Sois prête, je m'occupe de tout. Je viendrai comme un voleur...

Je m'éclipse. Il ne faut surtout pas que l'abbesse me trouve chez elle. Tout serait par terre.

Je reviens au cellier, et disparais dans les vergers. J'ai remarqué qu'un arbre proche de la clôture permet d'atteindre le sommet du mur avant de se laisser tomber de l'autre côté, dans l'herbe. Sans bruit.

Revenu à la ferme avant le lever du jour, je réveille Jean et prépare avec lui un plan d'évasion pour nous et pour ma femme. Il n'y a pas de temps à perdre. Nous tombons d'accord pour utiliser le même stratagème, mais dans l'autre sens. Au lieu de repartir avec une personne de moins, l'attelage repassera la porte avec une personne de plus. Et c'est à la fin du jour, pendant l'office de vêpres, que se fera l'opération.

*

Peu de temps après, je reviens avec Jean au cellier du couvent des femmes, menant un attelage de bœufs et un fardier vide. La raison invoquée auprès du maître des convers est la nécessité de débarrasser le cellier de tous les tonneaux vides pour les ramener à la grande cave du monastère, en vue de les remplir de vin nouveau. Il y a aussi quelques vieilleries à reprendre, des coffres et des outils à réparer, qui encombrent inutilement le dépôt et qui feront un joli bric-à-brac sur le fardier, de quoi dissuader les curieux, les suspicieux et les malveillants de trop s'intéresser à notre chargement.

Lucia est avertie de notre venue. Sans elle, il nous serait impossible de mener à bien notre opération. Elle nous accueille à la grande entrée de la clôture. Nous bavardons un moment avec elle, et avec la famille laïque qui habite le bâtiment de la porterie, dont le père surveille les entrées et les sorties. Quand il est ivre, c'est sa femme qui le relaie discrètement. Nous sommes dans le secret, Jean et moi, aussi pouvons-nous compter sur la retenue de cette joyeuse famille, que rien ne peut troubler semble-t-il, sinon le manque de vin. Mais nous sommes bien placés pour leur éviter ce tourment.

J'avertis Lucia de retirer les verrous de la petite porte du cellier avant l'office de vêpres. Je ne lui cache pas que pendant cet office nous enlèverons Bernarda, alias sœur Cécile, et qu'elle ne nous reverra plus. Si Dieu le veut.

— Il le voudra, rétorque la servante qui a gardé sa foi, car Dieu n'est que bonté.

J'acquiesce.

— Le nôtre ! précise-t-elle.

— Bien entendu !

Voilà encore un bien dans notre secte : tous ses membres sont frères et sœurs, de coeur et d'esprit. Aucun ne ménage son aide, même au risque de sa vie.

Nous traversons la cour pour approcher le fardier de la grande porte du cellier, et nous commençons à le charger, sans trop nous presser, pour faire durer le travail jusqu'à l'office de vêpres.

Quand la cloche sonne, la nuit tombe. Nous nous glissons hors du cellier par la petite porte du fond, et allons en silence jusqu'au logis de l'abbesse.

Je suis à bout de nerfs. Il suffirait de croiser une religieuse en retard ou une servante affairée pour tout faire échouer. Car la présence d'un homme est strictement interdite dans le couvent des femmes, à l'exception du père abbé et des prêtres, qui viennent confesser et dire la messe.

Or les moines et les prêtres ont le menton rasé, alors que la règle impose aux frères convers de porter la barbe. Avec nos habits grossiers et sales, impossible de nous faire passer pour des confesseurs, ou de justifier notre présence à l'intérieur de la clôture, de quelque manière que ce soit.

Reste le recours au poignard que frère Jean cache dans sa manche. L'idée qu'il ait à s'en servir me révulse au point d'amoindrir mon courage. Sauver ma femme contre la vie d'une autre femme, pourvu que Dieu ne m'oblige pas à choisir !

Nous nous glissons dans le logis abbatial. Deux ombres furtives. La petite lampe est là dans l'entrée, attendant le retour de sa patronne. Une demi-obscurité règne dans la maison, suffisante pour me guider. Je fais signe à Jean de ne pas toucher à la lampe. Je connais suffisamment les lieux. Nous montons l'escalier de bois quatre à quatre. Bernarda est endormie. Nous avons du mal à la réveiller. Lui donne-t-on des mixtures soporifiques ? Est-elle droguée ? Ou à l'agonie ?

Malgré son teint cireux, son visage maigre à la peau tendue à l'extrême, son corps squelettique, sans poids, cette fatigue ne me semble pas naturelle. Je m'agenouille et m'empare de ma femme en la prenant dans mes bras comme une enfant. Elle gémit. Je fais signe à Jean de passer devant et d'ouvrir le chemin. Il s'avance, la tête penchée comme un homme en colère. Ses épaules frôlent les murs du couloir. En haut de l'escalier, il s'arrête, laisse glisser son poignard dans la main. Nous y sommes ! C'est le moment tant redouté. Il va falloir faire un choix épouvantable, la vie de Bernarda contre celle d'une femme innocente. Pourquoi Dieu veut-il sans cesse m'éprouver ? Mais je ne suis pas Job, je suis capable de me rebiffer. Et au défi de Dieu (le Dieu mauvais, celui de Rome), ma réaction peut être terrible.

Je m'approche : en bas de l'escalier dans la pénombre un visage féminin, pâle, fixe Jean comme une perdrix surprenant au-dessus des herbes la tête d'un chien à l'arrêt. Je reconnais Lucia.

— Lucia, m'empressé-je de lancer à voix basse, nous partons. Laisse-nous passer. Et souviens-toi que tu ne nous as pas vus !

Sa réponse est inattendue :

— Je viens avec vous ! Je m'occuperai de Bernarda mieux que vous !

J'acquiesce sur-le-champ. Comment refuser à notre sœur en religion la liberté que nous sommes en train de recouvrer ? Revenus dans le cellier, et voyant le fardier qui nous attend dans la cour, je m'exclame :

— Mais Lucia, où vas-tu te cacher ? Nous n'avons qu'un tonneau aménagé ; il est pour Bernarda.

Jean se propose :

— Je vais faire sauter quelques douves d'une barrique.

— Non, rétorque la servante, vous allez attirer l'attention. Et perdre du temps. J'ai porté du vin au portier tout à l'heure, que j'ai tiré du cellier pour avoir un prétexte à laisser ouverte la porte du fond.

Le bonhomme doit être saoul comme un cochon à l'heure qu'il est. Je vais sortir avec vous, comme si je vous accompagnais jusqu'à la porte, et m'éclipser en me cachant au milieu des tonneaux.

Je glisse Bernarda dans le tonneau aménagé. Un des côtés a été enlevé et remplacé par un couvercle que l'on peut ôter et remettre à volonté. L'intérieur est doublé d'un drap épais.

Nous portons ce tonneau sur le fardier, nous arrimons le tout, et Jean manie l'aiguillon pour relancer les bœufs. Nous passons la porterie sans difficulté. La femme du portier, pour ne pas avoir à nous attendre, a laissé la porte cochère ouverte. Par la fenêtre, je jette un coup d'œil à l'intérieur de la maisonnette. La commère est en train de préparer le repas. Je lui fais signe que nous repartons. Son homme couché en travers du lit ronfle comme un orgue bouché.

— C'est bien la preuve que notre vin est bon ! fais-je à Lucia en train de se pelotonner, toute menue, au milieu du bric-à-brac. Elle rit.

Nous nous éloignons au pas lent de nos bêtes, que Jean aiguillonne sans beaucoup d'effet. Lucia se redresse.

— La cage est ouverte, fait-elle en ouvrant les bras pour embrasser le ciel, la nuit, la campagne qui se révèle sous la clarté laiteuse de la lune. Je m'envole comme un oiseau.

XXII

La nuit du démon

Dans une demi-heure, une heure au plus, la disparition de Bernarda sera découverte et les recherches lancées. À moins que la mère supérieure n'aille directement au réfectoire après l'office de vêpres, sans passer chez elle, auquel cas nous disposerions d'un peu plus de temps.

Il n'est pas question de nous enfuir avec les bœufs et la lourde et bruyante charrette. Nous avons prévu d'abandonner l'attelage dans une grange proche, à l'abri des regards, afin qu'il ne soit retrouvé que le lendemain. Dans cette grange nous attend un mulet du monastère, qui portera notre malade.

Notre première étape sera Saint-Michel-de-Lanès, du côté de Castelnaudary. Un ami y vit. C'est le curé du village. Nous nous connaissons bien, lui et moi, je m'y arrêtais avec mes pèlerins à l'époque de mes pérégrinations cathares. Qui irait nous chercher là-bas, dans un presbytère ?

Jean et Lucia s'inquiètent : aller dormir chez un

prêtre, n'est-ce pas jouer avec le feu ? Je les rassure : le curé de Saint-Michel-de-Lanès invite les Parfaits à venir administrer le *consolament* de bonne fin à ses paroissiens, quand ils le réclament. Et il n'est pas sans reproches : il joue aux dés, il passe plus de temps à surveiller ses moutons et ses vignes que ses ouailles. Sans parler de quelques bâtards que la rumeur publique lui attribue. Un bon vivant ! Ce n'est pas lui qui nous dénoncera.

Si nous voulons arriver avant l'aube, nous devons parcourir une dizaine de lieux en huit ou dix heures. Un homme parcourant sans trop se presser une lieue en une heure, nous n'avons pas à nous en faire. Sauf si nous tombons sur une patrouille de soldats en maraude, qui chasse de nuit le Parfait en route pour le chevet d'un agonisant. Ou si nous rencontrons quelque paroissien insomniaque qui possède un penchant pour la délation, et serait trop heureux de manifester son zèle à l'Inquisition. Et les coupeurs de bourses.

Nous sommes des soldats, Jean et moi, la bataille ne nous fait pas peur. Mais nous sommes mal armés, et comment nous battre avec deux femmes à protéger ? C'est pourquoi j'évite les grands chemins, au profit des sentiers qui serpentent entre les collines ou disparaissent dans les bois. Et à la volonté de Dieu !

Lucia chevauche le mulet ; habitué à faire tourner les pressoirs, le moulin à olives, et à tirer des charrettes, l'animal est de bonne humeur. Il n'a pas l'impression de travailler, mais plutôt de faire une belle promenade sous le ciel étoilé. Je le tiens par la bride pour le maintenir sur les bordures herbeuses du chemin, afin d'éviter le martèlement des sabots. Je l'empêche aussi de faire des écarts. De l'avis général, peut-être en raison de son éducation monastique, il est plein de bonne volonté et d'une docilité parfaite.

Lucia serre dans ses bras Bernarda, qui a laissé sa tête retomber sur son épaule, tandis que Jean nous ouvre la marche. Mon ami Jean a repris du poids et son pas décidé, sa stature imposante me rassurent. Je connais aussi son amitié indéfectible.

Lucia cache la gravité de sa décision – elle risque désormais le bûcher comme relapse – sous un babillage léger et des petits rires nerveux. Dans ses bras Bernarda est comme morte. De temps en temps, je prends sa main refroidie, pour la réchauffer et m'assurer qu'un mince filet de vie coule encore dans ses veines. C'est le cas, mais pour combien de temps ?

Baigné de la clarté lunaire son fin visage de jeune fille a la beauté inquiétante des revenantes privées de sang. Il semble taillé dans un marbre pâle.

A-t-elle connu l'enfer ? Quel enfer ? D'après Lucia, elle serait passée du sort de favorite de l'abbesse, protégée et encensée jusqu'au ridicule, à celui de souffre-douleur, humiliée et tourmentée, pour une raison qu'elle ignore.

— On voit souvent des femmes, commente-t-elle en guise d'explication, qui tout à coup haïssent ce qu'elles adoraient, sans qu'on sache pourquoi. Mais le plus souvent, la cause en est une trahison. Parfois imaginaire, d'ailleurs. Mais les femmes redoutent d'être trahies.

— Mais quelle trahison, Lucia ? Bernarda ne pouvait trahir que Dieu dans sa vie religieuse.

— Non, Dieu pardonne la trahison. Une femme, jamais !

Nous parvenons à Saint-Michel-de-Lanès comme le ciel blanchit. Bernarda a un visage de nacre. Elle est statufiée, les lèvres exsangues, ses grands yeux verts devenus noirs dans le demi-jour au creux des orbites. Un regard effrayant et effrayé.

J'avais oublié que Saint-Michel-de-Lanès accueillait un prieuré des Hospitaliers de Saint-Jean de Jérusalem. La maison du curé est d'un côté de l'église, la commanderie de l'autre, un peu éloignée car entourée d'une enceinte, un mur décrépit qui n'effrayerait pas un voleur de poules. Voilà qui risque de compliquer la situation. Et d'abord celle de mon ami le curé.

Jean se prépare au combat. Je lui rappelle que nous sommes des pèlerins craignant Dieu, et lui recommande de ne faire aucune provocation.

— Au contraire, dis-je, en toute circonstance tu dois rechercher l'apaisement et, si tu es giflé sur la joue droite, tu dois tendre la joue gauche. Comme le Christ nous l'a enseigné.

Jean ricane. Il me répond qu'il fera mieux encore dans l'esprit de l'évangile :

— Pour un coup d'épée que je recevrai, j'en donnerai deux, et même trois. Je donnerai sans compter !

Je lui rappelle que les chevaliers de l'Hôpital sont de redoutables guerriers, et bien armés. Tous ont fait un séjour plus ou moins long en Terre sainte avant de revenir dans leur pays. Ce ne sont pas des enfants de chœur. De plus, autant que je m'en souvienne, les Hospitaliers n'ont pas été méchants avec les hérétiques, ou soi-disant hérétiques, à l'époque de la croisade. Ils ont toujours refusé de se battre pour les Francimands contre les seigneurs des pays d'oc. S'ils fréquentaient les champs de bataille, c'était pour emporter les blessés et les soigner.

*

Mon ami le prêtre est sur le parvis de l'église quand nous arrivons. Il met un moment à me reconnaître, déguisé en frère convers. Comprenant que nous ne sommes pas là simplement pour accomplir un pèlerinage, il rebrousse chemin et nous fait entrer dans sa maison. À l'abri des regards nous nous embrassons. Je ne l'avais pas revu depuis quelques années et je note avec un étonnement amusé son teint rouge, sa mâchoire musculeuse sous une barbe grisonnante, et sa corpulence qui a pris la rondeur d'un tonneau avec l'âge, et la bonne chère.

Quittant son chapeau, il découvre de grandes oreilles veinées de rouge et un crâne chauve qui lui fait faire l'économie de la tonsure, toujours compromettante quand on a du mal à se priver d'une épouse. Une femme vivait dans le presbytère à une époque, au vu de tous. Elle l'a quitté pour aller accoucher chez ses parents. Elle n'est jamais revenue vivre avec le prêtre, mais je sais par des indiscrétions qu'il l'a installée dans une paroisse voisine où il va la visiter à sa convenance.

Il est soupçonné d'avoir d'autres liaisons, et d'être véritablement un homme à femmes, ce que l'évêché appelle en grimaçant *un prêtre concubinaire*. Mais les paroissiens n'y voient pas malice, dans ce coin voué entièrement à la nouvelle foi, et personne n'a ressenti le besoin impérieux de se plaindre à l'archidiacre ou à l'évêque. Et comme les hospitaliers n'ont pas de prêtre dans leur communauté, il leur est aussi très utile. Il leur sert de chapelain.

Mon ami nous demande pardon de devoir s'absenter pour aller dire sa messe matinale, qu'attendent avec quelques paroissiennes les chevaliers de l'Hôpital, chaque matin. Il ne voudrait pas les décevoir, ni piquer leur curiosité, encore moins leur déplaire.

Il est de retour de l'église une heure après avec un chevalier hospitalier, qui est médecin. L'homme se débarrasse de sa cape sombre frappée d'une croix blanche et examine Bernarda avec soin. Elle est comme morte, allongée sur une paillasse dans une pièce obscure, car la lumière lui provoque des douleurs insupportables.

Le médecin est impressionné par son aspect cadavérique. Il déclare rapidement qu'elle est empoisonnée, sans nul doute, et qu'elle est dans un état irréversible, si Dieu ne s'en mêle pas.

Il nous confie qu'il a rencontré de nombreux cas d'empoisonnement quand il servait en Palestine.

— Seigneur chevalier, sauvez-la ! m'exclamé-je, elle est ma vie !

Le chevalier lève les yeux au ciel :

— L'homme propose et Dieu dispose, mon ami. Si je savais quel est le poison qu'elle a absorbé, je pourrais essayer des antidotes. Mais il y a tant de poisons...

— Oui, mais beaucoup agissent selon les mêmes principes.

J'ai des connaissances en plantes médicinales, pour soigner bêtes et gens. Je poursuis :

— Il y avait un jardin médicinal dans son couvent. Si, comme nous le dit Lucia, Bernarda est dans cet état-là depuis longtemps, c'est qu'elle recevait des doses faibles, qui à la longue mènent à la mort, mais lentement.

— Bien ! Mais qu'y avait-il dans ce jardin du couvent ?

— J'y ai vu de la ciguë, le *persil des chiens* qu'on utilise contre la douleur et les maladies nerveuses. J'y ai vu aussi de la belladone, de l'aconit, des arums, des colchiques, de la jusquiame, des digitales, toutes plantes qui à faible dose guérissent et à forte dose tuent. Et les plantes habituelles qui soignent sans danger. Au fond rien de particulier.

Je demande à Lucia si elle n'a pas une idée du poison que l'abbesse aurait pu administrer à mon épouse. Avait-elle l'habitude d'aller au jardin cueillir des plantes, ou quelqu'un pour elle ? Allait-elle régulièrement se promener dans la campagne, dans les environs du couvent ? J'y ai remarqué, dans les terrains en friche, dans les haies, au bord des chemins, la présence de nombreuses plantes dont les baies à l'automne sont aussi attirantes que dangereuses. Viorne, bourdaine, morelle, bryone, chèvrefeuille, tamier, il n'en manque aucune !

Lucia nous répond qu'elle n'a pas vu souvent l'abbesse passer la clôture. Elle n'allait même pas dans le jardin. Elle n'aimait pas sortir.

Le chevalier lui demande si l'abbesse ne connaissait pas quelque pèlerin venu de Palestine.

— Les Arabes utilisent beaucoup le poison, ils disposent de terribles venins comme l'arsenic, et les utilisent si habilement qu'ils sont capables de faire mourir quelqu'un dans le temps qu'ils ont choisi, au jour près, pour laisser penser que la mort est naturelle, explique-t-il.

Lucia ne sachant que répondre, nous restons sur l'hypothèse la plus probable, un empoisonnement par des plantes toxiques de chez nous. Face à cette situation, il n'y a pas d'autre choix que d'administrer à Bernarda, à chaque heure, des tisanes et des décoctions purgatives et digestives, diurétiques, sédatives, stimulantes, en espérant qu'elle vivra assez longtemps pour surmonter l'épreuve.

Le médecin s'en retourne et nous propose de nous envoyer un moine hospitalier, un servant, qu'ils appellent le Brouteur. Celui-ci ne se nourrit que d'herbes, qu'il connaît à la perfection.

Vers midi, un vieillard voûté, centenaire, au visage en ruine, mais plein de dignité, la respiration sifflante, apparaît. Il porte dans ses mains, retourné, le chapeau de feutre noir des Hospitaliers empli d'herbes séchées, de feuilles et de fleurs pêle-mêle. Il me tend son trésor et me recommande de bien faire infuser les plantes, et si la patiente est fiévreuse de servir l'infusion tiède avec du miel.

Il m'indique en soufflant du bout des lèvres comme un homme essoufflé, qu'il y a dans son mélange de l'achillée, des fleurs de sureau et de la menthe poivrée, plantes souveraines contre la fièvre. Il reviendra avec des racines et des écorces pour les décoctions, potions amères, mais aux effets rapides et souverains, car plus un goût est infect, meilleur il est pour la santé, m'apprend-il.

— Dieu dans sa sagesse nous fait acquérir du

mérite avec la guérison.

Je n'y avais pas pensé.

Je vide le chapeau dans un récipient et le vieillard le remet sur son crâne bosselé. Sans demander à voir Bernarda, il repart comme il est venu, appuyé sur un bâton, la démarche raide dans ses bottes de cuir épais. Il me lance sans se retourner, en guise de salut, que nous sommes de pauvres créatures entre les mains de Dieu.

Bernarda se prête docilement à nos soins, sans que ceux-ci provoquent une amélioration de son état. Le Brouteur est revenu dans l'après-midi avec des racines et des écorces, que nous faisons bouillir sans interruption pour tenir à disposition nuit et jour des breuvages tièdes et amers. Nous les donnons à notre malade, généreusement arrosés de miel, dès qu'elle s'éveille, bien que boire soit pour elle un exploit.

Matin et soir, j'enduis son corps maigre d'huile apaisante et parfumée pour calmer ses douleurs, jusqu'à ce qu'elle s'endorme.

Il y a toujours quelqu'un en prière autour de la malade. Les chevaliers de l'Hôpital se joignent à nous, à tour de rôle, parfois tous ensemble, selon leurs occupations quotidiennes. Le commandeur est un vieillard écrasé par les ans, comme le prouve sa longue barbe blanche qui descend jusqu'au ceinturon, et l'ombrage monstrueux de ses sourcils. Ni l'âge ni l'usure des combats n'ont diminué le feu de ses yeux, animés d'un orgueil spirituel opiniâtre.

Perclus de rhumatismes et de maux divers rapportés des croisades en outre-mer, il jouit d'une santé guère meilleure que celle de Bernarda, mais il accepte son sort avec patience, comme un don de Dieu. Il pense que ses souffrances, qui lui rappellent celles du Christ, le préparent à gagner le ciel.

Ô bonté de Dieu notre Père ! Il n'est pas loin de penser que Bernarda, sur son lit de douleur, connaît un sort enviable, qui évoque celui des vierges martyrisées dans les siècles païens.

Le matin, il vient chanter à son chevet des hymnes byzantins très beaux, d'une voix virile et profonde, qui s'achèvent en toux rauque.

Pour autant, l'état de Bernarda ne s'améliore guère. Sa peau est de plus en plus translucide, tendue sur les os délicats de son visage. Le visage virginal et poli d'un gisant d'albâtre. Sans vie.

*

Un soir, mon bon ami le curé apparaît avec un inconnu, un petit vieux maigrichon, la figure ridée et décorée d'une barbiche au poil rare, un nez pointu et la bouche encombrée de dents jaunes très abîmées. Son vêtement poussiéreux est usé jusqu'à la corde, sa ceinture au cuir râpé nouée avec une cordelette. Inutile de lui demander à quoi il consacre sa vie. L'humilité de sa tenue, son visage émacié par les jeûnes, son regard fiévreux, fanatique, le désignent comme un Bon Homme, un Parfait du meilleur bois.

Je jette à mon ami un regard sans aménité. Pense-t-il que la situation est perdue, et qu'il est temps d'administrer le *consolament* de bonne fin à mon épouse ? Il me rassure : « Dom Imbert – le Parfait porte mon nom de baptême, ce qui me contrarie sans raison –, il est venu diriger la prière. Rien de plus ! »

D'une voix douce, le nouveau venu nous invite à nous mettre à genoux autour de la couche de Bernarda, et puis de nous prendre par les mains pour faire une chaîne de prière. Nous sommes une douzaine autour du corps sans vie de ma femme : le prêtre et son invité, Jean et Lucia, moi, la vieille servante du curé et son mari, homme à tout faire, ainsi que des voisins et le commandeur de l'Hôpital avec un chevalier. Douze maillons.

Quand la chaîne est faite, le nouveau venu nous recommande de prier avec tout notre cœur, toute notre force :

— Vous devez réclamer à Dieu la guérison de notre soeur aussi violemment qu'un homme qui se noie cherche l'air pour respirer, nous dit-il. Et Dieu sentant notre souffrance nous exaucera.

Ses paupières battent. Il ferme les yeux et commence à réciter une série de *Notre Père*, entrecoupée de litanies. Il nous incite au nom de Jésus à donner tout notre amour à notre sœur Bernarda, car l'amour est le fondement du monde, le ciment de la communauté chrétienne ; l'amour nous relie les uns aux autres et chacun à Dieu tout-puissant.

— C'est par le canal de l'amour que nous reviendrons dans sa Lumière, conclut-il avant de déclarer solennellement : nous allons accueillir l'Esprit Saint. Nous devons nous préparer à recevoir sa force colossale qui va nous accabler, nous consumer, et nous guérir.

Je guette à la lueur des cierges le visage de Bernarda, espérant une manifestation de vie, quelque indice qui me laisse espérer qu'elle est sur le chemin de la guérison. Mais son visage reste figé, tendu dans une sorte de souffrance.

Cependant, le petit homme a perçu quelque signe qui le met dans une colère noire. Les mains étendues au-dessus de la gisante, dans un geste vif et tranchant, comme le ferait un chevalier défiant un ennemi, il hausse la voix et commande :

— Esprit impur et rebelle, pétri d'orgueil et de méchanceté, je te l'ordonne au nom du Dieu bon, sors de cette femme !

Ô miracle ! Les traits de Bernarda s'animent, changent d'expression. Mon cœur bondit de joie. Mais à ma grande stupéfaction, et à celle de toute l'assistance, le visage de mon épouse devient méconnaissable. C'est un autre visage qui apparaît, aux traits mouvants.

— Oh ! fait Lucia, c'est l'abbesse !

En effet, le nouveau visage évoque celui de l'abbesse.

Avec une vivacité inattendue le Parfait, brandissant son évangile se jette sur mon épouse, ou sur l'abbesse, je ne sais, la prend aux épaules et hurle :

— Je te l'ordonne au nom de l'Esprit Saint qui vient à notre secours, sors de cette femme et n'y reviens plus !

Les yeux de l'abbesse deviennent du feu et jettent sur le Parfait un regard de haine incommensurable. Son visage se contracte et prend la forme d'un masque épouvantable, ses dents étincellent comme celles d'un brochet, tandis que sa peau s'embrase. Ses mains ont saisi le cou de l'exorciste et le serrent d'une poigne de fer. Le petit homme lui mord le bras avec ses dents de ragondin et, profitant d'un léger repli des bras il saisit le cou de l'abbesse et tente de l'étouffer à son tour.

D'une voix basse, caverneuse, étranglée, l'abbesse hurle :

— Je hais les vierges !

Dom Imbert lui impose le livre des Évangiles sur le front. Les traits de la gisante se détendent et s'adoucissent. Le visage de Bernarda réapparaît, angélique. Nous restons silencieux un long moment, incapables de surmonter notre émotion. Le Parfait continue à prier au-dessus du corps de mon épouse, sur ses gardes, le livre saint entre les mains, comme s'il tenait une épée. Manifestement il a conscience qu'une bataille est gagnée, mais pas encore la guerre.

De nouveau le corps de ma femme s'anime et se tord dans des convulsions douloureuses qui la font crier. Sa bouche s'ouvre toute grande et vomit des aiguilles, des aiguilles de couturière et de brodeuse. Sa langue est une pelote d'épingles, que le Bon Homme, avec délicatesse, lui enlève une à une. D'autres apparaissent sur son front, courent sous la peau et jaillissent en petits fagots que le Parfait retire avec patience. Bernarda gémit.

Les paquets d'épingles forment une couronne d'épines sur son front. Quand elles sont toutes retirées aucune trace de leur passage ne subsiste, aucune plaie, aucune cicatrice. Il s'agit bien d'une manifestation du Malin.

Le Parfait reprend ses prières, le livre saint sur le front de Bernarda qui se calme et s'endort. Une heure après, elle se réveille : elle a un feu dans le ventre. Elle bleuit, devient raide, froide et dure comme de l'acier.

Dom Imbert appelle l'Esprit Saint à la rescousse, et le démon qui habite le corps de Bernarda tente de s'échapper. Il soulève ma femme et la projette contre le mur, tête la première. Mon cœur défaille, le coup aurait tué un bœuf. Le Parfait nous rassure : ces coups ne sont jamais ressentis par une possédée. Nous ramenons Bernarda sur sa couche et pour lui éviter d'être blessée, je lui tiens les pieds. Mais le corps figé et froid comme de la glace m'échappe et vole à travers la pièce, renversant tout sur son passage, les chaises et les gens.

Les chevaliers de l'Hôpital appelés en renfort viennent l'immobiliser. « Asseyez-vous sur elle ! » leur commande le Parfait. Ils hésitent, craignant de lui faire mal, ou de l'étouffer, mais comme Bernarda est si dure et si rigide, ils se laissent tomber sur elle. Ma femme ne semble pas du tout incommodée par leur poids. Elle repart dans les airs avec les chevaliers qui la chevauchent. Pris de peur, ils se laissent tomber au sol qui par bonheur est en terre battue.

— Laissez-la ! ordonne notre exorciste. Comment s'appelle l'abbesse ?

— Soeur Marie-Madeleine, répond Lucia.

— Son vrai nom ?

— Je ne le sais pas.

Moi je le sais. Je réponds :

— Jeannette Bajot !

Le Parfait l'interpelle par son nom et lui déclare qu'il connaît ses manigances, sa jalousie morbide, sa méchanceté; il lui ordonne de quitter le corps de l'innocente Bernarda. Puis il invoque Dieu qui a envoyé son fils spirituel, *adombré* dans la Vierge Marie, pour se mêler des affaires du monde. Il leur demande, au Père et au Fils, de mandater l'Esprit Saint à son secours, dans les meilleurs délais.

Ayant enfin senti la présence salvatrice de l'Esprit Saint, l'exorciste déclare, soupirant et suant comme un lutteur :

— C'est fini. L'Esprit Saint est là, il occupe la place. L'esprit impur s'est enfui.

— Où est-il allé ? demandé-je, peut-être a-t-il envahi l'un d'entre nous ? Moi qui suis un soldat de métier, je me sens comme un petit enfant devant cette sorte d'ennemi. Je ne saurais comment répondre à ses attaques.

— Il est revenu sans doute dans le cœur jaloux de sa maîtresse, qui l'a nourri et élevé, et nous l'a envoyé. Soyez sans souci, mon ami, votre femme est sauvée. Sa maladie ne venait pas de quelque plante que ce soit, ni d'un venin, il venait de l'esprit vicié de l'abbesse ! Il fallait qu'elle soit bien jalouse de votre femme pour se mettre dans cet état !

— Mais ces aiguilles, ces épingles ?

C'est Lucia qui répond :

— Bernarda cousait et brodait en compagnie de l'abbesse chaque jour pendant des heures. C'était à l'époque où elles étaient inséparables.

Sur le matin Bernarda, pâle et les yeux cernés, nous interpelle en réclamant du pain et du vin coupé d'eau.

Le curé offre un copieux déjeuner à tous les témoins de cette folle nuit. Sa vieille servante, qui a été violemment bousculée et s'est démis le poignet, est soignée par le médecin. C'est son mari qui fait le service.

Le Parfait chasseur de démons nous quitte dans la matinée pour aller soutenir d'autres combats contre le Mal, armé du glaive de l'Esprit Saint et du bouclier de la foi, dans l'amour de Jésus rayonnant pour tous les hommes.

Après l'avoir suivi des yeux depuis le pas de sa porte, d'un air pensif, mon ami le curé me confie :

— Quand on a vu ce que nous avons vu cette nuit, on ne peut s'empêcher de croire en la puissance infinie de Dieu !

C'est bien la moindre des choses de la part d'un prêtre, même concubinaire.

XXIII

LE RETOUR

Nous restons quelques jours au presbytère, le temps pour Bernarda de reprendre quelques forces. La route est longue jusque chez moi, à Salles. Les chevaliers de l'Hôpital proposent à Jean de rester chez eux comme frère servant, mais il refuse. Le commandeur le prêche, évoquant la nuit démoniaque pour illustrer la supériorité de l'Esprit sur la matière. Frère Jean ne dédaigne pas la matière quand elle a la forme séduisante de Lucia. Un courant de sympathie est en train de naître entre eux, qu'ils ne souhaitent interrompre pour rien au monde. Le service divin attendra.

Je quitte Saint-Michel-de-Lanès avec beaucoup de joie et de tristesse, la joie du retour dans ma petite patrie et la tristesse de quitter des amis.

Nous allons à petites étapes. Juchée sur la mule, Bernarda me fait le récit de sa vie au monastère. Sa gentillesse et son humilité lui ont attiré la sympathie de l'abbesse. Sans le rechercher, elle est devenue son amie, sa confidente et d'une certaine façon son bras droit. La supérieure disait que son merveilleux sourire éclairait d'une lumière divine la communauté.

Les deux femmes ne se quittaient plus, elles partageaient les offices religieux, les travaux de l'ouvroir et les soirées devant la cheminée à broder et à lire, ou à bavarder simplement, chacune racontant sa petite vie.

L'affection de l'abbesse devint telle envers la jolie Bernarda qu'elle l'obligeait parfois à dormir chez elle, dans le même lit, afin de retarder le moment de la séparation.

Bernarda n'était pas heureuse de cette situation, et cherchait tous les prétextes pour couper court à cette amitié trop possessive, qui commençait à faire jaser dans le couvent, et faisait naître bien des jalousies.

Elle voyait venir avec effroi le moment où elle serait forcée d'interrompre brutalement le désir croissant d'intimité de la supérieure à son égard, quand j'apparus au monastère.

— Mon pauvre Imbert, s'exclame-t-elle, martelant de ses talons dans un geste involontaire le flanc de sa monture, ton apparition a provoqué un séisme dans notre couvent. La supérieure était derrière le rideau quand nous nous sommes parlé ; elle a appris d'un coup que j'avais aimé un homme, que je l'aimais peut-être encore et que j'avais de la tendresse pour lui. Tu venais me reprendre et je m'étais défendue si mollement, qu'elle avait dû mettre fin à la rencontre.

« Sa jalousie a éclaté le soir même, quand elle m'a vue si bouleversée par ta visite. J'étais devenue rêveuse. La tristesse se lisait sur ma figure.

— Tu n'as jamais su mentir, ma beauté !

— Pressée de lui dire la vérité je lui ai raconté nos aventures, comment nous nous sommes connus à Montségur et comment la force de notre amour nous a sauvés. À cette évocation, j'ai pleuré de chagrin. J'ai vu alors sur le visage de la supérieure, pour la première fois, le masque hideux de la jalousie la plus féroce. J'ai pris peur, je t'ai trahi. J'ai juré à l'abbesse que je ne souhaitais pas te revoir, et que je désirais finir ma vie au couvent. Elle m'a cru. Ou elle a fait semblant.

Bernarda fond en larmes. Je lui prends la main et m'écrie :

— Mais Bernarda, comment aurais-tu pu faire autrement ? Tu étais dans les griffes d'un monstre !

Elle grimace un sourire pour me remercier, continue d'une petite voix brisée.

— Après cette soirée et malgré mes protestations, elle n'arrêtait pas de me harceler, de poser des questions minutieuses, et de prêcher le faux pour savoir le vrai. Elle me faisait des scènes affreuses, et m'obligeait à avouer tout ce qu'elle voulait entendre pour obtenir un moment de répit. Mais bien sûr mes aveux ne faisaient que relancer sa jalousie et sa curiosité dévorante. Elle se rendit vite compte que je ne t'avais pas oublié, Imbert, et que je regrettais le temps de notre tendre complicité.

Je m'écrie :

— Bernarda, ma chérie, je le répète, tu n'as jamais su mentir ! Ton cœur est pur comme la lumière du jour !

Elle fond en larmes, touchée par ma compassion.

— À bout de force, tourmentée nuit et jour par ses crises de jalousie, sa perversité, sa sournoiserie, j'ai fini par lui déclarer un soir que je voulais quitter le couvent. Tout plutôt que de rester sous sa coupe ! Elle a été affreuse.

— Je m'en doute. Ce genre de femme est capable de tout.

— Elle m'a battue, elle a mis en pièces mes vêtements et m'a déchiré la poitrine avec ses ongles. Elle était complètement folle.

Son regard devient vague, les yeux écarquillés d'horreur devant une scène d'une brutalité inimaginable. Elle revient vers moi, poursuit :

— C'est alors que je suis tombée malade. La supérieure s'est chargée de me soigner, et quand je me suis aperçue qu'elle mettait des drogues dans ma nourriture, il était trop tard. Je ne pouvais rien faire. Tu connais la suite.

— Comme tu as souffert ma femme, à cause de moi ! Je te jure que le bonheur qui t'attend sera bien supérieur aux tourments que tu as endurés de ce démon. Il effacera tout.

Bernarda me sourit, me tance gentiment :

— Il ne faut pas jurer, Imbert. L'as-tu oublié ?

Non, je n'ai rien oublié, ni notre foi, ni les exactions francimandes, ni la férocité de l'Inquisition. Ni la méchanceté romaine. Mais j'ai soif de paix, et j'ai quelques préventions contre la religion en général, je l'avoue. Pour une raison ou une autre, elle nous a fait beaucoup de mal. Aussi j'ai pris quelques distances.

Je vois avec plaisir que le visage de Bernarda a retrouvé des couleurs. Peu à peu, le cerne de ses yeux s'efface, tandis que réapparaît le reflet vert de son regard lumineux.

Toutefois, elle est encore faible, parce qu'elle a beaucoup de mal à avaler de la nourriture. Mais mon amour, et l'amitié débordante de nos compagnons qui nous sont dévoués corps et âme finiront par la réconcilier avec la vie. Ce n'est qu'une question de temps.

*

Nous passons le Tarn à Rabastens, une bourgade de tisserands et de vignerons qui compte plus de Parfaits que de prêtres. Bernarda déclare qu'elle veut revoir son père. Mais où est-il ? En prison, dans un ermitage ? Peut-être a-t-il été se réfugier dans un château ami ? À moins que le comte de Foix, bien traité par le roi de France qui voudrait s'en faire un allié, ne lui ait attribué quelque château en attendant qu'il meure. Je souris à l'idée que Bérenger de Lavelanet, parlant depuis longtemps de sa mort imminente, aurait survécu vaillamment à l'*endura*, au siège de Montségur, au bûcher et certainement à la prison et à la chambre de torture de l'Inquisition.

— Ton père est vivant, fais-je à ma femme sur un ton ferme parce que j'en suis persuadé, mais où se cache-t-il ? Je ne le sais pas encore. Nous l'apprendrons bientôt, ne t'en fais pas. Là où il est, il doit déjà te réclamer en vitupérant contre l'ingratitude des enfants. Il ne peut pas vivre sans quelqu'un à commander.

Nous restons une semaine à Rabastens. La ville est sur le chemin de Compostelle. Doté d'un grand hospice, l'hôpital Saint-Jacques, où se mêlent malades et pèlerins, sans compter les ouvriers de la nouvelle église en construction, nous y sommes en sécurité. Et le vin y est très bon.

Au bord du Tarn des gabares chargées de barriques quittent le port pour descendre la Garonne jusqu'à Bordeaux. Jean rêve de s'engager comme marinier. Le métier lui plaît et il aimerait voir des pays nouveaux. Lucia lui fait une scène terrible. Il renonce. L'amour a gagné.

Nous repartons pour Gaillac, où nous restons quelques jours à l'hospice de l'abbaye Saint-Michel, avant de nous engager dans les coteaux, couverts de vignes, vers Cordes et ma petite patrie. Quand apparaît à l'horizon le village rond de Salles, blotti dans un méandre du Cérou, fièrement signalé par la haute tour du château, je pleure de joie. Bernarda sanglote avec moi, ainsi que Lucia, bien qu'elles ne connaissent pas encore le pays de mon enfance. Mais elles l'aiment déjà par anticipation.

Jean est le seul à se contenir. Il ne peut toutefois cacher la joie qui pétille dans ses yeux.

Au château, nous trouvons une famille de domestiques bien installée. Ils vivent là sans s'en faire, dans mes appartements, entre deux visites de mon frère. L'homme semble taillé dans le granit à angles droits. Sa tête chauve s'enfonce dans les épaules, comme une statue gauloise.

Sa femme le dépasse d'une tête. Elle paraît forte comme une mule. Ils ont trois ou quatre enfants – en fait cinq, quatre garçons et une fille déjà placée chez un bourgeois de Monestiés – qui nous observent d'un air hostile.

Je me fais connaître. Avec un aplomb inimaginable, l'homme nous déclare qu'il ne connaît qu'un châtelain, Adémar. Nous sommes, prétend-il, des usurpateurs, des parasites, des faiseurs de boniments, et en conséquence, il nous promet de nous mettre dehors à coups de pied dans les fesses si nous ne décampons pas immédiatement.

Je n'en crois pas mes oreilles. Sa femme l'approuve, prête à faire le coup de poing.

Jean a tiré son couteau de la manche et le met d'un geste vif sous la gorge de l'homme de granit. Je l'arrête, et devant le risque de faire couler le sang, ce que je ne voudrais pour rien au monde, je demande à la bonne femme d'aller chercher le recteur, qui est un ami d'enfance.

Elle revient avec Martin, curé de Salles, qui nous ouvre les bras. Nous nous embrassons joyeusement, malgré ma réputation d'hérétique. Le malentendu est vite dissipé, mais les braves gens qui se sont installés chez moi confortablement, voyant ce qu'ils ont gagné, un châtelain irascible, et ce qu'ils vont perdre, une vie de coq en pâte, n'ont aucune envie de s'en aller sans quelques assurances. Ils veulent des compensations, et discutent pied à pied les conditions de la paix.

Remplaçant sa mine bourrue par une grimace aimable, la mère me supplie de les loger, car ils ne sauraient où aller. « Avec eux… » fait-elle en me montrant le plus petit de ses enfants, morveux et d'une saleté repoussante.

J'accepte de les loger dans la partie du château réservée aux domestiques, qui il est vrai n'est plus habitée depuis des années. La mère, avec une grâce de bûcheron, passe ses énormes mains dans sa tignasse d'un blond roux grisonnant pour se recoiffer, minaude :

— Seigneur Imbert, ne me demandez pas d'aller habiter là-bas ! Moi qui ai une peur folle des araignées et des rats, toute cette vermine me ferait mourir. Et mes petits enfants… dans ces courants d'air… ce n'est pas habitable !

Les enfants acquiescent vigoureusement. Le père se compose un air indigné.

Je leur conseille d'être raisonnables, et leur promets de les loger ailleurs, dès que possible. J'ai justement une terre, à laquelle est attachée une vieille ferme inhabitée qu'on appelait dans mon enfance la borde du Bosc. Les bâtiments sont proches de la ruine, mais les terres bien menées pourraient être d'un bon rapport.

S'ils restaurent ces bâtiments, à mes frais – je leur donne par avance tous les matériaux de construction qu'ils trouveront sur place, bois, pierre, terre –, pour leur peine je leur laisserai les récoltes de la ferme pendant plusieurs années. Aucune redevance.

Ma proposition, qui réclame beaucoup de travail sans apporter d'un coup la richesse, elle ne leur plaît qu'à moitié. La femme me montre son mari, robuste comme un chêne, et me déclare qu'il est malade et qu'il n'a plus de forces. « Si je le pousse, il tombe ! » fait-elle en mettant sa menace à exécution. L'homme chancelle et se retient au mur pour ne pas tomber. La farce fait éclater de rire Jean, et les enfants après lui. Je ricane :

— Vos enfants sont sans malice. Pour ce soir vous n'avez pas d'autre choix que les dépendances du château.

La commère donne un coup de poing à son mari pour qu'il réponde.

— Si on veut, on n'est pas obligés, rétorque le bonhomme d'une voix traînante.

Bernarda et Lucia, qui à l'évocation de féroces araignées et de rats voraces ont été frappées d'horreur, plaident en leur faveur. Elles me trouvent sans cœur. J'accepte sans plaisir de laisser les domestiques de mon frère dormir chez moi une nuit de plus, mais je les préviens :

— Demain nous irons voir votre nouveau logis, à la borde du Bosc. Si vous travaillez vite et bien, dans trois mois vous aurez un petit palais bien à vous. Si ça ne vous plaît pas, vous irez vous plaindre à Cordes, chez mon frère. Vous lui demanderez de vous loger.

Nous nous installons comme nous pouvons.

— Je suis chez moi et j'ai l'impression d'être recueilli comme un pèlerin malade ! dis-je à Bernarda qui pouffe de rire.

*

Quelques jours après, ayant installé la famille récalcitrante dans sa nouvelle résidence, je vais voir mon frère à Cordes. Bernarda m'accompagne sur la mule monastique. J'aurais préféré me débarrasser de l'animal, car il pourrait nous compromettre, mais Bernarda n'est pas cavalière, et je n'ai pas encore trouvé pour elle une jument docile et calme, capable de marcher à l'amble. Elles ne courent pas les rues, les bonnes juments sûres et paisibles ! Ceux qui en ont refusent de les vendre ; et celles qu'on trouve sur le marché ont toutes des défauts habilement cachés.

« Mon Dieu que c'est beau ! » s'exclame mon épouse quand la cité de Cordes apparaît à l'horizon. Elle joint les mains sur son fin visage qui a retrouvé ses traits juvéniles, malgré les tribulations que nous avons connues.

Au pied du mont qui supporte la cité, j'évoque la légende du dragon, qui m'a fait si peur. J'y mets tant de passion que Bernarda me contemple d'un air tendre et amusé. « J'ai épousé un enfant », constate-t-elle.

Je lui fais visiter le cimetière cathare, et la tombe, aujourd'hui occupée, par où je me suis enfui pour échapper à l'Inquisition. Bernarda me prend la main, et la garde.

Je retrouve dans cette poigne la force amoureuse qu'elle manifestait à Montségur, à la naissance de notre passion. Un immense bonheur m'envahit, que Bernarda lit dans mes yeux comme une déclaration.

— J'aime tout de toi, s'exclame-t-elle avec cette exaltation puérile qui embrase mon coeur sans faute, pour moi tu es un héros ! Et peut-être un saint... mais c'est beaucoup moins sûr.

Nous gravissons la forte rampe qui après la porte

du Planol devient la grande rue des palais. Nous trouvons Adémar seul chez lui. Il nous reçoit avec une méfiance de chat sauvage. Je lui présente Bernarda qui, oubliant tout le mal qu'elle a entendu sur mon frère, se jette à son cou. Adémar esquive, lance à l'adresse de la sauvageonne pleine de bons sentiments :

— Je n'embrasse pas !

Il lui tend la main.

Je raconte à mon frère que j'ai trouvé chez moi une famille qui déclare s'y être installée à sa demande.

— Oui, et alors ?

— Sans mon accord !

— Quelle importance ? Tu étais en prison. Et sans moi tu y serais encore, souviens-toi.

— Ils ne veulent pas s'en aller.

— Le mari travaillait dans mon atelier monétaire. En m'obligeant à fermer l'atelier, tu lui as enlevé son travail. Ce n'est que justice si tu l'héberges.

— Il n'est plus sans travail, je lui ai donné la borde du Bosc. Maintenant il pense qu'il en a trop.

— Tu as mal fait. Il ne sera jamais un bon paysan. Ce n'est pas dans son caractère.

— Il me fallait bien m'en débarrasser. Nous verrons à l'usage. Je n'ai rien de mieux à lui proposer, sinon de venir chez toi. Mais que sont devenus nos anciens domestiques de Salles ?

— Tous morts ! Tous consolés !

— Je ne vois pas Tiburge, ma chère belle-sœur. Je voulais lui présenter mon épouse, qu'elle avait hâte de connaître. Je suis certain qu'elles s'entendront bien, toutes les deux.

Adémar ricane :

— Les femmes savent s'entendre sur notre dos, et nous imposer leurs caprices. Inutile de te presser.

— Où est-elle ?

— Elle est à Toulouse, à la cour du comte. Elle ne reviendra que demain.

— Nous repasserons te faire une petite visite tantôt, quand elle sera là. Ça te fait tellement plaisir de me voir ! Et tu caches si bien ta joie…

— Tu sais que je ne t'aime pas, Imbert, pourquoi le cacherais-je ? Tu ne fais que me contrarier et il n'y a aucune raison pour que ça change.

— Peu probable, en effet. Et peut-être que le plus dur est encore devant toi.

Mon frère sourcille, ce qui me fait rire.

Nous repartons. En chemin, Bernarda parle d'Adémar. Elle ne comprend pas l'antipathie, pour ne pas dire la haine, qui nous anime. Je lui réponds que mon frère n'a pas de cœur. Elle ne peut le croire. Elle me parle de sa sœur aînée, Lombarde, qu'elle a hâte de revoir, ainsi que de son petit frère Arnaud-Olivier, que j'ai peu connu. Je lui promets de me renseigner rapidement sur sa famille, et de lui dire ce qu'elle est devenue. Si les nouvelles sont bonnes. Sinon…

XXIV

La pierre de Salles

J'ai des nouvelles de Bérenger de Lavelanet, mon beau-père. Après avoir été interrogé par l'Inquisition, comme nous tous, et avoir donné pour se sauver une quantité innombrable de noms de disciples de la nouvelle foi, le père de Bernarda s'est réfugié dans le comté de Foix avec l'aide de Pierre-Roger de Mirepoix. Le grand capitaine de Montségur a repris du service dans les armées du comte, ne pouvant se résigner à cultiver son jardin, ni à se consacrer à la prière. Ne m'avait-il pas confié, un soir où je me plaignais de n'avoir connu que la guerre : « Pour moi, l'enfer c'est la paix ! »

J'ai appris par des Bons Hommes en fuite, venus séjourner à Cordes, que la sœur de Bernarda, Lombarde, se cache dans quelque maison de Parfaites à Niort, en pays de Sault, espérant ainsi se faire oublier de l'Inquisition. Son petit frère est avec elle. En résumé toute la famille est bien vivante, et cette conclusion à peine croyable soulage ma femme d'un poids douloureux. Je lui promets que nous irons leur rendre visite quand j'en saurai un peu plus sur leur nouvelle résidence. Et, détail qui n'est pas sans importance, quand l'Inquisition m'aura oublié, moi aussi.

Un matin, le couple qui a repris la mort dans l'âme la borde du Bosc, apparaît à la porte du château. Viennent-ils m'annoncer qu'ils quittent le pays, écœurés par l'énormité du travail que réclame cette ferme pour être remise en exploitation ? Pas du tout. Ils viennent me proposer une association. Ils ont découvert une activité nouvelle, pour leur profit et pour le mien.

C'est la femme qui raconte avec une mine de conspiratrice, les mains sur sa vaste poitrine :

— Seigneur Imbert, votre fortune est faite !

— Dans ce cas, charité bien ordonnée commençant par soi-même, la vôtre aussi, je suppose...

— Parfaitement. À l'occasion de la reconstruction de votre ruine, indigne d'un bon chrétien, entre nous, nous avons découvert un gisement de pierres à bâtir. Un grès rose de toute beauté.

— Je ne savais pas que vous vous y connaissiez en pierre de taille.

Elle empoigne une mèche rebelle venue sur l'œil, la remet dans le droit chemin, et grimace un sourire édenté. Manifestement, elle est prête à tout entendre sans se fâcher.

— Des maçons de Cordes sont venus la voir, seigneur Imbert. Ils en ont pris, et nous ont dit qu'ils en étaient très contents. Un enfant la taillerait. Et cependant, elle est très résistante.

— Bien ! Et alors ?

Elle prend une grande respiration en avançant encore d'un pas.

— Et alors, si au lieu de nous faire garder des vaches et des moutons sur les terres du Bosc, ce qui ne nous convient guère, vous nous permettiez d'ouvrir une carrière, nous montons l'affaire. Et vous toucherez votre petite part…

— Petite ?

— Sans rien faire ! réplique-t-elle en tordant sa bouche, prête à l'injure. Puis d'une mine gracieuse :

— Nous nous occupons de tout.

— De tout ! confirme son homme figé dans le granit. C'est de l'eau de source !

La tête du bonhomme est prise dans une épaisse toile bise, ainsi que ses jambes qui, entortillées, ressemblent à deux vis de pressoir. Je suppose qu'il voulait dire que l'affaire irait sans davantage de peine que de recueillir de l'eau à la source.

Détournant son exaspération sur son mari, la femme le darde d'un regard féroce :

— Encore que toi, tu ne trouverais pas de l'eau à la fontaine !

Elle revient vers moi et grimace un sourire à mon intention.

— Il n'a pas planté la queue aux pies, mon mari !

L'homme se tait, tant habitué aux quolibets de

son épouse qu'il ne prend plus la peine de relever, par sagesse ou par paresse.

À mon avis, c'est une ambitieuse, à l'abri de la boisson et des plaisirs charnels, c'est l'argent qui l'intéresse, et la puissance qu'il procure. Ce sont ces personnes-là qui déplacent les montagnes.

Pourquoi ne pas lui faire confiance ? Après tout, les risques sont minimes. Ils ne vont pas se sauver avec la terre du Bosc dans leur poche.

— Je viendrai vous voir demain, dis-je en les congédiant, vous me montrerez ce que vous voulez faire.

Ils s'en retournent, la femme devant, qui marche à grands pas. Le lendemain, je vais à la ferme du Bosc. Son état ne s'est pas beaucoup amélioré. La toiture a été rafistolée avec des planches et des fagots de genêts qui s'envoleront au premier gros orage. Les abris pour les animaux et le foin ne sont pas en meilleur état.

La carrière n'est pas loin, derrière une colline sur un versant pentu. Un sentier y mène, déformé par les fondrières creusées par les roues des charrettes. Apparemment la carrière est déjà en exploitation… Tous les enfants y travaillent, ainsi que deux ouvriers qui me déclarent qu'ils étaient maçons. Un tas de pierres à tailler attend un attelage pour être emporté.

Désignant le monticule je demande :

— Où vont-elles, ces pierres ?

Un des maçons me répond :

— À Cordes.

— Comment les prenez-vous ?

— Il nous faut un attelage. Mais les rouliers en profitent, et nous demandent des prix qui dépassent les bornes. Si vous aviez quelques fardiers à nous prêter, et quelques paires de bœufs…

— Là, sous la main, non ! Mais je vais y penser.

L'affaire me semble digne d'intérêt. Après vingt ans de guerre, tout le pays est à reconstruire. Les nouveaux riches ont peut-être le cœur fourchu, mais ils ont de l'argent et ne pensent qu'à le dépenser. Et à construire des palais. Pourquoi se priver de cette manne ?

Mais il faut de la finance pour extraire la pierre, la tailler, la charger et la porter jusqu'au chantier. Sans parler de l'eau qui va envahir la carrière, et qu'il faudra canaliser, expulser. Beaucoup de monde, beaucoup de machines, beaucoup de finance.

Un banquier ! Il me faut l'aide d'un banquier !

*

Je retourne chez mon frère. Bernarda m'accompagne. Tiburge nous reçoit avec joie et nous fait fête, la larme à l'œil. Elle était d'une curiosité folle envers mon épouse, et se demandait quel genre de femme pouvait être attirée par un homme tel que moi, mi-chevalier et mi-ribaud, mi-châtelain et à moitié vagabond, bon chrétien quand il y pense et égorgeur de métier, croyant et mécréant, hérétique et bon paroissien selon le jour et l'heure, honnête homme et mendiant, et bête noire des évêques et de l'Inquisition.

J'aurais pu lui retourner la question. Je n'ai jamais compris comment une femme aussi vive et merveilleuse que Tiburge a pu s'attacher à un homme aussi grossier que mon frère, égoïste et vaniteux et, encore mieux, se l'attacher au point de le mener par le bout du nez.

Une heure après, nos femmes conquises l'une par l'autre se sont lancées dans le récit de leur vie (surtout la vie de Tiburge, car Bernarda se raconte peu), et nous ont totalement oubliés, mon frère et moi.

J'en profite pour parler affaires. Je présente à Adémar le projet de carrière à la ferme du Bosc, en insistant sur la nécessité d'investir dans les charrois coûteux, car la pierre doit être apportée sur les chantiers, sans faute, pour que les bâtisseurs passent commande. Il faut aussi des tailleurs de pierre, et des engins de levage. C'est la loi du marché : la continuité du service.

Mon frère commence par ironiser sur mes compétences en matière de négoce en général, et du marché de la pierre en particulier. Puis il me demande l'air rusé quelle sera ma participation dans cette affaire que je présente comme le marché du siècle. Je lui réponds d'un air décidé :

— Je mets mes terres à ta disposition, ce n'est pas rien !

Il manifeste son indignation :

— Dois-je te rappeler, Imbert, que ces terres dont tu me rebats les oreilles m'appartenaient jusqu'à ce que moi je te les cède avec le château de Salles ? Sans contrepartie !

— Je me souviens de ta générosité, un peu forcée cependant par mes menaces de te dénoncer à l'évêque si tu ne me rendais pas mon héritage...

— Un héritage qui m'était revenu par la volonté de notre père, parce qu'il avait vu en toi un fils dénaturé et un aventurier sans scrupules ! Il avait malheureusement bien raison, je le constate encore aujourd'hui ! Tu repars les yeux fermés dans une histoire qui va te perdre ! Le négoce n'est pas fait pour les esprits légers.

— Allons, essayons d'avancer, Adémar. J'ai sur mes terres une mine d'or, c'est-à-dire un gisement de pierre à bâtir tout à fait magnifique. Si tu veux bien m'aider à développer cette affaire, je te prédis qu'avant dix ans, nous serons aussi riches que le comte de Toulouse. Et nous aurons sauvé de la mendicité une famille dans le besoin qui t'est chère.

— De quoi tu parles !

— De la famille que tu avais installée dans le château. Ils sont prêts à exploiter la carrière en notre nom. Je leur fais confiance. Le problème, c'est l'acheminement de la pierre jusqu'aux chantiers où elle sera mise en œuvre. Tout le monde n'a pas sous la main un fardier attelé de trois paires de bœufs pour venir la chercher là où elle est extraite et la ramener à Cordes, Monestiés ou Toulouse. Et bientôt sur Albi. Tu comprends ?

— Vends le château, tu auras de l'argent !

— Je ne vends rien du tout, je t'associe à l'affaire. Tu es toujours banquier, non ? Moi j'apporte la terre, toi l'argent.

— Je ne vois pas ce que je viens faire dans ta carrière. Tu peux faire ce que tu veux des terres que je t'ai données. Ou plutôt que tu m'as prises.

— Allons Adémar, cesse d'empoisonner ton cœur et d'encombrer ta cervelle en ruminant rancune et désir de vengeance. Ces sentiments ne doivent pas exister entre frères. Nous appellerons ce beau grès rosé « la pierre de Salles », et nous la vendrons aux riches comme la meilleure des pierres à bâtir. Nous la livrerons taillée, prête à l'emploi. Sculptée à la demande. Nous en tirerons un prix élevé. Tout cela avec ton argent si mal gagné. Pense qu'avec cette opération tout cet argent qui dort dans tes coffres, et dont tu serais bien en peine d'avouer la provenance à l'évêque d'Albi, comme au viguier du comte de Toulouse, deviendra blanc comme neige. Et toi, tu passeras pour la personne la plus honnête de Cordes. Un vrai miracle ! Aussi fort que l'eau transformée en vin aux noces de Cana.

— Sale hérétique ! Je te dénoncerai !

— Bien sûr que non ! Tu y risquerais ta fortune.

— Tu es ignoble ! Menacer ainsi son propre frère, quelle abjection ! Après tout ce que j'ai fait pour toi !

— Pour moi ? Pour toi serait plus juste.

— C'est à perdre confiance dans l'être humain…

— Allons Adémar, arrête de radoter et écoute-moi ! Nous mettrons à la disposition des clients tous les métiers. C'est-à-dire que nous prendrons en charge le convoyage de la pierre, depuis la carrière jusque sur les chantiers et la mise en place avec des engins de levage. C'est tout un art, le levage ! Nous ferons aussi la taille et la sculpture. Il nous faudra une équipe d'imagiers, les meilleurs, pour ciseler les fenêtres, animer les façades… Ça rapportera davantage. Tu vois, le but de l'entreprise n'est pas simplement d'extraire de la pierre, mais de proposer tous les corps de métiers utiles pour la construction. C'est une grosse organisation, mais pense que nous serons novateurs dans ce domaine !

— Qu'est-ce qu'un sale hérétique connaît au commerce ?

— Je t'apprends peut-être que l'Église nouvelle n'interdit pas le négoce, les prêts à intérêt, les profits, contrairement à Rome. Elle considère que cela n'a aucune valeur religieuse, ce qui est vrai. On peut commercer, prêter et emprunter tant qu'on veut si ça peut rendre service. Et d'ailleurs, les Parfaits ne s'en privent pas. Mon Église est beaucoup plus en avance que la tienne, crois-moi !

— Donc si je suis ton raisonnement, tu mets à la disposition de notre association tes terres, qui étaient miennes il y a peu de temps encore, et qui ne t'ont rien coûté qu'un odieux chantage. Moi par contre, le couillon de la farce, j'apporte des fonds en monnaie sonnante et trébuchante péniblement gagnée à la sueur de mon front. Au risque de les perdre. C'est ce que tu appelles la justice ?

— Ce n'est pas une question de justice, mais d'efficacité. Qui peut avancer beaucoup d'argent, sinon un banquier ? Moi, je n'ai pas un sou de côté. J'ai beaucoup roulé ma bosse et, comme on dit, *pierre qui roule n'amasse pas mousse*. Alors que toi…

— D'accord ! Mais cet argent, je le prête, je ne le donne pas. Je te demanderai des intérêts.

Je ferme les yeux.

— Il est dit dans la Bible, dans le Deutéronome, chapitre XXIII exactement, tu pourras prêter à intérêt à un étranger, mais tu prêteras sans intérêt à ton frère…

Adémar ricane :

— Je ne savais pas que la Bible était ton livre de chevet. Tu as bien préparé ton coup, sale petit cathare ! Mais désolé, je n'investis que si ça rapporte gros. Je te donne cent et tu me rends cent trente au bout d'un an. Sinon rien !

— Je te rappelle que tu prêtes cet argent à une

entreprise qui est autant à toi qu'à moi. Tu ne vas pas te ruiner toi-même ! Tu n'es pas bête à ce point !

Adémar à bout de patience et d'arguments sensés se lève d'un bond. Que va-t-il faire ? Tiburge qui nous surveille du coin de l'œil vient nous rejoindre, et s'interposant entre nous, elle calme son mari et nous retient pour le dîner.

À table, je reviens sur le sujet du prêt, non sans arrière-pensée. Je sais que Tiburge a une grande influence sur mon frère, qui est subjugué par sa force de caractère, sa joie de vivre, son esprit de décision et s'il le faut son intrépidité. Au fond, mon frère est resté un enfant, capricieux et exigeant, avide mais qui a besoin d'être dominé.

Il ne sait pas résister à sa femme. Mise au courant des détails de l'affaire, elle s'étonne et s'indigne des réserves et des hésitations de son mari. Pour elle le marché que je propose est un don du ciel.

— Le ciel favoriserait un hérétique ? avance Adémar d'une voix hésitante.

Il est à bout d'arguments, mais avant de se rendre à la volonté de son épouse, il lance quelques piques pour sauver la face.

Sans s'abaisser à répondre à tant de stupidité, Tiburge impose à son mari de me donner tout l'argent nécessaire pour développer la carrière, sans condition, le projet étant commun et bénéfique aux deux familles. Elle s'autoproclame chef de la nouvelle société et appelle en riant Bernarda « ma chère associée ».

Tout est dit. Je n'ai aucune envie de dormir chez mon frère et nous repartons en pleine nuit, l'esprit embrumé par la bonne chère et le vin de Gaillac, aussi chaud que ses versants ensoleillés.

Je m'en remets au sens d'orientation de nos bêtes, pour revenir à Salles, et à la clarté de la lune. Le chemin longe sur une partie du parcours la jolie rivière du Cérou, à travers les champs de lin et de chanvre ; il devrait nous mener jusqu'à Salles sans nous en faire.

Bernarda m'avoue qu'elle aime beaucoup ma belle-sœur, Tiburge. Elle n'en revient pas de voir avec quelle aisance elle mène son lourdaud de mari.

— Oh ! fait-elle en apercevant au loin la lueur d'un feu, c'est chez toi ?

— C'est chez nous.

Je maintiens un feu au sommet de la tour de notre château, qui brûle toute la nuit pour permettre à nos sujets de retrouver leur chemin à toute heure, et aux vagabonds d'espérer un abri et un morceau de pain.

— Nous sommes déjà arrivés, Imbert ? Comme le temps passe vite !

— Surtout après une aussi bonne soirée... bien arrosée.

Elle sourit.

— C'est pour ça que j'ai si chaud ! Baignons-nous pour nous rafraîchir, Imbert.

Arrêtant sa mule, elle me demande de l'aider à descendre. Elle va jusqu'au bord de l'eau, entre deux vieux saules, et quitte ses vêtements. Dans un dernier geste gracieux, elle ôte sa coiffe, ne conservant qu'un ruban autour du cou, et répand d'un coup de tête sa magnifique chevelure noire sur les épaules. Son corps d'une blancheur translucide semble s'illuminer au clair de lune. Quelle beauté ! J'en ai le souffle coupé.

Habillée de ses seuls cheveux noirs, elle se tourne vivement vers la rivière et disparaît dans la masse sombre et scintillante du courant. Seule sa tête reste visible, et ses yeux qui semblent m'interroger. Je me déshabille en riant et vais la rejoindre. Nos corps s'emmêlent. Ses membres fuselés me serrent dans une étreinte forte et comme désespérée. Je baise la saignée de ses bras.

— Je t'aime ! Tu es l'amour de ma vie, dis-je, avec toi je suis le plus heureux des hommes.

Elle me fixe de ses grands yeux dilatés par la nuit, acquiesce sur un ton songeur :

— Il n'y a qu'un bonheur dans la vie, c'est d'aimer et être aimée. Mais je ne ressens plus les frissons de l'amour qui me tourmentaient quand je t'apercevais depuis ma fenêtre, à Montségur. Est-ce que je t'aime moins ? Est-ce que je t'aime comme il faudrait ? Est-ce que je t'aime vraiment ? Est-ce Dieu qui veut me punir ?

— Toutes ces questions…

Elle éclate en sanglots.

— Je crois que je suis ivre.

Je la rassure. On ne peut rester toute sa vie avec une âme d'enfant. C'est elle qui vient se blottir contre moi.

Le vin, le clair de lune, la fraîcheur de la nuit, l'amour que je porte à ma femme, mes mains qui parcourent son corps lisse sans qu'elle se défende, tout m'exalte. Je voudrais que la nuit ne finisse jamais. Au-dessus de nous les étoiles se bousculent, s'amassent et nous font fête.

— Enfin, je t'ai pour moi seul ! m'exclamé-je, peut-être excédé par les longues contemplations de la personne aimée. Tu sais, je vais bientôt être assez riche pour satisfaire tous tes désirs. Même les plus fous !

— Ce n'est pas bien, Imbert, de vouloir me couper du monde.

Mes caresses se font plus précises, plus audacieuses. Bernarda fronce les sourcils, et tout en m'agrippant, tandis que le courant m'enveloppe de sa chevelure comme d'une mantille, elle m'ordonne sur un ton faussement irrité :

— Non, pas maintenant !

— Laisse-toi aller, mon amour. La nuit est merveilleuse, je m'occupe de tout…

Le ton de sa voix devient mauvais :

— Bas les pattes, seigneur de Salles !

Elle me repousse et revient sur la berge en

claudiquant, se tourne de profil pour cacher sa jambe infirme et se rhabille. Ses cheveux mouillés, laissés libres sur ses épaules les couvrent d'une auréole noire.

Je sors à mon tour. Bernarda passe ses bras autour de mon cou, m'embrasse, et me murmure que je suis l'homme le plus délicieux et le plus délicat qu'elle a jamais connu. Et qu'elle ne connaîtra jamais, me rassure-t-elle.

Le soir même, je déclare à Martin, le curé de Salles qui a table ouverte chez nous (il n'a qu'une ruelle à traverser pour passer de l'église au château), que je suis devenu carrier. Comme il veut connaître toute l'affaire, et qu'il est un ami sûr, je suis amené à parler de l'ancien atelier monétaire clandestin qu'avait racheté mon frère, et qui a fait de lui un hors-la-loi, ce dont il se moquait, et un homme riche, ce qui a toujours été sa raison de vivre. Je me vante d'avoir remis mon frère dans le droit chemin.

Martin rigole. Il me révèle qu'à part moi tout le monde était au courant de cet atelier dans le pays, et que la fausse monnaie, utilisée localement, presque toute, était bien utile sur les foires et les marchés, car elle était abondante et favorisait le commerce.

Il sort sa bourse, fait ruisseler des deniers d'argent sur la table. Leur éclat est terne, à l'exception de trois ou quatre petites rondelles à l'éclat lunaire qu'il met à l'écart.

— Tu vois Imbert, jusqu'à ces temps derniers

je n'avais jamais vu une autre monnaie que celle-ci, celle qu'on frappait sous le puech de Mordagne. Et mes parents avant moi.

— Mais c'était une tromperie !

— Elle brillait un peu moins que l'autre, parce qu'il y avait moins de métal précieux. Mais personne ne s'en plaignait.

— Aurais-je eu tort de faire fermer ce tripot ? m'exclamé-je vexé, j'espère que Dieu me le pardonnera…

Martin qui n'a pas perçu mon ironie hausse les épaules, lève les yeux au ciel, rassurant :

— Tu ne le savais pas.

Il met la main sur mon épaule dans un geste paternel :

— Je suis certain que Là-Haut ils t'ont déjà pardonné.

XXV

Le pardon de l'évêque

Chaque semaine, je reviens à Cordes chez Adémar pour faire les comptes. Notre entreprise marche bien, et mon frère constatant que mon idée était bonne a maintenant espoir de s'enrichir avec son nouveau négoce. Il m'accueille avec moins de réticence.

Mon ami le curé m'a promis d'intervenir auprès de l'évêque d'Albi pour arranger mon affaire, me faire rayer de la liste des suspects que tient l'Inquisition avec un soin jaloux et m'obtenir une audience à l'évêché. Une audience qui ferait de moi un bon catholique à l'abri des serres de l'Inquisition. J'ai l'intention, je ne m'en cache pas, de me faire passer sans vergogne pour un bienfaiteur de l'Église romaine, après l'avoir violemment combattue.

A priori, la tâche paraît insurmontable. Sans reprendre dans le détail tous les actes qui pourraient chacun me valoir le bûcher, je m'estime dans la catégorie des hérétiques fieffés teintés de perversion dans la masse, et qui ne peuvent recevoir l'absolution.

Un cathare irréductible, dont l'âme appartient pour toujours au diable.

Mais je connais suffisamment les éminentes seigneuries romaines pour savoir qu'il suffit souvent d'habiller sa réclamation la plus folle d'un geste large et généreux pour être entendu. L'argent rend l'oreille fine, c'est encore un miracle. Martin a la consigne de laisser entendre à l'évêque d'Albi que mon retour au sein de notre sainte mère l'Église s'accompagnerait, en guise de pénitence, ou de repentance, d'un don de cent charrois de pierre de Salles « pour les bonnes œuvres ».

Une fortune abandonnée à l'ennemi ! Mais aussi une ouverture au « marché » albigeois…

Martin me dit que monseigneur Durand de Beaucaire n'est pas un mauvais bougre, malgré sa campagne militaire contre Montségur. Il m'explique que sa participation à l'attaque contre la nouvelle Rome, et au supplice monstrueux qui l'a parachevé, accompli, lui a été imposée par le légat du pape pour se racheter, parce que justement, il ne se mobilisait pas assez contre les cathares albigeois.

Il est vrai qu'il était intervenu plusieurs fois pour arrêter les moines de l'Inquisition qui voulaient déterrer les morts soupçonnés d'avoir été des hérétiques, pour les donner aux chiens. Mais quel bon chrétien n'aurait pas été révolté par un tel crime ?

— Monseigneur Durand de Beaucaire a toujours prêché l'amour entre les hommes, me dit Martin.

Il n'a jamais voulu employer contre les hérétiques d'autres armes que la parole, à l'exemple de saint Dominique. Soit ! Laissons-lui le bénéfice du doute.

J'invite l'évêque à venir me rendre visite pour choisir sa pierre. Le grès de Salles, reconnu comme une magnifique pierre de construction, nous a fait la surprise d'apparaître au regard émerveillé des carriers dans des tons variés : jaune, rose, gris et même violine. La couleur qui convient à un évêque.

À notre grande surprise, monseigneur Durand de Beaucaire, l'éminentissime évêque d'Albi, s'annonce un matin à la porte du château, sans prévenir, à la façon d'un colporteur. Tandis que ma demeure s'anime comme une ruche bousculée par le pied d'un cheval, je vais à la rencontre du prélat. Il me déclare qu'étant en visite pastorale dans quelques paroisses des environs, il a appris que la tour que l'on voit depuis le chemin le long du Cérou appartient au château d'Imbert de Salles, le repenti ou soi-disant repenti.

— J'ai eu la curiosité de connaître, seigneur Imbert, le généreux donateur de cent charrois de pierre à bâtir. Ce n'est pas tous les jours qu'on m'apporte une telle manne. Savez-vous que les bourgeois d'Albi sont pingres ? Du moins les plus riches. Ils ne me donnent rien !

— Oh ! Monseigneur, nous en connaissons dans toutes les cités, des marchands richissimes qui ne donneraient pas un pain noir aux pauvres sans le faire payer. Mais peut-être ne vous aiment-ils pas, tout simplement.

L'évêque laisse entendre un petit rire destructeur :

— C'est à creuser… Ils ne sont pas comme vous, qui êtes pris tout à coup d'une irrésistible affection pour votre évêque…

Je change de sujet :

— Nous irons voir la pierre tout à l'heure, ce n'est pas loin.

Le vieillard m'observe de ses petits yeux noirs et perçants. Il est maigre et comme sans poids, avec quelque chose de noble et de supérieur dans ses gestes et dans sa vêture.

Nul doute qu'il a préparé son coup et qu'il a voulu me surprendre, car il est bien renseigné sur mon compte.

— Quand je pense que nous avons été ennemis, face à face, armés jusqu'aux dents, à Montségur, fait-il en hochant la tête. Je vous ai lancé des pierres et vous m'avez renvoyé des flèches. Et aujourd'hui nous nous parlons comme de bons amis. Sentez-vous la bonté de Dieu dans ce revirement ?

— Sans aucun doute…

Je fais servir une collation, le temps de prendre mes dispositions. Comme il réclame mon épouse, j'invite l'évêque à me suivre. Nous montons à la tour pour découvrir mon domaine. L'évêque prend la mesure de mon village qui serre ses toitures contre la forteresse.

J'embrasse d'un geste large ma chevance, du moins les terres les plus proches qui me font vivre et qui vont jusqu'en haut des collines qui nous surplombent.

Monseigneur Bertrand se penche au créneau et découvre en bas ma femme dans un jardin, sur un banc, lisant un livre au milieu des chants d'oiseaux. Elle semble tirée d'une enluminure, forme blanche et gracieuse au milieu de la verdure. Un ange.

Le jardin dans lequel elle se trouve est un petit parc qu'elle a fait planter et aménager au pied du rempart. Le parc se continue par une prairie remplie de fleurs et quelquefois de chevaux, jusqu'à la forêt.

Bernarda aime s'y retirer pour y lire et méditer. Et s'écarter du monde.

Il m'arrive de la surprendre les bras pendants, abîmée dans une rêverie orageuse qui gonfle sa poitrine, anime son front et ses lèvres. À ma vue, elle me jette des regards désespérés à me faire pleurer.

A-t-elle des regrets, des remords ? Pense-t-elle avoir trahi les siens ? À moins qu'elle ne s'accuse de manquer de cœur en laissant son père se débattre seul avec la mort qui chaque jour se rapproche, et qu'il semble craindre tout en proclamant qu'il l'appelle ? Un jour elle m'a déclaré sur un ton de reproche que son père lui avait affirmé qu'il sacrifierait la moitié des jours qu'il lui restait (c'est facile quand on n'en connaît pas le nombre), et sa fortune (qu'il n'a plus) pour rendre ses filles heureuses.

Mais il se pourrait que ce soit moi qui la plonge à certaines heures dans la tristesse, l'exaspération d'elle-même, qui la pousse au désespoir par mes sollicitations et mes plaintes. Parviendra-t-elle un jour à accéder à mes désirs ? Elle le veut, et le refuse tour à tour. Quel être sensible, et si fragile !

L'évêque qui a retrouvé son souffle perdu le long des marches de la tour rompt le silence.

— Je vous pardonne, Imbert, je sens que vous êtes un brave homme.

Je m'agenouille et il me donne sa bénédiction, à notre mutuelle satisfaction. Qui aura été davantage béni que moi ?

Le prélat reprend la conversation sur un ton amical :

— On m'a dit que vous n'aviez pas d'enfants. Est-ce vrai ?

— Oui monseigneur.

— Comment est-ce possible ?

— Dieu n'y a pas pensé, je suppose. Ou bien veut-il éprouver ma patience ?

— Oh ! Quel malheur pour une femme d'être stérile. Elle ne connaîtra jamais les bonheurs de la maternité ! Ni dans sa vieillesse les cris de joie de ses petits-enfants autour d'elle. Écoutez-moi, implorez sainte Véronique. Ou mieux encore, faites un pèlerinage à Lodève. On dit que saint Fulcrand y fait des miracles…

Je secoue la tête avec véhémence :

— Ma femme n'est pas stérile, monseigneur. Elle est vierge.

FIN

Petit lexique

1) L'hérésie cathare était la croyance en deux divinités, un Dieu bon au ciel qui règne sur les esprits, et un Dieu mauvais sur terre qui lui est postérieur et qui a créé tout ce qui est visible et matériel. Cette croyance s'est beaucoup développée au Moyen Âge. Comme elle impliquait que l'Église romaine est largement une création du Dieu mauvais, elle fut violemment combattue par le pape. Pour les catholiques, il ne peut y avoir qu'un seul Dieu qui a fait le ciel et la terre.

2) On appelait « albigeois » à la cour du roi de France les cathares. L'origine de cette appellation est discutée : souvenir de l'accueil de saint Bernard, chahuté dans l'Albigeois ? Concile de Lombers, à côté d'Albi, qui opposa le clergé cathare au clergé romain en présence de la sœur de Charles VII, la « reine » Constance, répudiée par son mari le comte de Toulouse et revenue à la cour de France ? Ou tout simplement parce que les vicomtés de Trencavel, qui était considéré comme un soutien de l'Église cathare, étaient nommées « le pays albigeois » ?

3) Puech, pech, pueg, puog, piog, pog, puig, puy, toponymes très fréquents dans le sud de la France et qui ont la même origine sémantique. Ce sont autant de déclinaisons occitanes et catalanes du latin *podium,* socle, pour désigner une butte, un tertre, une colline, une hauteur abrupte.

4) Le scapulaire est une large bande d'étoffe percée d'un trou en son milieu pour passer la tête. Les deux pans retombent devant et derrière jusqu'aux pieds. Le scapulaire est surtout porté pendant le temps des travaux manuels, serré avec une ceinture de cuir.

5) Les convers (*conversi*) sont des moines « laïques » illettrés. Non astreints aux obligations de la vie monastique, comme les offices, ils sont affectés aux rudes travaux manuels. En fait il s'agit d'une main-d'oeuvre gratuite. Ils arrivent souvent jeunes dans les monastères, donnés par les familles.

6) Le peuple appelait affectueusement Bons Hommes, Bonnes Dames, les cathares qui faisaient partie de la hiérarchie de l'Église nouvelle et qui avaient le pouvoir d'administrer les sacrements et de remettre les fautes. L'Église de Rome les nommait Parfaits. Le simple fidèle était appelé bon croyant, bon chrétien.

7) Le *consolament* est le seul sacrement de la religion cathare, mais il a diverses fonctions (ordination sacerdotale, extrême-onction, vœux d'un fidèle). Il est administré par imposition des mains, le plus souvent aux mourants. Dans ce cas il consiste à appeler l'Esprit Saint pour qu'il vienne libérer l'âme du mourant et la conduise jusqu'au ciel, aux côtés du Dieu bon, du Dieu de Lumière.

8) La coule est la robe blanche à larges manches et à capuchon des cisterciens.

9) Les Francimands, ou Francigènes, sont ceux qui habitent en France, c'est-à-dire au Moyen Âge au nord de la Loire, là où est parlé le français.

10) Le bayle (bailli en Île-de-France) est le représentant d'un seigneur chargé d'administrer un domaine, une seigneurie. Il perçoit les redevances et rend la justice.

11) Le viguier est un agent seigneurial, comme le bayle, mais à un niveau plus élevé. Il gère souvent une grande ville, une châtellenie ou toute une vicomté.

12) Le consulat est l'ancêtre du conseil municipal. Il réunit les consuls élus chaque année par les chefs de famille de la cité pour administrer la ville,

organiser le commerce, maintenir l'ordre public, répartir les impôts, rendre la justice au quotidien.

13) Le donzel est dans les pays de langue d'Oc un jeune noble qui n'est pas encore chevalier, ni marié. C'est l'équivalent du damoiseau au nord de la Loire.

14) Le comté de Razès correspond aux Corbières et à la haute vallée de l'Aude. Il a été créé par Charlemagne, avec pour capitale Redae, aujourd'hui Rennes-le-Château, à l'époque une cité forte et importante. Le Razès fut tardivement rattaché au comté de Carcassonne. Au moment de la croisade il était administré en grande partie par les Trencavel, vicomtes de Carcassonne. Mais longtemps sous la suzeraineté du comte de Barcelone, devenu roi d'Aragon, le Razès fut toujours dans la mouvance du royaume d'Aragon.

15) Le dardier est le combattant armé de javelots (dards) qu'il lance sur l'ennemi.

16) Les piétons (ou péons) sont les combattants à pied.

17) Le cheval qui palette se met debout sur son arrière-main et fait des moulinets avec ses sabots de devant. Cette attitude est naturelle chez le che-

val qui se défend, surtout chez les mâles. Elle était encouragée dans le dressage des chevaux de guerre, ainsi que les ruades.

18) Une lieue représente trois à quatre kilomètres.

19) Une lance est une compagnie d'hommes d'armes au service d'un chevalier. Son importance varie selon la fortune du chevalier qui l'entretient. On y trouve des écuyers, des sergents, archers, arbalétriers, et des valets ainsi que de nombreuses montures.

20) L'Église appelait la prison pure et dure le Mur. Il était caractérisé par des cellules très étroites et souvent trop basses pour se tenir debout. Les prisonniers étaient enchaînés, au pain sec et à l'eau, et ne recevaient pas de visite. Ils étaient « les Emmurés ».

21) Les hourds qui coiffent les murailles sont des charpentes en encorbellement pour protéger les défenseurs et faciliter le tir sur les assaillants.

22) Le papegai (le perroquet) est un jeu d'adresse très répandu au Moyen-Âge dans les cités et les villages. Il consiste à tirer sur un oiseau bariolé en bois placé au bout d'une perche.

23) Les coutiliers avaient pour mission d'achever les chevaliers tombés de cheval et les blessés, à l'aide d'un couteau spécial qu'on appelait par dérision « la miséricorde ».

24) La mesnie comprend la famille et tous les familiers, jusqu'aux domestiques.

25) Épreuve que s'impose le croyant cathare ayant reçu le *consolament* sur son lit de mort. Pour en finir au plus vite il n'absorbe plus d'aliments.

26) La barbacane est une défense avancée, une muraille semi-circulaire qui protège le plus souvent une porte ou une défense plus faible. Elle peut être en bois ou maçonnée.

27) Le carême est une période religieuse d'une quarantaine de jours qui s'étend du lendemain du Mardi gras jusqu'à Pâques, de la mi-février à début avril. Au Moyen Âge, pendant cette période, il était interdit de manger gras (par exemple du cochon) sauf le dimanche et jours de fête. La reddition totale de Montségur (ouverture des portes) eut lieu le 16 mars 1244.

28) Parage ou paratge : parenté, noblesse. Le sens de ce terme, très utilisé par les troubadours, est passé de la noblesse des origines à celle des sen-

timents, recouvrant le courage et toutes les vertus d’un bon chevalier.

29) Le marc est une mesure de poids utilisée pour les métaux précieux, surtout l’argent. Le marc équivaut à environ 240 grammes.

30) Les brassiers n’ont que la force de leurs bras à louer. Ce sont des hommes de peine.

Notice historique

Imbert de Salles est le fils d'un petit seigneur de l'Albigeois, Gaucelm, châtelain de Salles-sur-Cérou, près de l'actuelle Cordes-sur-Ciel.

Il est connu essentiellement par les enquêtes de l'Inquisition. Il est cité ici et là à l'occasion d'un prêche ou d'un *consolament*, ou d'une escorte, mais la source de renseignements la plus importante est le registre de l'Inquisition où est rapporté son interrogatoire direct par l'inquisiteur Ferrer, après le siège et la prise de Montségur.

On sait par cet interrogatoire qu'il participa à la défense de Montségur jusqu'au dernier jour. Ayant certainement abjuré la foi cathare, il ne fut pas brûlé mais emprisonné et interrogé.

Après cet épisode, il ne fait plus parler de lui et n'apparaît plus dans les textes. Il est possible qu'il ait été maintenu en prison, ou relâché, ou qu'il se soit évadé, le recrutement des gardiens au Mur de Carcassonne étant local et les hommes mal payés. Ils étaient assez facilement corruptibles.

On connaît un peu la vie d'Imbert de Salles avant le siège. À partir de 1241, qui pourrait être l'année de son entrée dans une famille d'hérétiques fieffés, il fait de grands périples à travers le pays de Sault, le Val de Daigne, dans le Carcassonnais, et les Corbières du sud jusqu'à Quéribus. L'année suivante il est dans le Fenouillèdes, au château de Puylaurens, toujours pour escorter des Parfaits, et dans le Lauragais. En 1243, il passe des mois à courir les Corbières, le Fenouillèdes, le Lauragais, exerçant toujours son métier d'homme d'armes au service de l'Église cathare.

Pendant le siège de Montségur, il ramène du château d'Usson, dans le Donnezan, un arbalétrier mis à disposition par Bernard d'Alion pour la défense de Montségur. L'encerclement par l'armée royale ne semble pas beaucoup le gêner.

Malgré ses origines nobles, il est toujours présenté comme un sergent (servant) d'armes, un soldat chargé de guider et de protéger les faidits et les Bons Hommes. Il était manifestement un mercenaire, rémunéré pour ses services d'escorte. Mais comme il avoue avoir « adoré » les Parfaits de Montségur (s'être agenouillé en demandant leur bénédiction), une vingtaine de fois au moins, se pose la question de sa véritable foi.

Il répond à l'inquisiteur qui l'interroge en mai 1244 qu'il n'est croyant cathare que depuis trois ans. Depuis son mariage avec la fille d'un hérétique notoire ? En tout cas l'Inquisition ne l'a pas considéré comme un membre important de l'Église nouvelle. Il n'était peut-être, comme beaucoup de seigneurs occitans, que réfractaire aux nouveaux pouvoirs, celui de Rome et celui de Paris. Cette hostilité à l'occupant était partagée par une grande partie de la population.

Imbert s'était marié avec une fille de Bérenger de Lavelanet, Bernarda, réfugiée avec son père et toute sa famille à Montségur pour cause d'hérésie. Ce mariage qui ne pouvait être que de fraîche date reste un mystère. Dans les registres de l'Inquisition certaines femmes sont présentées comme amantes, compagnes, concubines, d'autres comme épouses. On ne sait si ces termes étaient choisis par le notaire qui rendait compte de l'interrogatoire, ou si le choix venait des déposants.

Bernarda se présente d'entrée comme la femme d'Imbert. De même Imbert indiquera au cours de sa déposition que Bernarda est sa femme. Mais comment le couple a-t-il pu se marier à Montségur, l'Église cathare ne proposant aucun sacrement du mariage, et l'Église catholique étant absente ? Il est vrai qu'à l'époque le mariage pouvait se résumer à un échange de consentement. Encore fallait-il une autorité pour le recevoir, et des témoins pour l'entendre.

La famille de Bernarda, son père, sa sœur Lombarde, son petit frère Arnaud-Olivier, ne parle jamais d'Imbert de Salles comme d'un parent. Imbert et Bernarda de leur côté ne citent jamais

Bérenger de Lavelanet dans leur déposition, alors que les autres enfants en parlent. On a l'impression que le couple ne vit pas avec le reste de la famille, ce qui est inhabituel au Moyen-Âge, sauf dans le cas de mésalliance.

Apparemment la fille d'un seigneur châtelain a épousé un sergent d'armes sans le sou. Mais Imbert est noble, quoique cadet sans fortune, et Bérenger de Lavelanet est un châtelain ruiné, Rome lui ayant confisqué ses titres et ses biens.

Ne s'agissant pas d'un mariage par intérêt, manifestement, on peut penser que le mariage d'Imbert et de Bernarda fut un mariage d'amour, à l'ombre de la citadelle de Montségur. On est touché en lisant l'interrogatoire de Bernarda par sa précipitation à revendiquer son statut d'épouse, honorable et aimante, d'Imbert, avant de préciser ses origines nobles et le nom de son père.